女人死去的城市

IVY POCHODA

A NOVEL

THESE WOMEN

艾薇・波裘達 著　吳宗璘 譯

紀念費莉希亞・史都華，這位大膽直言的女性主義者以及了解這些女性之生殖醫學的先驅者。還有，獻給馬修・史都華。

……要如何生存，要如何熬過最後關頭？永遠要聆聽這些女人的心聲。

——賽蘇・佛斯特，《泰勒的難題》

菲莉亞，一九九九年

喂，妳想要拉開窗簾。讓我看一下你的臉龐，我只聽到妳在這一片漆黑之中的呼吸聲，吸氣，吐氣，吸氣，吐氣，就像是其中的某台機器，嗶嗶鬼叫的機器。這種東西在這裡已經夠多了，為妳呼吸，為妳心跳加壓，靠，還得為妳輸血。嗶，嗶，吸氣，吐氣，吸氣，吐氣，我在這裡就只聽到這些聲響。

所以看來妳是不會拉開窗簾了，病得太嚴重，所以沒辦法做這個動作？我呢，被打得超慘，但我不覺得哪裡丟人現眼，我會讓妳看到我的面孔。妳——好，我不能侵犯妳的隱私，就還是不要動那個窗簾好了。

我來打開窗戶，雖然這明明是要讓我們活下去的地方，但卻散發死亡的氣味。難道這不就是媽的那個嗎？大家是怎麼說的來著？諷刺。對，就是諷刺。我要來打開窗戶了。要是我抽菸的話，妳別介意，那就只好希望妳沒有什麼靠他媽的肺病啊什麼的，誠心期盼。好，反正一根二手菸也不會害妳病情惡化，妳老早就躺在這了。

妳只會安安靜靜待在那裡，媽的一個字也不吭。妳讓我一直喃喃自語，讓我講自己的事。妳不會對我講出妳怎麼了，為什麼會躺在這種地方。妳只想要聽我的故事，愛探人隱私的討厭鬼。重點是我們偷偷摸摸做的那些事。

妳清楚嗎？妳多少知道吧？妳很熟那些街道嗎？是吧？妳真的什麼也不說？

那裡的遊戲讓人玩得辛苦。有規矩，有該做的事與不該做的事。每個人都得要付出代價才能進場玩，就連我也一樣。我得要付出代價，還得具備遊戲技巧與運氣。

大家都說，要是有人在妳站立的街角放慢了速度，算妳走運；能夠挨身靠貼車窗，算妳走運；要是有人順道載妳一程——把妳帶到西方大道的某條骯髒小巷，或是傑佛遜區裡面更狹小的巷弄，算妳走運。要是進入飯店，那就運氣更好了；安然無恙全身而退，好運再加一等。

我很幸運，我很熟那些街道，至少我是這麼以為。我告訴妳——妳得要保持謹慎。這個字很難，順利講出口不簡單，但知道這個字的確值得：謹慎。要是我再懷孕的話，我就會為我的小孩取這個名字——謹慎，謹慎．傑佛瑞斯。

不過，靠，要是我知道休息的時候也得要保持謹慎就好了。我站在六十五街的「神奇超市」，手裡拿著七百五十毫升的軒尼詩與一些威豪香菸，根本不是在工作，就純粹站在角落，點菸，嗯，享受。因為天氣終於變得涼爽，媽的這不就是奇蹟嗎？涼爽的白天，涼爽的夜晚，有風吹過樹梢。懂我在說什麼嗎？它讓樹木在跳舞，好美。

想知道後來是哪裡出了狀況嗎？中南區——大家都說那裡很可怕，是亂七八糟的地方。妳可曾退後凝視？真的好好端詳？媽的這地方很棒，有可愛的小房子，有院子，前院和後院，我們有充裕的空間。我並沒有住在獨棟房子，其實我住在公寓裡，但那附近的房子——都很美。我會仔細凝視。而且，我們還有樹，妳可曾注意過那些樹？有粉紅色與紫色花朵的那些樹，妳搞不好覺得都一樣，妳得要專心看啊。

所以，當我點菸，斜靠在神奇超市牆面的時候，我心裡掛記的就是這些。妳知道那地方嗎？在那裡工作的那個男人來自日本，而我，出身小岩城郊外，他賣我東西，我向他買東西，我們每一天都會開心東拉西扯。我一如往常，和他聊過之後才到外頭點菸，心想洛杉磯中南區真好，只要能把所有的人當空氣就可以了，或者。至少是大多數的人。要是妳注意那些小房子、停在戶外車道的車子、植物、花園、在外頭玩耍的小孩子。瞇眼細看，你直視的正是美國夢。

為什麼男人光看外表就分得出來？妳曾經想過嗎？到底是怎麼一回事？因為我並不是在西方大道唯一足蹬高跟鞋、身穿迷你裙、挖胸緊身衣的女人，除了我之外，還有跟我類似的女子，以及其他因為平常就是走這種風格而如此穿搭的女子，但男人就是分得出來。

妳知道神奇超市的那個角落嗎？很黑，所以我不會在那裡工作。沒辦法看到來者是什麼人，到底出現了什麼狀況。但我沒有在工作對嗎？所以不重要。反正，這台車停下來，我沒有多注意，因為何必呢？我在抽菸，盯著那些跳舞的樹木，姿態宛若派對中的兩個喝醉女孩——搖啊，搖啊，一直在搖晃。

車窗搖下來了。嗨，美女啊之類的屁話。我只是點點頭，繼續抽菸，現在的我並沒有在工作，沒有人監視我。

不過，對方又喊了一聲，嗨，美女。這男人講話似乎有腔調，但我沒有多想。因為那些樹讓我想到的是大家老是喊著要起身離開這地方，我心想——你們為什麼會想要做那種事呢？去過小岩城嗎？去過休士頓嗎？好好享受在洛杉磯的一切吧。媽的去海邊啊，不然就是偷閒的時候細看樹木與花朵。當我再次聽到這句嗨，美女的時候，就是在欣賞眼前的美景，我的思緒突然被打斷了。

我回道：嗯？

妳在喝什麼？我沒有看他，因為我不想要與他有眼神接觸，不希望他誤會我對他有興趣，以為我想要逗他。所以我啜飲自己的軒尼詩，抬望天空。

不過，車子還是停在原地，發出轟隆隆聲響，彷彿隨時要起步離開啊什麼的。我知道這傢伙盯著我，但我還是沒有看他。因為，因為，因為……

拜託，妳不會想要喝那種東西吧。

現在，我倒是開始聚精會神了。因為他跟大多數男人不一樣，沒有講出那種屁話——喂先讓我看看屁股，我再決定要不要掏錢。要不要先給我一點甜頭？這樣我才知道我買到的是什麼貨色？給妳免費爽一下，妳會想要倒貼付我錢。他沒有講出那種話，對我講話態度客客氣氣，彷彿把我當成了一個人。

那種酒會害妳喝醉。他說出了這句話，讓我哈哈大笑，因為，喝醉不就是重點嗎？

我回他：是啊，要是沒喝醉的話，我會覺得自己遇到了詐騙。

然後，他問道：妳有沒有喝過南非紅酒？

我反問：非洲有紅酒？因為媽的這一定是在開玩笑吧，就像是斑馬啊、長頸鹿啊、跟紅酒一起大亂鬥。不過，當我的目光飄過去的時候，他真的從車窗裡伸出手來、拿了個杯子。

這就是我不夠謹慎的地方了，在這個環節，我沒有把自己的忠告放在心上。

等等。我需要菸灰缸，我需要一些水。妳那裡有沒有水？還是我得要按鈕呼叫？這樣一來，他們就會聞到我抽菸。但算了，我也不是真的很在乎，反正這整個地方的氣味就跟死亡一樣，甚至更可怕。

靠，她不見了。你覺得她是不是因為覺得自己是外國人，所以比我高貴還是卑賤？還有她拿走了我的菸，應該說是偷走。要是她本來住在熱帶的某個地方，幹嘛要跑來這裡？為什麼？

我懂小岩城那種地方，妳要是也去過小岩城就懂了，就會了解我為什麼離開。洛杉磯隨便找個工作都比待在那裡過日子好多了。所以我到底是在做什麼工作？你剛剛說什麼？白領？屁啦什麼領都不是，就連褲子也沒有。那又怎樣？至少不是在小岩城。靠，妳可能不喜歡我的工作，可能不懂。但至少我待在外頭，至少我走路，選擇自己的路線，沉澱自己所吸收的一切——聞花香，我可以說光憑這一點就強過大多數住在這裡的人。他們根本不會停下腳步東聞西聞，純粹就是待在車內，緊閉車窗，快速移動。

當這傢伙開始講什麼南非紅酒，還有我喝的這東西會害我喝醉又宿醉，然後問我想不想嚐一下他的紅酒，而且這杯子已經伸出車窗外頭的時候，我就做出了這樣的事。突然之間，我覺得，嗯，媽的有何不可呢。所以我走向那台車，接下杯子，也不是多好喝。我的意思是幾乎強過我平常喝的那些東西，但沒有什麼特點。然後，一切變得有些朦朧。

他應該是說，要不要兜兜風？

我告訴他，他完全搞錯了，我沒有在工作，今晚休息。對，我也有休息的夜晚，沒有人可以逼我一週上工七天。我不是自由個體戶——太危險了。我又不是沒見過世面，蠢啊。

靠，但那就是整個過程的重點。我滿嘴說要謹慎還有江湖智慧，結果我做了什麼？我犯了錯。

我上了車。而我已經喝光了酒，他又再次斟滿。我開始頭暈目眩，就像是我跳入路易斯安那州那條河一樣，河水夾雜太多泥沙，我根本看不清楚，無法浮到水面，上方只有一坨褐色污泥在翻攪。我的感覺就是這樣，所以我沒辦法看清楚此人的長相。

可能是白人吧？拉丁裔？不是黑人，這一點很確定，如果要我猜的話，我會賭白人。

這是秘密，我們口耳相傳的秘訣。要注意，找尋那些獨特的印記。比方說這傢伙有刺青嗎？有沒有留鬍子？到底是哪一種鬍子？講話有沒有腔調？是不是有斜視？看起來興奮過頭？緊張不安？注意這些線索，以防萬一，萬一得要逃跑、或者因為什麼狗屁倒灶的原因，之後得要指認這傢伙的時候就派得上用場。

而且，我應該要做這些事才對，真的有放在心上。但過了一會兒之後，這些人全都變成了那種憤怒好色滿身大汗、完事之後就踢人下車的大混蛋，又有什麼意義呢？反正，就像我一直講的一樣，如果妳有在聽的話——妳到底有沒有醒來過啊？——我並沒有在工作。我喝了酒，全灌進去了，我在想的是在天空搖曳跳舞的棕櫚樹，跳的是德州疊步舞。

我記得我斜靠在椅背，我記得自己還搖下車窗想看個仔細。記得那傢伙告訴我把它關好，他不喜歡開窗。我記得自己哈哈大笑，有誰不喜歡在涼爽夜晚搖下車窗？然後，他賞了我一巴掌。有那麼一瞬間，嗯，我覺得你沒權利對我這樣，我又沒在工作，這是我還在清醒時的最後一個念頭，之後的世界就是一片黑暗。

記得我怎麼告訴妳的嗎？有關路易斯安那州的那條河？是這樣的。我當時十歲，至少我覺得我是那個年紀。我到了新伊比利亞探望堂哥。他們是真正的鄉下小孩，玩的都是他們鄉下的玩意兒，還會偷某人叔叔的私釀酒，也沒差反正是午餐時間。所以我們去了那條河，或是湖沼吧，看你要怎麼稱呼它。我一定是在堂兄弟們傳酒喝的時候也灌了兩三口，因為當他們說有隻狗快要淹死的時候，我真相信他們的話。他們還指向那一坨緩慢流動的棕色泥水，真的有什麼東西在水中滾動。不斷翻滾，載浮載沉，轉啊轉的，快淹死了，我當時心中想的就是如此。我的堂兄弟們就只是站在岸邊，一直講著這隻快要淹死的狗，但什麼也不做。他們說：菲莉亞，妳這麼擔心，妳就跳進去啊。而在我面前不斷轉啊轉的那個東西並不遠，他們說，對啦，妳去救牠。

接下來，我踢掉涼鞋，在岸邊奮力施展雙臂，盡可能往前跳、朝狗兒游去。然後，水蓋過了我的頭，濃稠得像是融化的冰淇淋一樣。我看得見太陽，多多少少吧，所以我知道哪裡是上方，只是不知道該怎麼浮上去而已。妳有沒有做過那樣的夢呢？明明在跑步，但是卻媽的連一公分都前進不了？在水裡的時候就是那種感覺。只不過更糟糕的是裡面完全沒有空氣，頭頂上的陽光越來越遙遠，就像是《樂一通》卡通結束時的那一個小光點。

水裡的狗兒在我的上方，不斷旋轉，我搆不到，束手無策，濃稠的水進入我的鼻腔、我的嘴巴，宛若溫熱的奶昔灌入我的喉嚨。狗兒不斷旋轉，與我的距離越來越遙遠，媽的我一直往下陷，我救不了牠。所以我乾脆閉上眼睛，沉落。

你明明知道我沒淹死，媽的你當然知道，所以我才能講出這個愚蠢故事。某個堂哥跳下水，抓住我的手臂，把我拉回岸邊。我躺在那裡，氣喘吁吁，盯著上方的陽光，宛若把它當成了失散許久的朋友。有艘船發出嘎嘎聲響經過，會吐出柴油煙氣的那種捕蝦船，攪動河水，激起陣陣波浪。我堂哥早就丟下我，又匆匆回到其他人身邊。但我太累了，根本動不了，所以我乾脆躺在那裡，任由經過小船的水浪拍打在我身上，然後，突然之間，那東西壓上來了。冰冷，刺毛觸感，因為吸入河水而腫脹，而且媽的已經死了。我心想，是那隻狗，但感覺不像是狗，反而像是人類的皮膚——腫脹，濕黏的觸感，有疙瘩與針刺感。我的胸口痛到無法叫喊，因為那坨死物整個壓住我，重得要死，它的粗糙硬毛刺傷了我的肌膚。我也不知道是靠什麼方式側翻脫身。然後，我躺在地上，與某隻死豬面對面，它的呆滯眼神與發青口鼻距離我的臉龐只有幾公分而已，真的沒騙你。

我為什麼要告訴妳有關我十歲的時候所發生的事？我堂哥們鬧我的惡作劇？是這樣的，因為當我進了那台車、被賞了巴掌之後，我覺得我又回到了那個湖沼旁邊，不知所措，精疲力竭，那隻靠他媽的死豬壓在我身上。不過，這次的豬並沒有死掉，牠會咬人，發出悶哼聲響，還講出了那些聽起來根本不像是在對我說的話，對象彷彿是某地的某個女子、做了一些讓這隻豬勃然大怒的事。

我感受到他的死豬皮貼著我的肌膚，我聞得到他的死豬味。

然後，我又躲開了。我發覺車子在移動，等到我再次清醒，是因為感受到一股從所未有的劇痛。銳利又清晰，宛若玻璃，簡直好美，像是以前那種溫度計裡的水銀滑過的感覺。我不知道痛苦可以這麼美，美得令人屏息，真的無法呼吸。直截劃過我的喉嚨，所以我無法尖吼，因為我想要叫喊的時候，我感覺到有血從喉嚨汩汩流出，往下滴落到頸脖。

然後，有東西壓住我的臉，害我更難以呼吸。造成整個世界變得更加遙遠的某種東西，很模糊，宛若透過大麻菸氣在凝觀一切。而且我不斷翻滾，翻滾，宛若那隻在水裡的死豬。不過，我下方的地面很堅硬，我發覺有泥巴、垃圾，還有玻璃。而且，我仰躺盯著月亮，它在那坨蓋住我臉龐、害我難以呼吸的東西背後，看起來一團模糊。不過我依然在找尋那些棕櫚樹，拚命要想起它們的姿態，因為要是我可以找到它們……

第一部

多莉安

二〇一四年

1

女孩們在下課之後過來了。她們幾歲？十五？十六？還是十七歲？多莉安已經失去了判讀力。她們湧入了這間炸魚小攤，坐在鎖栓地面的高腳椅上面，來回旋轉，大剌剌把身體靠在桌面。她們把制服裙子拉高，露出了大腿，甚至還小露了屁股，還可以瞄到一點蕾絲邊內褲。她們解開了上衣釦子，猛扯馬球衫領口，露出了胸罩與乳房。

我要吃——

給我——

我要一個——

她們等待食物到來的時候，聲音一個比一個大聲。

她們很吵鬧，誇張做作，將青春期的自我當成了了不起的大事。

多莉安確定炸油溫度，一定要夠高，才能夠讓食物酥脆，才不會表皮冒油。

女孩們越來越不耐，因為這世界移動的速度不像她們那麼快。過沒多久之後，她們一直想要靠辱罵與強壓對方的氣焰。

婊子，妓女，賤貨。

多莉安迅速把冰紅茶、汽水，還有雙份薯條送給她們。

女孩們的聲音高亢，全都纏繞糾結在一起。

讓我告訴妳這個臭婊上週末幹了什麼好事。

妳給我試試看。

這個賤人——

賤貨，妳罵誰是賤貨？

我剛說了，這個臭婊去了拉蒙家。

妳敢再說下去。

少來，妳明明很得意，別跟我說不是，不然妳怎麼會回家後馬上傳簡訊給我和瑪莉亞，把全部的細節告訴我們？

多莉安的第二批薯條炸好了，正在甩油。

我點的還沒好哦？

靠，有夠慢的。

她把薯條放入保麗龍容器。

賤貨幫他吹喇叭。

多莉安放下炸籃，但大意沒卡到溝槽，熱油噴濺到她的前臂。

女孩們在哈哈大笑，互相捏來捏去。彼此慶賀告別了童年，以及平安感與理性。

多莉安轉身，離開廚房，帶著食物送上高腳桌台。

妳只需要張開嘴巴，閉上眼睛。沒什麼大不了的，簡直就沒什麼嘛。

多莉安放下薯條，把手伸到桌面的另一頭，抓住講話女孩的前臂。「雷希雅！」

女孩們安靜下來，她們的無敵姿態被打斷了。

「放開我。」

多莉安緊抓不放，「雷希雅……」她的緊繃語氣中，聽得出驚恐。

「我說了，放開我。」

「雷希雅……」多莉安搖晃女孩的手腕，逼她不要再那樣講話。

「媽的誰是雷希雅啊？」

她發覺有隻手貼住她自己的手臂，某人的手從當下的那一刻穿越進入過往。「多莉安……」是威利，她的炸魚攤幫手，正站在她的身邊，語氣溫柔卻堅定，

「多莉安……」

多莉安抓得死緊，不斷搖晃她的女兒，要趕緊回到現實之中。

「告訴那個賤女人啦，放開我的手。」

賤女人，雷希雅絕對不會叫她自己的媽媽賤女人。

多莉安放手，威利把她拉回廚房。

「放輕鬆，」他說道，「放輕鬆一點，放輕鬆。」他彷彿把她當成了氣噗噗的狗兒。

女孩們鳥獸散，留下吃了一半的食物。炸魚攤的出入大門，被她們砰一聲關上了，當她們走

到馬路上的時候，多莉安還聽得到她們在嘲笑她的話語，

十五年過後，依然改變不了雷希雅已然死亡的事實。但也不知道為什麼，過往依然頻頻發出召喚。多莉安雙手倚住太陽穴穩定心緒，區辨幻象與現實，不過一切依然盤根錯節。

2

傍晚繁忙時段結束了，多莉安把一些剩料丟入炸鍋裡面，調高廣播電台的音量。這是古典音樂電台，播放的應該是莫札特與貝多芬的世界名曲，但因為這裡是洛杉磯，反而聽到的是約翰．威廉斯與漢斯．季默的音樂作品。

炸鍋熱沫四濺，多莉安猛甩炸籃。她在西方大道與三十一街交叉口的炸魚攤經營了將近三十年之久，應該早就對油炸物感到想吐才是，不過，要是沒辦法把自己經手的食物吞下肚，那麼也沒有辦法拿出去給別人吃。她為了配合辣醬，又多撒了一點鹽巴。

早在許久之前，她的客人們就已經不再關心、注意，或是記得傑佛遜區南方邊界的這個炸魚攤老闆是個白種女人。就算他們知道她當初在東岸認識李奇、任由他帶她跨越全美到這裡之前，她從來不吃羽衣甘藍或鯰魚，他們也忘了；就算她告訴他們在李奇過世之前，她自己從來沒有弄過玉米麵包或是炸秋葵，大家也選擇忘記。

「等一下！」

有人猛敲廚房窗戶的鐵柵。

「我說了，等一下。我告訴妳多少次了？我不喜歡我的炸魚加辣醬？」

是凱西，多莉安認得她的聲音——走在西方大道隨時可能會聽到的粗啞聲調。

反正我也不想跟你做。

一片黑漆漆，很可能太小了根本找不到。

你到底要不要做？還是在浪費我時間？

多莉安打開通往炸魚攤的後門。

凱西站在小巷裡。她個頭矮小，打扮風格簡潔，彷彿丟掉了她不需要的一切。她身穿牛仔迷你裙、假皮飛行員夾克，以及細高跟及膝短靴。她臉色蒼白，漂白過的捲曲鮑伯頭，讓她的臉色更顯淡白。她曾經告訴過多莉安，我的曾祖母被農場奴工強暴，然後就留給我這一身黃皮膚。然後，發出就算是相隔半個街區之外，多莉安也能認得的瘋狂咯咯笑聲。多莉安已經懶得去揣想凱西的故事到底合不合理。

她從凱西口中，還有其他在西方大道討生活女子那裡所聽聞的點滴如下：

我會這麼說吧，一半是被強暴，一半是工作。

恐怖程度堪比被生香腸噎到一樣。

微風中根本無法撐傘。

濕答答又髒兮兮的三十秒鐘，但反正就這樣了。

有爬蟲類專館的那種味道，我知道妳一定懂我在說什麼。

還有更多。更多關於生活，關於男人，關於不適感、嗑藥、抗生素，還有每天晚上跳脫衣舞扭腰擺臀的點點滴滴。

多莉安餵食這些街頭女子已有十三年之久，現在不論她們說些什麼，幾乎都已經很難嚇到她，但她們還是會努力一試，好玩而已。多莉安靠著這些累積的資料，開個夜間性事談話秀絕對不成問題，開一門變態解剖學課程也可以。

她用腳夾住門縫，「妳要不要進來？」

「等一下……」凱西蹲下來，靠近垃圾集運箱的那一灘污水，伸手拿起了某個東西。當她站起來的時候，多莉安發現自己眼中有淚。

她手裡握著一隻死去的蜂鳥。是麗羽蜂鳥——紫色鳥冠羽毛因為那灘垃圾水變得濕黏。

多莉安伸出雙掌，凱西把鳥兒放入她的掌心之中。輕盈得不可思議，彷彿少了靈魂之後，肉身幾乎等於是零。

「媽的這世界是怎麼了？」凱西說道，「美貌只不過是一種詛咒罷了，我就是這麼教小孩的。」她開始拭淚。

多莉安當初也應該要教導女兒雷希雅相同的道理才是。不過，雷希雅當初自己是在過十八歲生日之前學到了教訓。

然後，又出現了——盛怒的黑色閃光，對五臟六腑的狠狠一擊，掐住她喉嚨的手。

凱西問道：「妳到底要不要給我東西吃？」

廚房的空間幾乎很難容下兩人。多莉安緊貼流理台，而凱西則是側身，佔住窗邊遠端放置殘魚肉塊箱的位置。她直接以雙手吃東西，將魚肉沾了塔塔醬，送到嘴邊，然後伸舌舔手指醬汁。

多莉安從頭頂上方的置物架拿了一個長形麵包烤盤，把死鳥放進去，接下來確定爐火溫度，大約是攝氏九十三度左右。她把烤盤滑蓋塞好，將溫度調高了一點，彷彿準備要烤肉乾一樣。

凱西說道：「妳這樣是毀屍。」

「我就是靠這個方法保存它們。」

「保存，」凱西說道，「很好的方法。妳現在有幾個了？」

在冰箱上方有兩個裝了死鳥的鞋盒，全都好好放在棉球堆裡面。

多莉安回她：「二十八隻。」

「靠，」凱西說道，「我才不想當這裡的鳥。」她吃了一小口的魚，「都發生這種狀況了，妳會出手做點什麼吧？」

「什麼狀況？」

「有人在搞妳，有人在發訊警告妳，根本就是毒梟幹的事。死鳥。靠，我看過有女生對其他女孩做出這種事，滾回自己的地盤，我還看過淫媒做過更惡劣的事。」

多莉安回道：「我沒有佔了誰的地盤啊。」

「看起來是這樣沒錯，」凱西又舔光了另一片魚的醬汁，她側頭面向收音機。「靠，妳在聽什麼啊？」

「古典音樂。」

「讓我換頻道。」她大手直接伸向收音機，把它轉到了另一個隸屬於全國公共廣播電台的洛杉磯頻道，播放的是《萬事皆曉》節目，不是現場實況，而是稍微延遲播出。

伊迪拉．霍洛威正在講話。自從她兒子之死的判決宣布之後——那些在光天化日之下近距離槍殺這孩子的警察們居然全部無罪——她似乎一直講個不停，電波之中充滿了她的盛怒。關於怒火，多莉安有一些心得可以與她分享，它有多麼愚蠢，完全成不了事，所有的尖叫與憤怒只會害妳越陷越深，造成自己的孤立，別人開始憐憫妳，而且又害怕接近妳——彷彿悲傷具有傳染性。

「這臭女人超火大，」凱西說道，「這臭女人火大得要命。」

「難道妳不會嗎？」

「靠，要是哪個人殺了我的小孩，我會殺死一堆人渣報仇。做出這種事沒有遺憾，只有什麼都不做才會遺憾。」

有時候，多莉安會幻想某座城市充滿了類似伊迪拉．霍洛威這樣的女子，像她自己這樣的女子，充滿了無望、無意義之怒火的某座城市，某個國家，某個完整的大陸。她討厭這樣的想像情節，但還是出現了。這讓她產生了幽閉恐懼症，彷彿一接近這些哀傷的母親就會讓她窒息。

「只有一個方法可以為傑曼討回公道，」凱西說道，「街頭正義，以牙還牙以眼還眼。這就像是我對我女兒潔西卡的叮囑一樣——不要惹是生非，要維持低調，因為要是遇到什麼狀況的時候，妳得要為自己挺身而出。而且，我告訴她要是真陷入什麼麻煩，我很可能必須為她出頭，而我們都不希望看到這種結果。」她找尋是否有遺漏的魚塊，「我要是掛了，也沒有辦法保護她或是其他人。」

不過，夜復一夜，凱西卻在西方大道四處閒晃，站在那裡，直接置身於危險之中。就多莉安看來，她認為以這種方式保護子女很詭異。不過，選擇畢竟是選擇，而某些人就是沒有太多選擇。

也許多莉安一開始就害雷希雅走上了厄運之路。也許挑選了李奇，一個黑人，成為她小孩的爸爸，是她犯下的第一個錯誤。多莉安自小生長在羅德島小鎮，不懂膚色的詛咒。伊迪拉依然在電台激動陳詞，大罵警察、律師，以及司法體系，彷彿哪句話將會產生什麼改變一樣。

凱西吃完了，壓扁了保麗龍。從她的大型亮紅色包包裡取出了一個粉餅盒，仔細補妝。

「我看起來怎麼樣？」她噘起雙唇，瞇著雙眼，彷彿想要把多莉安整個人吞下肚。

「很好，」多莉安回道，「很漂亮。」

「幹，妳說漂亮是什麼意思？妳覺得漂亮是可以幫我引來一堆男人、讓我可以繳房租？幫我兒子買充氣屋當生日禮物？」

多莉安明瞭這種遊戲，「凱西，妳看起來就像是個大騷貨。」

凱西啪一聲關上了粉餅盒，「靠，我就是這麼覺得。」她以手指梳理了一下自己的漂金色短捲髮，將包包揹到肩上。走到炸魚攤後門的時候，停下腳步。「關於那些鳥兒，妳會出手做點什麼吧？在有人會殺蜂鳥的地方吃東西，我覺得不是很安全。」

多莉安問道：「像是什麼？」

「至少傑曼那個不知道叫什麼名字的媽媽在大聲嚷嚷，至少大家聽到了她的聲音。」

「妳是要我大聲嚷嚷有死鳥？」

「靠，我就會做這種事啊。」凱西走了，準備要到西方大道做她的生意，以燦亮的金髮與刺耳咯咯笑聲照亮黑夜。

終於，新聞轉到了另一篇報導——洛杉磯到舊金山可能出現子彈列車。多莉安吐了一口氣，抒發每每當她聽到伊迪拉．霍洛威聲音時，心中就會湧現的那股緊繃情緒。

她盯著煎鍋，查看油溫，確定還得要等多久才能把它倒掉。

親愛的伊迪拉，我知道很難討論憤怒，因為憤怒自己會發聲。不過，妳最後還是會明悟的。這十五年來，憤怒一直隨身不離，我每一天都要對人尖叫、拿切肉刀砍自己的手、奮力捶牆，除了我心頭的傷疤之外，我應該還會有的其他傷疤。但這樣沒有意義，久而久之就讓它過去了，就是這樣。不要再吵吵鬧鬧，或者，妳就是這樣，噪音，麻煩，問題，妳純粹就是自己的無意義憤怒。

多莉安伸手拍了一下自己的嘴。在自己的空蕩蕩廚房裡面，她到底是在跟誰說話？為什麼過往就是不能乖乖留在原地？

不久之前，整條西方大道還是獵場。十五年前，有十三名女子陳屍在附近巷弄，被割喉，整顆頭被套袋。妓女，警方的說法；妓女，報紙也跟著學舌。

雷希雅不是妓女，不過，遇害方式和某些妓女一樣，就此蓋下了命運的戳印，無論母親可能會怎麼吵鬧，引發多少的騷動都一樣。

多莉安當初的確吵鬧了一陣子，而且是驚天動地的吵鬧。整個西南警局，甚至連之前的洛杉磯帕克總部也不例外。還有地方報——免費的週刊，以及《洛杉磯時報》。

沒有人聽到。

其實，某些其他受害者的母親對她嚴厲批判。因為她是一半的白人，就可以擁有不一樣的待遇嗎？她們想知道答案。

有另外一名死者的母親告訴她，死神下手，才不管你是黑人或白人，在這個世界裡，只有這種事才不會出現種族歧視。

十三個女孩死了，十五年過去了。根據多莉安的算法，而且她要是沒算錯，在同一個時期之中，有另外三個洛杉磯連續殺人魔遭到逮捕、審判，並且被關入監牢。不過，完全沒有任何一個與西方大道的女孩謀殺案有關。

警察運氣不錯——雷希雅遇害之後，兇手就不再殺人。不需要在一個緊張情勢總是一觸即發的城市去撈舊案，過去的就讓它過去吧。

多莉安透過窗戶鐵柵回頭凝望，確保一切無恙。狂風依然在這座城市四處肆虐，捲飛垃圾，搖晃樹木，打落了棕櫚葉。她走向人行道邊緣，查看公車，覺得不妨就直接走回家也好。

空氣充滿了傍晚通勤的噪音，感覺好窒悶——每個人都因為自己的手機而分心，怠速車行變得更加緩慢，走走停停的氣喘公車擾亂了交通，還有頭頂的噪音，西亞當斯大道上頭的飛機飛得太低，地方新聞台為了充滿他者苦難晚間的新聞精華正在找尋素材。

時間尚早，大多數的女孩都還是低調行事。公車停在前方，距離她只有半個街區。多莉安沒有追過去。走路對她有好處，可以清除肺部累積的沉重廚房油氣，搞不好也可以擺脫黏著在衣服的油膩感。

公車怠速暫停，放下了斜坡板，讓某位輪椅乘客可以順利下車，後頭的駕駛們頻按喇叭。多莉安走到站牌的時候，車門還沒關，公車司機為了升起斜坡板正忙著弄控制台。多莉安把手伸入包包，找到了她的票卡。西方大道的南向車道傳來輪胎急煞噪音，然後是強猛引擎的狂吼。多莉安抬頭，看到了一台黑色的車──染色黑玻璃，搭配亮鉻色輻射輪框的巨大輪胎──在停滯不前的車陣中硬是開出一條細如針線的路。副座的門開了，冒出不合理的白色煙霧，有名女子下車。

「妳要不要上車啊？」公車司機對多莉安大吼，「要不要上車？」

有名乘客拍打車窗，「小姐，媽的快上車啊！」

多莉安的目光一直沒有離開對街的那名女子，因為下車的人正是雷希雅。十七歲，完美無瑕，美麗，活得好好的。金黃色的捲髮往後緊梳，綁了一個高馬尾，在肩後甩來甩去。

「媽的快上車啦！」

多莉安聽到車門唰一聲關上，往前開了幾公尺又停下來，因為遇到了紅燈。

「雷希雅……」她大叫，雖然自己明知不合理。「雷希雅……」

然後，她衝入馬路，在雙向來車之間蜿蜒前行，引來眾人狂按喇叭與急煞聲響，

「雷希雅……」

當她站在馬路中央的時候，她回神過來了。不是雷希雅，當然——而是茱莉安娜。雷希雅與她死去當晚所照顧的小女孩居然如此相像，依然讓多莉安震驚不已。她盯著身體前傾在副座車窗的茱莉安娜，聽到駕駛說了什麼而哈哈大笑，然後就走回了人行道。

該死的阻街女郎。

媽的不要擋路。

有對向的兩台車逼近，害多莉安動彈不得。駕駛們拚命按喇叭，此時起了東風。

「茱莉安娜……」多莉安在她後頭呼喊，「茱莉安娜……」

沒有回應。

「茱莉安娜……」她又試了一次。不過，那台黑車加速奔離，想盡辦法在凝滯不動的車陣中殺出了一條路。她的聲音也被掩蓋了。茱莉安娜背對她，越走越遠，多莉安這才驚覺不對，改喊「茱茱比」。多莉安瞇眼，想要在黑漆漆的街道中認出哪一個才是茱莉安娜的身影，但已經看不到人了。

她斜靠在南向的公車站，二號公車入站，等到它停下來的時候，多莉安踢了一下公車的保桿，痛感往上蔓延到她的大腿。司機透過敞開的車門大喊：「小姐，妳有什麼問題？」

「到底有什麼問題？」

回應的只有風嘯。

3

她繼續往北走，經過了各式各樣的個體戶商店——馬丁漁具行、皇冠與光輝髮廊、皇后之道美容器材行、一家理髮店、兩個供水站、三間五旬節教派教會，以及一家自助洗衣店，全部都在侵吞西方大道的商店街夾縫之間求生存。你可能會誤以為沒有足夠的客源能夠供養另一家廉價手機店、仿冒連鎖披薩店、甜甜圈店。不過，這座城市，尤其是十號州際公路以南的地區，似乎對於隨便複製的相同商號具有無盡的渴望。

這裡距離她家不到兩公里了——最後一個綿延的上坡路段，讓十號州際公路附近的區域贏得了「高地」的稱號：西方高地、阿靈頓高地、哈佛高地，以及金尼高地。蓋在斜坡上的宅邸更顯宏偉，除了佔地有八十五到一百四十坪的工藝風、維多利亞風，以及布雜藝術風的各種屋宅之外，遑論還有亞當斯大道的那一排詭異豪宅。

從類似西方大道這種商業廊道的角度，很難想像這個社區的昔時榮光，難以想像西亞當斯大道與所有的組成區域曾經是令人想望的高檔區域，那是在洛杉磯取消非白人住屋所有權限制、將城市重心往西北方向移動之前的光景。等到黑人搬進來之後，在市中心的某個優雅區域開始插旗立界，城市規劃者完全沒多想該怎麼規劃連接市中心到海濱的這一段十號州際公路，就直接把它放在西亞當斯大道的中間，造出一個糊化了社區界線、有一百五十公尺寬的溝渠，而且還以類似夷平雨林的方式大肆拆屋。而最後的下場，或者應該說是大家事後才猛然驚覺，洛杉磯某些最美麗的屋宅出現了如潮浪般的車流，不然就是在後院裡看得到一片停滯不前的紅白色車燈光海。

這些殘留的屋子讓多莉安深感不安，在在提醒她這座城市轉身棄絕的速度有多麼俐落。

多莉安不是社區改造擁護者。她明白大家為什麼不想住在西亞當斯大道；為什麼對於住在充斥「飆速通訊行」、「蟋蟀通訊行」，以及「楊家甜甜圈」這樣的區域感到興趣缺缺；為什麼不希望與原來是美麗屋舍、如今卻被切分為一堆房間塞滿了過多住客的公寓比鄰而居；她也知道大家為什麼會放棄擁有原始平房或是雜亂六臥豪宅的機會，因為位置是在十號州際公路有問題的那一邊。

不過，每年還是有越來越多人聊起這個區域，說什麼它是洛杉磯最後一塊寶地，而且是買下真正住宅、成為某個真正社區一分子的最後一席之地。不過，去對那個在西方大道與亞當斯大道交叉口的夾心餅披薩店門口慘遭謀殺的傢伙講這種話吧，或者是在西方大道與皮可大道的露皮洛之家被槍殺的酒保講這種話啊；不然，也可以告訴那些慘死於開著類固醇爆發的日產汽車、在住宅區競速呼嘯的男孩們輪下的數十隻流浪貓。

當多莉安到達十號州際公路的時候，呼吸變得沉重。她在穿越公路之前停下腳步，在東向入口閘道與女孩們經常出沒的三角地帶，有人開了一間托兒所。多莉安透過鐵絲網，盯著他們花盆裡的植物，某些纏繞在九十乘九十公分的棚架上面，黏附在圍籬、吸滿公路廢氣。裡面有綠珊瑚以及其他多肉植物，一些仙人掌、灌木叢、玫瑰，還有一些加州原生種——天竺葵、鼠尾草，以及吸引鳥兒的紫菀。她心想，過沒多久之後，雀鳥、蜂鳥，甚至是黃鸝鳥，都會蜂擁奔向這個位於十號州際公路旁的醜陋花盆。

一陣窸窣聲響，她準備要面對風勢狂起。不過，當她抬頭的時候，卻看到了一群綠色鸚鵡劃破天際，粗野的鳥鳴以某種奔放又和諧的瘋狂姿態，壓過了車流的噪音。多莉安引頸觀察鳥兒融為一體、俯衝而下又飛起——在向晚時分出現的多彩暴風漏斗雲。自從她在自家附近看到了群飛鸚鵡之後，她一直盼望可以把牠們引到炸魚小攤或是自己的家。不過，鸚鵡移動並沒有可資辨識的任何模式——連續出現個好幾天，翻擾天空與樹梢，搖晃棕櫚樹葉，瘋狂吵鬧不休，然後又把那股躁動帶往他處。

你可能會覺得這是隨機抑或是出於恐慌的反應，某隻鳥飛走，其他的也跟著移動，不過，這樣的群聚自有一套運作方式——大群扭動，飛升、盤旋的生物齊至天際。這並非盲目群體的行為，而是一種精密的溝通，每一隻鳥兒至少要與七隻鄰鳥進行互動，彼此適應，調和速度與個別動作，複製角度、向量，以及方向，如此一來，整個鳥群才能夠以優雅一致的節奏前進。

多莉安望著鳥群消失在南方，牠們將會停留在某棵棕櫚樹，然後再次消失。鸚鵡離開，烏鴉隨後報到，帶來了截然不同的活力——宛若暴風雨來襲的邪氣。當牠們到來的時候，多莉安已經沒有繼續駐足觀看了。

現在是交通尖峰時刻，公路八線道全卡滿，哪裡都去不了。頭上狂風在呼嘯，速度還超過了那些動彈不得的車輛。東向的散亂市中心摩天大樓，在另一側的朦朧夕陽映照之下，成了一片灰紫色的污影。有好些張商店海報——螢光底面配合黑色粗體字——黏在天橋護欄。「我們現金買房」、「我們迅速買房」，還有兩張宣傳「常春藤女王」以及「大天使」的演唱會海報。然後，出現了一個被霧霾污染的祭壇——以塑膠花組串的污穢十字架、褪色的護貝照片，還有一隻骯髒泰迪熊——為了紀念死在天橋或是下方公路的某位年輕女孩。

這條西方大道的門面慘不忍睹，無庸置疑。面街商場到處充斥中國食物／甜甜圈的混搭小食店、廉價內衣商店、被搗毀的提款機、解體贓車賊仔店、輪胎行，以及販賣生病小動物的寵物店。她經過了華盛頓大道，然後是威尼斯大道，到了劍橋街的時候，她朝東向瞄了一下，可以看到那間屋子，從李奇與他父母那裡繼承而來的遺產——芥末色的工藝風格五房屋宅，牛津街口的下一個街區。某間獨立屋宅，足以容納長輩以及多莉安、李奇，還有雷希雅。

而如今只剩下多莉安在那裡獨居。

她暫停一會兒，然後又繼續朝西方大道走去。她想要暫時躲避那些髒兮兮的房間的孤單感、她無法共處一室的那些小玩意兒。讓她的盛怒無以為繼的那些東西的殘骸，提醒她大家如果不是離世、就是被奪去了生命的那些褪色物品。

往北走兩個街區，有一間酒吧，露皮洛之家。附近的低級小酒館——黏膩的地板、廉價飲料、門鎖被破壞的廁所。這裡一年前有個酒保被殺，前男友在門口開槍，現在，會有個壯碩警衛站崗。

多莉安聽說老闆想要把這裡重新命名為「哈佛園」，對鄰近「哈佛高地」的致敬之舉，根本與這社區完全不搭調、自以為是的笑話。

多莉安看起來通常像是個奇怪的局外人，不是拉丁裔大酒鬼，也不是準備去聽演唱會或是在韓國城狂歡整夜而誤闖地盤的年輕人，其他客人都離她遠遠的。

她坐在某張搖搖晃晃的吧檯高腳椅上面。酒保穿了一件自行剪開的T恤，然後把下襬紮在自己的平坦腹部前面。多莉安點了一杯七七雞尾酒，送來的時候是裝在透明塑膠杯裡面。音響傳出震天價響的拉丁嘻哈樂，這地方散發出啤酒以及吧檯後方餐廳供餐口冒出的塔可餅油氣。

多莉安以吸管啜飲雞尾酒，適應了那種甜度之後，才以雙唇碰杯。酒吧幾乎空無一人。有兩名中年男子在玩撞球，好幾個年輕女子窩在點唱機旁邊，她們相處融洽自在，互撞屁股，頭髮左右亂甩。

門開了，多莉安看到門口站了一名女子。她突然無法呼吸，誤以為那是茱莉安娜，但她其實知道茱莉安娜更搶眼，姿態之高甚至會超過了露皮洛之家的吊頂天花板與髒兮兮油氈地板。不過，她的心依然在欺哄她，讓她誤以為還有機會可以擋下茱莉安娜，讓她避開未知的厄運。

當她走進來的時候，多莉安看出來了，這女子跟茱莉安娜一點都不像。

那女子從門口走到了吧檯，飄散出積累多時與剛抽完的混合菸味，她坐下來，面前是一杯半滿的褐色飲品，一口就乾光。

她搖晃空杯，瞄到了多莉安，然後死盯著她不放。

多莉安迅速看了她一眼，不知道對方是不是某個會出現在炸魚小攤後面、接下來又回頭四處找客人的女子。

「媽的妳誰啊？」

多莉安轉頭，不需要與陌生人攪和。

「我問妳，媽的妳誰啊？」那女子穿低胸上衣，露出了一道巨大傷疤——紫黑色鞭狀凸痕——橫跨喉嚨底部。「妳到底在看什麼？」

多莉安回道：「沒有……」

「對啦，沒有。」酒保又為這女子送上新飲品。她開始啜飲，依然盯著多莉安。「妳怎麼知道我在這裡？是不是跟蹤我？妳一直在跟蹤我？妳以為我沒看到？」她頭髮剪得超短，還以髮油往後貼梳。

多莉安轉頭，不需要跟陌生人糾纏。

「我不知道，」多莉安說道，「我不認識妳。」

那女子眼神的狠毒程度，令人惴惴不安。顯然她一定是誤會了什麼，而且深信不疑。

多莉安的下一杯調酒送上來了，但她不確定自己能否開心享受。

「抱歉哦，為什麼要盯著我？」

多莉安拿起自己的七七雞尾酒，兩口就喝光了，她掏出鈔票，走出大門。

她匆匆往南行，順風陣陣吹來，將空罐紙盤吹送到她的後方飄飛，西方大道棕櫚樹出現不可思議的彎曲角度。

「妳現在要逃跑啊？妳一直在跟蹤我，現在居然自己要逃走。」

多莉安加快速度。

「我會找到妳住在哪裡。」

多莉安站在劍橋街的角落，回頭張望那女子距離她到底有多遠，發現對方在第十五街，與她相隔了一個街區。多莉安為了保險起見，經過自己住家街區的時候刻意跳過，然後左轉接威尼斯大道，又繞轉回到賀巴特大道。

她家的那條街沒人，這也不是什麼罕見狀況。某處傳出車子急煞，發出刺耳聲響。狂風在電話纜線之間扭糾而過，那聲音宛若有人在切鋸金屬。

她打開她家的花園大門。門廊的燈亮了，露出了長得亂七八糟的九重葛以及早已大舉入侵的藤蔓。她翻找包包，心臟狂跳，最後一杯讓她不勝酒力。她掉了鑰匙，蹲身準備撿起來。她家門廊的綠珊瑚盆栽旁邊，躺了三隻死去的蜂鳥。

4

多莉安逃離露皮洛之家之後，一早吵醒她的是雷希雅。她就在那裡，坐在加大雙人床的床尾，身穿牛仔褲與白色T恤，多莉安最後一晚看到她時的那身打扮。

牛仔褲有點太緊了一點，但多莉安沒有唸她。因為，看看當時某些其他女孩開始盛行的打扮吧——看起來像是男人內衣的露肚襯衫，還有幾乎遮不住屁股的褲子，只要是可以露出腹部與屁股、瞄一眼就可以看到恥骨、但不會因為妨害風化而遭到逮捕的各種打扮。

而待在這裡的她，依然穿著那身衣服，蹺腿，往後仰，雙手撐住後腦勺，斜視床頭的多莉安。她把枕頭丟過去，想要趕走雷希雅，她不需要這種幽魂版本徘徊不去。她搓揉雙眼，希望幻象消逝，但是雷希雅的亡魂與活著的時候一樣頑固。十五年過去了，還是一樣的舞動姿態，一樣的對峙場面。

多莉安開口，「走開……」她最多也只能講出這幾個字。她拒絕這個鬼魂纏身，但對方打死不退。多莉安必須要小心翼翼，不然就會失控了，她努力要把那段過往拋諸腦後。

她透過十指隙縫偷看。雷希雅正在綁辮子，將狂野的橘色捲髮捲扭成一條粗辮，就跟多莉安在她小時候的習慣一樣。

與雷希雅講話，可以讓心靈與記憶得到滿足。承認她的存在，也就開啟了某種危險的滑墜，某種無法逆轉的敗落。

多莉安翻身，把臉貼住李奇那一邊的枕頭。她從一數到二十，然後從頭再來，這一次是數到一百。等到她抬頭的時候、雷希雅已經不見了。

她坐起來，開燈，第一個看見的是梳妝台上的那三隻鳥。

外面天色依然昏黑，聖塔安娜風襲震窗戶。這裡就像是東岸一樣，雖然天空沒有相同的寒氣相逼，但冬陽卻要到將近七點才會露臉。她在衣櫃裡找到了一個鞋盒，在裡面塞滿了舊襪子，然後把死鳥放進去。

她進入廚房，重新加熱昨天煮的咖啡，然後把走味的餅乾散撒在後院，確認貓咪與負鼠沒有咬爛她盆內的蔬菜。她補滿了餵鳥器，其實根本不需要更多的種子。

她的那些餵鳥器吸引了獨特的鳥群——不只是那些她期待的鳥兒，黃鸝、林鶯、雀鳥，也包括了太懶惰或是太挑嘴不肯吃街頭垃圾的鴿子，甚至還有一些是飛往海洋途中的迷路海鷗。

她望向天空，找尋鸚鵡的蹤跡。牠們通常在冬天左右出現，幾乎都是在下午或是傍晚，但有時候是清晨。牠們從來不曾在她的花園裡落腳，只是從上頭飛過去，停駐在隔壁那條馬路的巨大棕櫚樹上頭。

陰鬱天空中的某處傳出鳥囀。沒有鸚鵡，而是紫綠色燕子在接近破曉時段的重複嘰嘰聲。多莉安閉眼聆聽，她知道當第一道曙光出現之後，鳥囀就會戛然而止。這一次，鳥叫的時間根本沒有持續那麼久。上方傳來轟隆巨響，是某架過低的飛機發出的音速低鳴。一陣狂亂窸窣作響，鳥兒們隨即高飛入空，消失在一片黑暗之中，只留給多莉安城市緩緩甦醒的活動聲響以及風嘯。

她瞄到某隻貓咪的剪影鑽入圍欄，盯著牠停下腳步，對著餵鳥器思忖。飛機趕跑了鳥兒，所以獵食並不順利。不過，鳥兒卻依然在原地徘徊，多莉安沿著牠的目光看過去，牠並沒有在看餵鳥器，而是在沙漠鼠尾草灌木叢下方的某個東西。

多莉安靜靜等待，貓咪亦然。

她專心聆聽，有沙沙聲，移動，飄晃，可能還有吱吱聲響，都是貓咪在狩獵的徵象。

然後，牠猛撲而起，一氣呵成離開圍欄、鑽入灌木叢底下，瞬間現身，嘴裡含著東西。多莉安發出可能會讓鄰居們湊到窗邊的淒厲尖叫，貓咪丟下獵物，完全沒入晨曦灰光之中，宛若從來不曾出現一樣。

多莉安蹲下來，拾起貓咪的獵物。一隻灌叢鴉——死亡多時，已經僵硬成形，她雙手盈握，似乎可以觸摸到牠生命的實體感。多莉安把牠捧在手心，瞄了一下灌木叢下方，側邊有另外一隻鴉——宛若空瓶一樣。

這兩隻死去的灌叢鴉，不禁讓多莉安膝頭一軟，喉頭哽咽，差點失聲啜泣。灌叢鴉與其他鳥類、其他動物不一樣，牠們宛若人類，具有記憶。她把松鴉帶入屋內、放入那個已經裝有蜂鳥的鞋盒裡，然後把盒子放入購物袋裡面。

親愛的伊迪拉，等到妳發現再也沒有人聽妳說話的時候，妳還是得要聆聽自己腦中的回音，那是一個隨著時間推移而變得扭曲的記憶遊樂園鬼屋，那地方會嚇死妳，我可以講一些會讓妳想起妳小孩的事物，害妳永遠無法入睡的故事，比方說吧，死鳥。不過，這種東西應該是對妳的提醒，有關毫無意義之憤怒的某種警告。因為，到了最後就只有妳自己而已，一直都只有妳。所以，對世界發洩那種怨恨與憤怒，只是浪費氣力而已，因為得不到任何回報。那是一張單程車票。妳不斷拋出憤怒，到頭來只會得到更多的憤怒，最後什麼都沒有。

天空的顏色變得柔和多了。現在是星期六，所以西方大道的車流量不大。女孩們依然在外頭，緊緊拉住外套抵擋強風——有些使出渾身解數、想要在市聲喧囂之前撈到最後一個客人，其他的則是被她們的皮條客帶走了。

走到炸魚小攤、取走藏在櫥方裡的那兩盒死鳥，要花二十分鐘時間，然後，走到西南警局又得花二十五分鐘。大約在十年前，多莉安是他們轄區的常客，大家都很清楚她是誰，所以只要她一走進來，警探們就會紛紛裝忙。

她對於自己被當成空氣早就習慣了。不過，她還是開了口，聲音憤怒堅定，那股火氣就連她自己也感到不安，彷彿她的聲音是從別人的喉嚨裡冒出來的一樣。她痛恨在這間沉悶的警局裡講出雷希雅的名字，痛恨在冷寒日光燈管照映之下、夾雜著無線電靜電雜訊呼叫與此起彼落電話聲的環境裡，召喚對女兒的記憶。

現在的畫面，差不多就是大家猜想的星期六早晨警局情景——前一晚的餘波蕩漾，暴怒者、酒鬼、迷路的人、暴力分子、失序者、瘋子。多莉安在櫃檯進行登記，她想要報案，因為有人一直在她的營業場所後面毒鳥，現在到了她家後院犯案。

警員隨便打量了她一下，他嗅出某種瘋狂氣息。然後，他呼叫坐在後頭的某人。

多莉安在等待的時候，手指頻頻敲打鞋盒，足足有二十分鐘之久，但最後櫃檯後面的那扇門開了。「算妳走運，」警員對那個從後面冒出來的人說道，「有起毒殺案送上門了。」

多莉安抬頭，看到一名個頭矮小的女警探，顯然是拉丁裔，但一頭深色髮絲染為金黃，讓她的膚色顯得蒼白。「這不歸我管，」警探說道，「我負責掃黃緝毒，你不記得嗎？」

「妳到底要不要接案？」

警探沒有回答，只是撐住了敞開的房門，等多莉安跟她進去。

「但不要太興奮，」警員又補了一句，「只是鳥屍而已。」

多莉安明明很清楚這間警局地板的每一吋空間，但她卻佯裝不知——每一張辦公桌，每一間問訊室，她都進去過。有人專心聆聽，嚴肅對待她的案子，安慰她，遷就她，告知她該離開，把她護送出去。

就讓專業工作者來處理他們的任務。

希望妳並不是在暗指我們查案是三流水準。

妳要是坐在我這位子的時間夠久，就會明瞭小孩不願讓父母知道的那一切。

我問妳，妳有多了解自己的女兒？

這名矮個子警探帶她走到了多莉安並不熟悉的某個遠處角落——擠在兩個檔案櫃之間的某張

辦公桌，遠離。

多莉安坐下來，把鞋盒放在自己的大腿上，警探不發一語。她的臉龐還看得到昨晚的些許殘妝，待在辦公室一整天的褪色塗料。多莉安看得出來，她的染髮需要補色，一公分長的原生色差髮根，框住了整個臉龐，多莉安放任自己頭髮變得花白，就是因為染髮後得這樣費心維持。

不過，這個警探，跟別人很不一樣。彷彿拚命想要假扮另一種膚色的人所適合的妝髮，但她明明是警察。根據多莉安的經驗，警察根本懶得扮成別人，他們就只是想要努力當警察而已。

多莉安瞄向桌上的名牌：警探，E．佩芮。

坐在她面前的這名女子，的確不像是有佩芮這種姓氏的人。

「警探，這個E是什麼意思？」

那女子抬頭，彷彿這是她第一次注意到多莉安，「代表的是艾斯美雷爾達的第一個字母。妳呢？」

過了一會兒之後，多莉安才發覺對方在問什麼。「我是多莉安．帕克赫斯特。」

佩芮警探拆開口香糖包裝紙，把它丟入嘴中，雙眼依然緊盯著工作吃重的電腦螢幕。她過了一會兒之後才開口，「好，小鳥……」她打字速度飛快，目光一直不曾望向多莉安。

多莉安把盒子放在辦公桌上，「三十一隻蜂鳥，現在又有兩隻灌叢鴉。」

佩芮警探並沒有鼓勵她繼續說下去，她自顧自道出一切——在炸魚小攤後面發現的那些鳥兒，以及剛剛出現在她家後院的那兩隻。「有人針對我而來。」

她嚇了一跳，佩芮警探似乎把她講的字字句句全寫下來，十指在吵雜的鍵盤上飛舞，她不斷敲打又按下退格鍵。

多莉安把這樣的動作當成了繼續講下去的暗示，說出了更多的細節——描繪灌叢鴉的心智能力、牠們似乎懂得其他鳥兒的思緒，還有，要是牠們從其他鳥那裡偷走食物就會偷偷藏起來，她還提到了蜂鳥的飛航天賦。

佩芮警探的手指在鍵盤上方凝住不動，口香糖的啪噠聲響沒了。「多莉安．威廉斯，對嗎？」

多莉安確定自己剛剛講出的是她的娘家姓氏，「我說的是帕克赫斯特吧？」

「但妳明明是多莉安．威廉斯，」警探第一次與她四目相接，「這裡寫得很清楚，」她敲了一下電腦螢幕，「基本的背景查核。」

「為什麼是這樣？」

佩芮警探反問：「為什麼不是？」她又繼續打字，「這違反了衛生法條，公眾廚房有動物死屍，違反了衛生法條。」她暫時停下打鍵盤的動作，瞇眼盯著她的電腦螢幕。「妳覺得為什麼有人殺了十三個人之後就此停手？妳覺得他是不是找到了上帝還是什麼其他的救贖？」

在那一瞬間，多莉安以為自己聽錯了警探所說的話。「抱歉？」

佩芮警探依然盯著自己的螢幕，目光動也不動。

在這二十四小時之中，雷希雅之死一直讓她片刻不得安寧，現在，又出現了，不請自來。多莉安搖頭，努力專注當下，努力穩住心緒，她開口說道：「我是因為這些鳥而過來的。」

「鳥？」

多莉安拿起那些盒子，「三十一隻蜂鳥，還有兩隻灌叢鴉。」

警探搓揉眼角，「和鳥有什麼關係？」

多莉安不知道自己是否還有氣力重新講一遍。「有人毒死了這些鳥？妳剛剛是這麼說的嗎？」

「對。」多莉安鬆了一口氣，幸好不用再講一次。

警探佩芮玩弄嘴裡的口香糖，發出啪啪聲響。「他們一直抓不到這傢伙，一定有原因。」

多莉安心想，又來了，她問道：「哪個傢伙？」

「當時殺死那些女人的兇手。」

當時那些女人。多莉安深呼吸，「雷希雅跟那些女人不一樣。」

警探佩芮貼近螢幕，「重點是殺死她的人是誰，並非她是誰。」

「這兩件事都很重要。」

「為什麼？」

「因為雷希雅遇害是他搞錯了對象。我告訴過你們，她和其他女人不一樣，他殺她是失誤，所以他才會停手。」

警探佩芮不再盯著電腦，揚起目光。「是有人告訴妳嗎？」

「沒有，」多莉安說道，「這是唯一的合理解釋。」

「對妳來說唯一的合理解釋。」

多莉安想要死盯著這名警探，但是她卻別開目光。對誰來說應該具有意義？除了多莉安之外，還有誰覺得重要？誰在乎？

「妳有沒有想過殺害妳女兒的兇手是什麼人？」

多莉安開口，正打算要回答，但是佩芮警探卻打斷她。「我的意思是以人的角度來思考，而不是殺手。比方說，他做什麼工作？平常怎麼消磨時光？喜歡吃漢堡還是塔可餅？看棒球還是橄欖球？或者可能是足球？開的是房車嗎？身材好嗎？他會在咖啡裡加糖嗎？他喝啤酒還是烈酒？有沒有聽廣播的習慣？他的電子郵件地址呢？會不會乖乖做資源分類回收？他都去哪一家超市？」她稍作停頓，拍了拍自己的黃銅色金髮，「或者，當妳想到他的時候，心中浮現的是某種沒有面孔的惡魔化身？偷走了妳的什麼、而且逍遙法外的犯罪大師？靠著側繪專家與心理學家因為找不到兇手、消解自身虧欠的那些惡夢，所拼湊出來的某個心理變態？」

「多年之前，我就放下了這個人，」多莉安說道，「他是什麼模樣，不重要了，對我來說不重要，顯然對於洛杉磯警局來說也並不重要，唯一的重點是雷希雅。」重點是要讓過去原封不動，重點是它不要每天都意外闖入她家的大門。不過，在過去這幾天當中，這似乎變得不可能了，彷彿整段過往要從她體內迸裂而出，彷彿她的心準備要擺脫腦中的脆弱真相。

「妳在搭公車的時候，絕對不會注意到這個人，」警探目光又回到她的螢幕，她依然在大嚼特嚼口香糖。「這是一種男性的問題，他們那種思維方式，覺得自己的仇敵一定與他們旗鼓相當。當時和妳談話的警察都是男人吧？」

多莉安不願回憶次數早已算不清的那些問案過程、在西南警局的無盡懇求、挫敗，以及一無所獲。「對，」她說道，「都是男性，沒有人在乎雷希雅並不一樣。」

「妳一直這麼說。」

「她是他殺死的最後一人，她當然跟別人不一樣。」

佩芮警探說道：「妳一直保留那些鳥……」

話鋒這麼一轉，讓多莉安猝不及防。

佩芮警探拿著鉛筆敲打最上面那個盒子，催促她回答。「放在裡面嗎？」

「對，」多莉安瞬間回到當下，「都放在裡面。」

警探似乎不覺得有三十三隻死鳥在她的辦公桌上有哪裡不對勁。她再次以鉛筆敲打盒子，然後凝視她的電腦螢幕。「蜂鳥與灌叢鴉嗎？」

「沒錯，」多莉安回道，「大部分出現在我的餐廳，現在連我家也有，我覺得有人要對我傳達訊息。」

「為什麼會有人想要對妳傳達訊息？」

多莉安結結巴巴，講不出答案。

「把它們留下來。」佩芮警探吐掉口香糖，又拆了一片新的。她站起來，雙手捧住鞋盒，打開了辦公桌最下面的抽屜、把它們放進去。多莉安面色抽搐，等她砰一聲關上抽屜，但是她卻小心翼翼滑推回去。警探說道：「我們就保持聯絡。」她沒向多莉安伸手道別，也沒有任何的眼神交會，已經回到自己的座位、沉浸在自己的電腦螢幕之前。

多莉安張望整間警局。

親愛的伊迪拉，且讓我告訴妳一些我自己的經驗談。妳會繼續吼叫，但沒有人會聽。他們的工作就是充耳不聞，要是他們會聆聽，那就表示妳很重要，但妳並不是。妳只是問題，終究會消失的問題。我就是如此，我消失了，我幾乎不再現身，因為我無法忍受懶散以對，敷衍打發，還有對於我自身憤怒的那股憤怒。除了我女兒死亡的問題之外，我自己也成了一大問題，所以我閉嘴。妳以為這很難，不可能辦到，妳以為自己永遠不會習慣。但妳終會如此，因為這一切的憤怒令人精疲力竭，等到這結束之後，妳必須留下一點什麼給自己。

她清了清喉嚨，「我想，一切都還是老樣子，」她說道，「隨便聽我講述案情，但根本沒有聽進去。」她沒想到自己會這麼大聲，「以輕鬆的方式解決，希望這一切船過水無痕，消失不見，希望自己不需要為此採取任何行動，」她站起來。「還有，希望殺死這些鳥兒的人可以自己停手，或者，因為其他案件而曝光。或者，更好的狀況就是，也許我不再把牠們放在心上，那麼妳就省事了。」

佩芮警探抬頭，臉上浮現某種詭異神情，彷彿她身處他方，她說道：「我有聽到妳說什麼，雷希雅不是妓女。」

多莉安盯著她，但是警探的注意力又回到了電腦螢幕前面，眉頭深鎖。當多莉安走出去的時候，她根本沒抬頭。

正值換班時段——警察進進出出，無線電吱嘎作響，有人正在煮咖啡，已經傳出了焦味，看來西南警局今晚並不安寧。好幾名晚班警察依然在忙個不停——眼睛都是血絲，表情沉重。當多莉安快要走到通往櫃檯警員辦公桌門口的時候，她聽到有人在呼喊她的名字，或者，這是她的感應。

「多莉安．威廉斯？」

她轉身，愣了一會兒之後才認出眼前的景象。在這二十四小時之中，雷希雅二度現身在她面前，是以肉身返世，而不是以鬼魂之貌。那股感受讓她一陣混亂，她抓住了最靠近自己的辦公桌，穩住身體重心。

「多莉安，妳還好嗎？」

又是茱莉安娜，就在那裡，就在她的面前。一頭橘色長髮——雷希雅的髮型——她一屁股坐在警方登錄桌的罪犯那一側，髮絲垂落肩頭。

「茱莉安娜？」

茱莉安娜穿的是昨晚的衣服，緊身、高腰黑色牛仔褲，藍綠色露肚緊身上衣，還有令人難以想像能順利走完一個街區的高跟鞋。她緊抓大腿上的亮粉紅色飛行員夾克，布料像是某種易燃材質。

茱莉安娜以她一貫略顯含糊的開心歌吟語調說道：「妳起得真早啊……」

「而妳卻拖得這麼晚。」

「要是我有權利選擇的話，幾個小時前就穿著毛茸茸的睡衣躺在床上睡覺了，」茱莉安娜回道，「也許看一下電視，喝點熱可可亞，但是那個白痴[1]卻另有打算。」

她伸手指向另一頭，拿著兩杯咖啡的某名警探。她還是有點茫，從她睜大雙眼、而且每講完一句話就會猛點頭的狀況看來，非常明顯。

「他們覺得把我留在這裡一整夜就可以讓我獨爽。」

多莉安問道，「妳覺得開心嗎？」

茱莉安娜對多莉安露出燦爛笑容。茱莉安娜真的很漂亮，讓多莉安很想一巴掌打醒她，看看她到底是怎麼糟蹋自己——染色的頭髮、卡通風格的妝容，還有可笑的衣裝。「不然我還能怎樣？」這個問句有挑釁的意味，茱莉安娜點了好幾次的頭，等待多莉安接腔。

拿著咖啡的警探回到了桌前。

茱莉安娜接下自己的咖啡，粉紅色的美甲綴有紫色小花，還有個迷你金環懸垂在食指指尖。她的雙臂有刺青——破碎的心、某個星座圖案、兩個西班牙語字彙、一些名字，還有一朵玫瑰。

茱莉安娜問道：「怎麼沒問我要幾顆糖？我要三顆。」

警探回道：「我怎麼泡，妳就給我喝下去，」然後，他注意到了多莉安。「是妳的朋友？」

[1] 西班牙語。

茱莉安娜回道：「我們認識很久嘍……」

「妳是要來帶她回家的？」

多莉安回他：「我根本不知道她在這裡。」

警探說道：「她運氣很好，並沒有在七十七街跟她的其他朋友一起接受登錄。」

七十七街是什麼景況，多莉安很清楚。專門收容那些沒有自設留置室的警局的過剩人犯，西南警局也有相同的問題，這裡的拘留空間無法收容女性。

多莉安問道：「這些人是什麼樣的朋友？」

茱莉安娜搖頭，發出了刺耳的緩長笑聲。「不，不，不要，別想當我媽媽，不要開始誤會我需要誰誰誰的援助，別以為我需要妳幫忙，別以為妳知道我在想什麼。這只是一點點古柯鹼而已，讓我可以站上一整夜。」

多莉安不想問，但還是忍不住。「妳為什麼需要一直站著？」

「因為我參加派對啊，」茱莉安娜捻手指，整顆頭左搖右擺。「妳也知道，我得要徹底放鬆，有時候，我需要跳舞，我需要一點小小的輔助，它可以讓音樂變得活蹦亂跳。」

「不需要半公克就可以發揮效果，」警探說道，「要是妳還嗑了別的東西，那麼妳現在就跟妳的那些女伴們關在一起。」

「你怎麼可以只抓我的女伴，然後放過那些其他嗑茫的賤貨？那些南加大女生社團的美眉全都在吸毒，你卻只是告訴她們要平安回家，搞不好你還幫她們叫了計程車呢。我敢打賭，要不是因為你們忙著把我和我的同伴拖入警局，你們一定會專程護送她們回去吧。」

警探回她：「我們一直在盯妳和妳的那些女伴。」

「就因為我們是懂得玩趴的低級賤貨？」

「差不多就是那意思。」

「警探，幫幫忙好嗎，我們只是喜歡享樂的雞尾酒女服務生。我上次查過了，那又不算是犯罪行為。」

「雞尾酒女服務生……」

「警探，妳是對我討生活的方式有意見嗎？」

「妳自己心知肚明。」

茱莉安娜說道：「下次你來『捷兔』，第一輪我們請客。」

警探吹了吹自己的咖啡，瞄了一下多莉安。「要是妳願意的話，可以帶她離開，不然她得繼續待在這裡，等到清醒之後才能走。」

「所以你在幫我找保姆就是了。」

警探問道：「妳到底想不想離開？」

茱莉安娜張望四下，彷彿可能真的有什麼值得留戀的東西一樣，然後，她搖頭，

「我不想浪費一整天的時間，我現在就走。」

她起身，以誇張姿態穿上外套，甩髮，重新綁好，警探交給她一張字條。「別忘了要到庭，

要是妳錯過了開庭日期，這次的微罪會變得相當嚴重。」

「是一場約會哦[2]……」茉莉安娜對他送出飛吻。

她從多莉安身邊晃過去，走出門外。

多莉安到了外頭，眨眼好幾次才適應陽光。

茉莉安娜從包包裡取出太陽眼鏡，然後繼續翻找包包。「我想，現在抽菸也是犯法了吧。」她把包包裡的東西全倒在警局階梯上面，「我的『新港』香菸被拿走了。」

「那不是犯罪行為，而是壞習慣。」

茉莉安娜蹲下來，把東西全撈回包包裡。「妳覺得我在那裡遇到了那些鳥事，現在還需要妳教訓我嗎？」她拉好拉鍊，匆匆把它揹到肩上，但是她並沒有站起來，剛才的那一次施力似乎已經讓她元氣盡失，現在的她反而把頭靠在膝蓋，傲慢惡毒完全不見了。

多莉安坐在她身邊，把手放在她的背脊。她閉上雙眼，暫且讓自己想像掌心撫摸的是雷希雅的身軀，而不是茉莉安娜的背脊。

她可以聞到茉莉安娜昨晚殘留的氣味——汗水混雜了痱子粉、香水、菸味、酒氣，還有使用過多快效毒品之人毛孔所散發的詭異糖香，某種化學甜味。

茉莉安娜咳嗽，多莉安感受到她肺中的那股震晃。

那個由雷希雅在放學之後帶回家、一屁股坐在地毯上倒出舊玩具的小女孩怎麼了？那個向大家介紹她佈滿刮痕的洋娃娃、缺角的茶具組、播放《划呀划呀划小船》的發條電視的小女孩怎麼了？雷希雅與多莉安將她們自己多年來玩的所有遊戲與歌曲傾囊相授的那個小孩是怎麼了？她躲在這個愛玩趴茱茱比的內心某個角落，隱身在那濃妝與刺青裡面——當初在某個夏日午後、被雷希雅發現獨自在學校操場玩耍、自此之後她就一直免費照顧的那個小女孩。

茱莉安娜再次咳嗽，身體又微微前滑。

多莉安還是一直在搓揉她的背，想要消解昨晚與之前所發生的一切。

「茱莉安娜……」

茱莉安娜起身，甩開多莉安的手。「我得要買一點新的香菸，洗澡，來一瓶健怡可樂。」

「要不要吃早餐？」

❷ 日期亦有約會之意。

5

傑克之家廚房就在西方大道警局附近。茱莉安娜態度大剌剌，甩弄頭髮，趾高氣揚走了一小段路，進入餐廳。不過，當她把太陽眼鏡擱在桌面的時候，多莉安可以看出她雙眼中的疲憊——眼白裡有血絲，下方有黑眼圈。

多莉安其實不怎麼餓，但她還是點了一堆東西鼓勵茱莉安娜進食——雞蛋、雞肉腸、餅乾、炸鮪魚丸，還有雞翅。女服務生為她送上咖啡，給了茱莉安娜一杯水。

茱莉安娜掃視整間餐廳，沒有看到認識的人，也沒有什麼可疑人物，然後才開口：「妳現在沒事就去混警局嗎？」

「茱莉安娜，妳長得漂亮，一定要小心。」

茱莉安娜翻白眼，「又來了。」

多莉安問道：「上次有人提醒妳要小心是什麼時候的事？」

「是誰說我不小心了？」茱莉安娜聲音裡的最後一絲霸氣已經消失，現在的她講話精疲力竭。「死了小孩的人又不是我。」多莉安本來以為茱莉安娜會因為講出這些話而羞愧，但她卻只是回瞪多莉安，等著看多莉安是否會斥責她。

親愛的伊迪拉。

「那是什麼？」

難道多莉安大聲講出了自己的內心話？

親愛的伊迪拉，他們會想盡辦法告訴妳，都是因為妳不小心。他們會講出最傷人的話，因為妳已經經歷過了最可怕的體驗。因為這樣的遭遇，妳會因而變得堅強；不然妳就是得更加堅強，聽到殘酷真相。但妳無能為力，只能默默聆聽，置之不理，最後放棄離開。

多莉安問道：「妳現在住在哪裡？」

「關妳屁事啊？」

「妳到底有沒有回家？」

「媽的。如果妳真的一定要知道的話，有幾個女孩和我在『捷兔』附近找到了一個地方，就在四十七街那裡。但吵得要命，住的女生太多了。所以我就四處閒晃，住這啊那啊回家啊，我沒有辦法被綁住。」

在那麼一瞬間，多莉安很羨慕茱莉安娜的態度。因為要是以一句話形容多莉安，那就是被綁住了。她被炸魚小攤、雷希雅的過往記憶、她在西方大道必須餵食的那些女子所重重縛綁。

多莉安說道：「我懂……」

不過，多莉安也明白「捷兔」在搞什麼名堂——那是位於西方大道的某間雞尾酒酒吧，就在「傲狐」與「野馬」汽車旅館的附近，比較幸運的女孩會把客人帶到那裡。謠傳那間酒吧有間後室，可以讓雞尾酒女服務生賺到豐厚的小費。

「人生苦短，千萬不要被帳單啊房租那些狗屁倒灶的東西給綁住了。」

多莉安很清楚，茱莉安娜絕對不知道人生苦短的真正意涵，就算她懂，也完全沒有留心。某一天，妳為了工作著裝、梳髮、拉直捲翹尾端、勾勒唇線，然後跟妳的閨蜜爭吵誰該穿那件粉紅色肚兜式露背背心；某一天，妳出門打工，一禮拜一次的保姆任務，然後，到了第二天，陳屍在某條小巷或是更可怕的地方。

「人生苦短，」多莉安說道，「真的。」

就算茱莉安娜聽懂她的意思，她也裝作沒事。

她們的食物來了——盤子實在太多，桌面放不下。除了多莉安自己經手的油炸物之外，其他人的成品從來就沒辦法引發她的食慾，但她還是大口吞食。而茱莉安娜叉起自己盤中的食物，像是某個飢餓但胃不舒服的人一樣在吃東西，她把一小口的炸鮭魚送入口中，隨後把盤子推開。

多莉安問道：「哪裡有問題嗎？」

「根本比不上妳的手藝。妳的炸魚是西方大道的第一名，大家都知道。」

「是嗎？」多莉安不記得茱莉安娜上次來炸魚小攤是什麼時候的事了。

「我都是這麼告訴大家的，打從我還是小不點、身高還看不到櫃檯另一頭的時候，我就開始吃R&C炸魚小攤。」

「那妳怎麼都不過來了？」

「討生活啊，」茱莉安娜說道，「害我忙得要死。」她環顧整間餐廳，「我得抽根菸。」

多莉安張嘴，正打算要阻止她。

茱莉安娜反問：「我剛說我得要抽菸還是要聽人訓話？」她收拾包包，走到外頭的西方大道。多莉安望著她打量整條街，這裡有間加油站，轉角還有小超市，而茱莉安娜則按兵不動，等待。

多莉安示意買單，根本沒算總額是多少，直接丟了四十美金。

茱莉安娜向某個經過的中年男子揮手、請對方停車。多莉安可以猜出兩人的互動——茱莉安娜開始施媚，討香菸，借火，給了那男人一秒的白日喘息時間，然後送對方上路，讓自己可以安靜抽菸。

女服務生站到多莉安身邊，「要不要找零？」

茱莉安娜往前，站到人行道邊緣抽菸。強風吹起了她的捲髮，往後飛揚，展現宛若斗篷之姿。從遠處觀察，看不出有昨晚事件的遺痕。

「到底要還是不要？」

多莉安點點頭，揮手，姿態不清不楚。

有台車過來了，經過茱莉安娜身邊的時候，放慢速度，車窗搖下來，茱莉安娜丟掉香菸。

「拿去吧，」女服務生回來了，帶了一堆一元鈔票和一大坨銅板。「我的大鈔沒了，」她說道，「現在連一元鈔票幾乎也全部用光，抱歉讓妳收零錢了。」她把裝有帳單與找零的托盤放在餐桌上面，有一些零錢滾到了多莉安的大腿上面，然後又彈飛落地。她彎身，與正準備蹲下來的女服務生撞在一起。

她撿拾所有的零錢，起身站好，車子與茱莉安娜都消失不見了。

多莉安找到了她，卻又讓她給溜走。她從桌邊衝到街上，盯著南方，有台房車加速離去——太遠了，看不到廠牌車型與車牌號碼。現在的西方大道，只剩下她與狂風為伴。

6

週末是大型派對時段——生日、成年禮慶典、產前派對、家族團聚、彌撒後聚餐，還有輕食晚餐——也就是說，多莉安可以沉溺在一整天製作麵糊、油炸、烘焙的例行公事之中，可以讓她放下茱莉安娜。因為茱莉安娜前一分鐘還在那裡抽著她那根討來的香菸、以高度嚇死人的高跟鞋對著人行道打拍子，下一分鐘人就不見了，上了某台經過的車子，消失無蹤，彷彿她本來就一直在那裡等人一樣。

廚房是可以躲藏的舒適之地。第一批午餐訂單到來的時候，油鍋已經在冒泡泡。整個過程有一種韻律感——沾麵糊、甩動、油炸，還有當麵糊完美貼黏、溫度恰到好處的時候，雞肉或是魚片在油面旋轉的那種方式。多莉安可以完全專注在這樣的細節之中，包括了讓魚片在焦脆時會微彎的理想切割方式、每一條雞肉的一致焦金色，以及讓沾有麵糊的蝦子依然可以保持原狀的特點。

到了六點鐘的時候，她的週末幫手威利探頭進廚房，開口說道：「送大單的時候到了。」幾乎是打從炸魚小攤一開始營業、或者也可以說是自從多莉安掌廚之後，某個長期舉辦的擲骰比賽都會在週六下單。二十份晚餐，蝦子、鯰魚、牙鱈、雞肉，還有各種小菜。什麼都有，就是沒有薯條，因為大家都知道薯條要現場食用。

威利側頭，「妳忘了嗎？」

多莉安沒有回答，拿出了二十個保麗龍容器。

威利敲了敲門框，「我會告訴他們外送會遲到。」

多莉安開口，「有膽你給我試試看。」

她工作很辛苦。在油鍋裡塞滿魚塊、快一點炸完，這種念頭的確誘人。多莉安知道就算是多放了一塊下去，也會引發災難，因為魚塊互相碰撞，麵包屑也會跟著掉落。最後，麵糊鬆脫，油鍋裡的魚塊塞得過滿，油溫會下降，她必須整個清空，換油，重新再來一次。所以她工作慢條斯理，四個油炸鍋，一次只做一份餐，大家都知道炸物最好要趁熱食用，但將近二十年來，擲骰比賽的那些人從來沒有抱怨過外送的事。

多莉安花了三十分鐘才準備好所有的餐點。威利幫她將小菜裝入家庭號碗盤，兩人一起把所有的食物放入威利拿來外送的加輪推車。

烹煮的忙亂過程結束了，在這一整天當中、多莉安一直逃避的那股焦慮感又回來了。她緊張不安，她需要做點什麼，想辦法倒轉回到早上，而不是讓茱莉安娜消失，害她在後面追趕，或者，更好的方式是把她留在餐桌前，不准她去抽那根菸。她低頭，望著那台裝滿食物的推車。

她說道：「我來。」

威利挑眉，「這樣好嗎？」

「我來送，」多莉安抓住推車，「地址呢？」

「這頓晚餐已經都拖多久了？」威利說道，「而且妳也不知道地址。」

「我一直負責煮菜，」多莉安說道，「又不是我在外送。」

他在某張沾有油污的收據後面隨便塗寫，多莉安瞇眼，盯著他的潦草字跡。「二十九號寓所？」

「在席瑪朗與聖安德魯斯街中間。」

「你確定是寓所而不是街？」

威利低頭看著已經裝入推車的那些餐盒，「是誰在過去這十七年當中負責外送？」

多莉安再次問道：「但你確定是寓所？」

「寓所，」威利回她，「就是寓所。」

多莉安盯著他，不是因為她不相信他，而是因為她不相信自己，因為那段過往突然撲來，讓她瞬間崩潰。

「多莉安？多莉安？」

位於席瑪朗與聖安德魯斯街中間的二十九號寓所，就是茱莉安娜住的區域，是雷希雅以前當保姆的地方，也就是被別人目睹最後身影之處。

威利搖了搖她的手臂，「多莉安，妳在想什麼？」

茱莉安娜，重生的身分是茱茱比，從多莉安身邊溜走、被陌生駕駛帶離的茱莉安娜。她隨便挑了一個男人，而不願與多莉安在一起；她選擇的是危險，不是安全；選擇未知，而不是已知，而這一切都發生在她緊盯不放的情境之中。

威利問道：「為什麼不讓我送過去就好？」

「我準備出發了，」多莉安緊抓推車，「我剛剛只是在想，剛起鍋的食物口味比較鮮美。」她已經感覺到完美麵糊炸蝦逐漸變得塌軟。

「他們不會抱怨的。不過，要是妳不趕快出發，他們就會發牢騷了。」威利幫忙扶住敞開的大門，讓她可以推輪車出去。

她問道：「我們怎麼從來沒想到要買外送單車？」

他關上大門，「現在妳想要騎單車了？」

當多莉安把輪車推到西方大道與三十一街交叉口的時候，她開始心生懷疑，其實這已經不是第一次了，雷希雅之死，是否與與茱莉安娜從一個躲在絨毛玩具背後的小女孩、變成高空燦亮煙火的轉變過程有關。多莉安其實並不是很清楚現在茱莉安娜在做什麼。她聽到了許多謠言，她四處打聽，甚至在幾年前還敲過茱莉安娜父母家的大門，卻只聽到茱莉安娜父親亞曼多的一句話：「她去了市中心。」

彷彿這也算得上是某種解釋。

當多莉安轉入二十九號寓所的時候，幾乎快要天黑了，燈光帶來了暖意。在洛杉磯生活了三十五年，她還是不習慣南加州氣溫的劇烈變化——午餐時段將近攝氏三十度，到了晚餐時間卻成了攝氏十一度，這是一個對任何事都舉旗不定的城市。

與西方大道相隔一個街區之處，就是另一個截然不同的世界——寧靜的住宅區街道，兩側是五彩繽紛的工藝風格平房，在最後一抹夕陽餘暉照映之下，投射出了幽影。許多簇新的家庭房車——銀色休旅車與迷你廂型車。抗旱風格的新型園藝景觀草坪有時尚感，也具有必要性，還看得到全新的粉刷工程與重新砌造的紅磚門廊。

看來傑佛遜區並不是那種疏於照料的地方。這裡的住戶可能沒有那種遵循歷史標準修整房屋的財力，但大多數的屋舍總是看起來整整齊齊。

從街底可以看到茱莉安娜自小居住的那間紅屋，沒有樹木的前院，再加上四周都是奶油色油漆的電動式圍柵，讓它顯得更加醒目。

多莉安經過那棟屋子的時候，放慢了腳步。茱莉安娜的父母就與在暴動之前居住在此的許多家庭一樣，依然在窗前安裝了鐵窗，還在大門前加裝了防盜鐵門。對於剛來到這裡的人來說，想必覺得很醜陋，很可能認為這些鐵條是低劣品味與敵視態度的象徵。不過，這些新來客並不曾看到羅德尼．金❸事件爆發之後、毀敗西方大道的多起暴動，抑或是縱火與槍響消退之後的不信任與懷疑，他們無法想像此一平房社區就在某個六日戰爭區的隔壁。而且，他們似乎也看不出在這些狀似寧和街道之中、曾經張牙舞爪的幫派活動殘跡。

❸遭警方暴力壓制的非裔人士、是引發一九九二年洛杉磯暴動的導火線。

多莉安在那棟紅屋前停下腳步。牆板與窗框的油漆都出現剝落，聖誕條狀燈飾從屋簷垂落而下。這一棟與它旁邊兩側的房屋不一樣——草坪亂七八糟，戶外車道地磚停放了一台福特品托，而它後面的那台車似乎烤漆已經全沒了。地面到處散落了生鏽工具、汽車零件，以及汽車雜誌。三張摺疊椅在某個木箱旁邊排成了半圓狀，箱面全都是啤酒罐。風勢已起——狂肆了一整個禮拜的聖塔安娜風，攻勢再起——把空罐吹向了人行道，不斷翻動雜誌紙頁。多莉安側頭，想要看出鐵條後方那些陰暗窗戶裡是否有任何動靜。

有人從街頭另一邊過來——輕盈拖移腳步。她靜靜等待，但沒有人過來。她豎耳傾聽——什麼都沒有。

上方的棕櫚樹在吱嘎作響。

附近某個庭園突然一陣喧鬧——有一群講西班牙語的男人在彼此嘲弄。

有人開了收音機，整條街都是經典靈魂樂。

「茱莉安娜？」

「茱莉安娜？」

在這棟褪色紅屋與隔壁房屋之間的夾纏藤蔓與灌木叢裡面傳出了沙沙聲響，多莉安屏住呼吸。

「茱茱比？」

有隻貓衝過凹凸不平的人行道，進入了馬路。

多莉安伸手撫胸，彷彿要抓住狂跳的心臟。「天哪……」

也許她變老了，也許過多時間獨處讓她變得神經兮兮。也許，這間屋內依然還有什麼會讓她糾結，或者，她開始進入真正的墜落階段，她的心準備要成為自由落體。

她推拉輪車，經過人行道某處裂縫的時候猛然抽跳了一下。等到她到達的時候，隔壁那一棟的音樂感覺就沒那麼大聲了，已經是可以令人忍受的程度。

這是一棟位於角落、有四面遊廊的房舍，屋況保養得很好，牆板上了一層新的深綠色保護漆。門廊廊柱的硬燒磚維持得不錯，不知道他們以前是否曾經裝過鐵窗，就算有，現在也全部拆掉了。

多莉安打開花園大門，將推車磕磕碰碰送上階梯，敲門。她聽得到後院的派對聲音——西班牙語與英語，混雜著音樂聲響，一陣陣席捲來襲。沒有人應門。大門是硬木材質，有一扇小窗，可以看到裡面的陰暗玄關。多莉安查看大面觀景窗，被厚重窗簾蓋住了，她再次敲門。

窗簾動了，有名女子向外張望。白人，與多莉安差不多年紀，臉孔削瘦，五官精緻。不過，她的眼神裡有某種嫌惡之情。她擺出臭臉，窗簾放了下來。

多莉安又敲了一次門。

「在後面，妳繞道過去。」

如果這是慣例，威利為什麼沒有告訴她？

多莉安再次敲門，大門猛然旋開。

她說道：「我送食物過來。」

「看得出來。」

兩個白種女人在傑佛遜區——兩人都是這裡的老住戶了，但多莉安確定她們之前從來沒有見過面。這女子身著護士制服，燙得漿挺。

她說道：「我是多莉安。」

「食物送到後面。」

「要是我可以把它直接從屋內送過去，就簡單多了。」

那女子說道：「要是可以隨心所欲，很多事都會變得簡單多了……」

多莉安沒興趣碰撞輪車推下階梯、然後又把它一路從戶外車道拖到後院，她說道：「食物要變冷了。」

那女子扶著大門，「既然妳堅持的話，好吧，但通常都是繞送到後面。」

多莉安說道：「妳一直沒有講自己叫什麼名字。」

「我不知道這是必要程序，我是安妮可。」

多莉安把推車送入門口。屋內空間一塵不染，裡面有古董內嵌櫃組，甚至還有好幾座看起來像是真正的古董燈具。

家具都具有特定時代特色，佈道、工藝風格的複製品，搞不好是真跡。

安妮可盯著多莉安進入玄關、朝廚房前進。

多莉安說道：「我念過護校……」

「這不是每個人都可以勝任的工作。」

「我本來打算回學校念書，但我丈夫過世，所以我接手餐廳。」

「學了護理之後，就會明瞭有許多人其實並不希望被好好照顧。」

「我想，我只能煮東西，也算是一種眷顧吧。」

安妮可問道：「對誰的眷顧？」

多莉安停住推車，害安妮可撞個正著。她轉身，兩人在堆疊的保麗龍盒餐上方正面相對。安妮可的臉皺成一團，她瞇著雙眼，彷彿正在吸吮什麼酸溜溜的東西。

多莉安問道：「是哪裡出了問題嗎？」

「我一直把家裡維持得乾乾淨淨，」安妮可回她，「我的習慣是不讓陌生人進來。」

「我不是陌生人。我送食物過來，是妳打電話找我的。」

「我沒有打電話給妳，是我丈夫打給妳。下一次請繞到後門，謝謝。」

多莉安繼續往前走，進入廚房。這裡就與她剛剛一路從玄關過來的時候、瞄到的用餐室與客廳場景一樣，一塵不染，幾乎看不出什麼個人特色。

她打開通往花園的門，迫不及待想要離開這間屋子。

「我來提點妳一下，」當多莉安奮力把餐車推出門口的時候，安妮可開口。「沒有眷顧這種事，只有責任。」

多莉安回她：「知道了。」

「妳以為自己在做什麼重要的事，為鄰里烹煮食物，對吧？妳覺得自己在幫助這個社區。」

「沒有，」多莉安說道，「我只是覺得自己在勉強糊口。」

然後，她使勁把餐車拉出廚房，推下通往花園的階梯。她站在門廊底部一分鐘之久，大家才終於注意到她。

這群人包含了各色人種——白人、黑人，還有拉丁裔，全都是男性。有的與多莉安年紀相仿，有的是三十多歲，還有的剛脫離青春期沒多久。裝滿啤酒的洗衣盆放在某張空桌旁邊，想必是為了擺放食物之用。手提音響逼得大家都得要吼叫、才能讓別人聽見自己在說什麼，某些人在傳酒瓶，還有的在丟骰子。

「耶！食物來了，」某個比較年輕的男人向她揮手，「帶過來吧。」

當多莉安把餐車拖向桌邊的時候，遊戲暫停下來。她走到一半，有個男人從她手中接下了餐車，是個白人，深色鬍子，頭髮花白。他緊盯她不放，他的雙眼一大一小。她應該是在哪裡見過這男人，或者，除了這裡之外，其實可能也沒在什麼特殊場合打過交道。他們兩人——早在傑佛遜區還是以黑人為大宗的時代就存在的白人面孔，其實只是客套的點頭之交——在商店裡交談不超過四句話、只會討論天氣、同仇敵愾反對太多改變的那一種點頭之交。多莉安把餐車交給對方，「你是羅傑，對吧？」這些年來，她在訂單上一直看到他的名字，但一直到現在才跟臉兜在一起。

「真是的，」羅傑說道，「他今天居然派女人來做他的工作？」他講話的語氣帶有一股奇怪的拘謹氣息。

「我負責準備食物，」多莉安開口，「威利外送，今天我們改變作法。」

「他今天煮東西？」

多莉安忍不住笑了。遇到緊急關頭，威利可以掌廚——不過，要是遇到這種大訂單他就垮了。「是我煮的，然後我送過來。」她開始把餐盒放到院子另一頭的摺疊桌，「你也知道，剛從廚房出來的就是比較好吃。」她就是忍不住，對自己的食物很自豪。她萬萬沒想到自己會有這種貢獻，但這的確是她的擅場。

羅傑把手放在她肩上，「這些年來，你也沒聽過抱怨吧？不過，也許妳也該買台車子了。」

「或許吧。」多莉安想要甩開他的手。她張望庭院，然後抬頭望向屋宅二樓，其中一扇窗簾立刻拉開。

她與安妮可四目相接。

「妳應該要常過來走動，」羅傑說道，「畢竟都是老鄰居了。」

多莉安依然回頭望著那扇窗，羅傑順著她的目光飄過去，安妮可退後。

「我太太，」羅傑說道，「不喜歡賭博。」

「所以那是她的問題，」多莉安說道，「我以為她不喜歡我。」

「她這一生見了許多大風大浪，外表很強悍。」他拿出骰子，「要不要玩一下？如果？那麼地上的這些錢就全部歸妳。」

多莉安盯著地面，都是一元與五元鈔票，大概有四十美金左右。她接下骰子，李奇生前一直是擲骰高手——從軍時養成的習慣。「兩個二。」她搖骰，丟出去，結果兩顆數字不一樣，總共是八點。

羅傑把手放在她肩上，「也許下次運氣會好一點。」

7

星期一下班之後，多莉安打電話到「捷兔」找茱茱比。接電話的女子必須要大吼、蓋過音樂聲響，才能讓對方聽清楚，這裡沒有茱茱比。

啊？妳說什麼？

「妳最後一次看到她是什麼時候的事？」

「茱茱比——她最後一次在這裡工作是什麼時候的事？」

我告訴過妳了，這裡沒有茱茱比。

「那茱莉安娜呢？」

沒有茱莉安娜，沒有茱茱比。

多莉安問道：「是現在沒有，還是從來都沒有？」

妳自己過來找啊。

多莉安掛了電話。也許她今天沒上班，也許她辭職了，也許她從來不曾在那裡工作過。

星期二工作結束之後，她開車走西方大道，從第十街巡到七十七街，然後又回頭，來回一共四趟。

星期三過得緩慢，只有四份午餐訂單。她頻頻查看時鐘，想知道什麼時候可以開始準備打烊。

到了星期四，依然沒有茱莉安娜的影子，就在多莉安準備要關門的時候，凱西出現在後門，她接下了一盤炸蝦與碎魚片。

「靠，妳怎麼會突然之間這麼關心茱莉安娜？」凱西身穿塑膠雨衣，蓋住了看起來像是長版背心的洋裝，沒穿胸罩。她又把頭髮染為金色，所以現在是玉米鬚色澤。「自以為比我們高尚的賤貨，我認識她很久了。」

多莉安說道：「我也是。」

「哦是嗎？妳認識她嗎？」

「她小時候會來這裡吃東西。」

「媽的什麼小世界啊，」凱西說道，「好，所以是怎樣，她欠妳錢還是什麼嗎？」

「完全不是。」

凱西伸手拿了多莉安倒給她的冰茶，「靠，」她說道，「媽的超甜。」

多莉安發覺凱西盯著她。

「妳覺得茱茱比出事了。」

出事。真是詭異，凱西就是講不出那些會一語成讖、招來危險的那些字詞。

「我告訴妳吧，」凱西說道，「茱莉安娜很可能找到了哪個人，和他窩在一起。我猜應該是很有錢，讓她自己爽個幾天。我跟妳說，有時候妳就是需要那種生活，媽的超需要。新的地方，新男人，讓自己的心放空。妳懂我的意思嗎？」她搖頭，「而且算她厲害，有辦法可以找到那種門路。其實，那正好很符合我的需要，找到一個在郊外有大房子的男人，地點在厄普蘭或是聖派德羅，離開市區幾天，賺點錢，好好睡一下。照顧的是自己，而不是其他人。」她丟掉空杯，「我跟妳打賭，過了幾天之後，妳就會在『捷兔』找到她，賺得飽又睡得飽。」她又撿起了空杯，「其實還不錯，再給我一杯吧。」

多莉安打開四加侖茶水桶的開關，把杯子裝滿，然後望著凱西從包包裡取出半品脫裝的南方安逸利口酒，傾斜瓶身，加入茶內。「臨別的最後一杯酒，」凱西講出這句話之後，啜飲了一小口。「妳開始擔心外頭可能出事，但上路之後就無法回頭了。」

「茱莉安娜不一樣。」

凱西嗤之以鼻，透過吸管吹水泡。「每個女孩都覺得自己與眾不同。」

外頭有人在按喇叭。

凱西瞇眼，透過廚房望向前窗。「我得要去當班了。」

多莉安說道：「我送妳過去。」

她們從前門離開，多莉安鎖好大門，兩人朝西方大道的南方前行。

她們離開炸魚小攤，越走越遠，凱西就像一條蛇在蛻皮，不然就是越長越厚。當她以雙臂緊摟自己抵擋夜氣的時候，她的聲音變了，越來越粗啞冷酷。她盯著某個站錯位置的女人，然後又嘲笑某個尋覓過久的駕駛。她在人行道重步前進，斜眼冷視一般行人。

到了三十七街的時候，她面向多莉安。「妳是要打算陪我走一輩子啊？」

「我正好要走這個方向。」

「妳以為我就跟媽的什麼茱莉安娜一樣，需要別人看顧。」

「凱西，我只是在走路而已。」

「妳覺得因為我們吃了妳的東西，妳就成了什麼聖人。臭婊子，妳也幫幫忙。」

「凱西……」

「媽的就讓我好好上班。這種狗屁倒灶的事跟妳無關，完全沒有。」她氣沖沖轉身離開之前，還伸手貼住多莉安的胸膛，不准她繼續前進。

多莉安望著她過馬路，決定自己要去南邊一探運氣。

天空冒出了多條細長的粉紅緞雲，棕櫚樹在搖晃，狂風夾纏不休。

有兩輛北向公車經過，多莉安沒有上車。她繼續南行，一直不想承認自己早有鎖定了目的地，等到站在「捷兔」門口的時候，才洩露了心跡。

現在是七點半，展開真正重頭戲可能是太早了一點。她站在後面，靜靜等待。她沒想到大門開啟的頻率這麼高，有單身男子，有雙人組，也有的是一大群人，有的是昂首闊步，還有的則是偷偷摸摸溜進來。

多莉安在附近繞了一圈，向某個街頭小販買了好幾個塔可餅，然後前往「捷兔」的大門。

保鑣的身材不算是壯碩，比較像是肥胖，但還是不會有人想與他起衝突。他推開大門扶好，

「晚安……」

裡面一片昏暗，光源只有粉紅與藍色的閃燈以及某個髒兮兮的迪斯可鏡球。有小舞池，還有黑亮漆面的吧檯。多莉安適應了光線之後，找了張塑膠高腳椅坐下來。

酒保看了她一眼，彷彿之前從來不曾看過中年女子，彷彿女人過了三十歲之後就消失了。

「要喝點什麼嗎？」

「我要找人。」

「他知道妳過來嗎？」

「我要找的是女人。」

酒保挑眉。

多莉安說道：「給我一杯七七雞尾酒。」

酒送上來了，使用的杯子就與露皮洛之家的一樣。多莉安以吸管啜飲，舞池另一頭的門打開的時候，她緊盯不放。有個男人大步走出來，四處張望，然後又出去了。過了一會兒之後，大約是茱莉安娜年紀的某名女子現身，她有一頭如獅鬃的亂髮，心形臉蛋，那雙眉毛彷彿像是用麥克筆畫的一樣。

她坐在吧檯位置，雙乳被某個虎爪刺青抓得體無完膚。「幹，現在根本還不到半夜，我們就已經開始幹砲。到了十二點的時候，我的大腿一定瘦死了。」

酒保為她倒了一杯科學實驗色澤的綠光飲料，「妳有工作還在抱怨？」

「我只是在管理工作流程而已，」那女子說完之後，瞄了一下多莉安。「妳第一次來？」

酒保說道：「她來這裡找人……」

「她不在這裡吧。」那女子對多莉安眨眼，「妳要不要請客？」

「抱歉？」

「坐在那個位置的人幾乎都會請我喝酒。」

「哦。」

「妳很緊張嗎？這是不是妳的第一次？」那女子把自己的高腳椅朝她推近了一點。多莉安可以聞到她的香水氣味，還有別的——某種麝香，麝香的腥臭。「來吧，親愛的，請我喝酒。」

多莉安說道：「妳已經有酒了啊。」

「靠，小姐，妳是不知道怎麼玩遊戲啊。」

多莉安啜飲自己的雞尾酒，「我不玩遊戲。」

那女子把手伸向多莉安的大腿，「媽的那妳就給我滾下去。」酒保捻手指，轉移那女子的注意力，吧檯另一頭有兩名年輕人在打量她，宛若把她當成了車展的測試車。她滑下高腳椅，朝他們的方向走去。多莉安盯著她鑽入中間，想方設法同時吸引兩人的目光。

酒保開口，「女人就是得工作……」

後門成了某種大眾交通閘門。男男女女一起進去，男人先出來，之後是女人。多莉安一直緊盯不放，就怕沒看到茱莉安娜。

「嗨，小姐，妳還佔著位置啊？」

那個有虎爪刺青的女子回來了，「今晚我生意不錯，」她說道，「而且今晚幾乎還沒開始呢。所以我可以讓老闆招待妳喝一杯，拉蒙會假裝不知道。」她對酒保眨眨眼，「來吧，」她伸手摟著多莉安的腰，「妳最後一次有爽到是什麼時候的事了？」

年復一年，數十年了，難以想像的漫長時光。

「我猜妳那裡都結滿蜘蛛網了吧，」那女子說道，「我想妳需要有人幫妳好好解放一下。」她把多莉安又摟得更緊了一點，「來吧，妳覺得怎麼樣？妳在等什麼？」

多莉安發覺自己在那女人的半摟懷抱之中、身體變得緊繃，彷彿靠著僵挺動作、就可以拉開兩人之間的距離。「我並沒有在等待。」

「少跟我講那種話，每一個人都有所期待，」她對著多莉安的耳朵吐氣，「來，告訴我吧，妳想說什麼都不成問題。」

「我沒有……」多莉安正要開口，但卻發現這女人講得沒錯，她一直在等待，等待某種可以解放她的事物，什麼都好。

那女人伸手托住多莉安的下巴、扭了一下，讓兩人成了面對面姿態。「我沒說錯，」她的聲音像嬰兒般柔和，宛若黑冰一樣迷幻危險。「我知道我沒說錯，我知道妳想要什麼，我比妳自己還清楚。」

然後，她的雙唇壓住多莉安的嘴，一場濕漉漉的碾壓。她的舌頭——肌肉超級發達。

多莉安愣了好一會兒才搞清楚是什麼狀況。然後，她往後彈開，從高腳椅摔落而下，跌倒在地。

「媽的給我滾，」那女人說道，「妳什麼都沒興趣。」

8

星期五夜晚——多莉安攤子後門沒有任何女子現身，星期六也一樣，彷彿有人警告她們退散。就連在「捷兔」體驗的兩天之後，多莉安依然可以感受到那女子的嘴氣，依然聞得到。那股氣味徘徊不去——鹹鹹的，有烈酒的甜氣。不過，還有其他的部分，她說出的字句。

妳在等什麼？

多莉安又喝下一口茶，想要抹消這名女子與她的提問，但就是沒辦法。

五點整的時候，威利鑽進廚房。

「我知道，」多莉安開口，「該準備大訂單了。」

當她取出二十個保麗龍餐盒的時候，前門開了。

她聽到威利的聲音，「安妮可，對嗎？妳來這裡是要幫羅傑取餐？」

「不是。」對方回答態度很粗魯。

多莉安透過廚房窗戶往外張望，看到了羅傑的妻子。「我要找多莉安。」

多莉安探頭出去，安妮可站在門口，彷彿沒有辦法忍受踏入餐廳。

「有什麼需要我效勞的嗎？」

「已經不需要了，」安妮可說道，「我來這裡是要取消羅傑的訂單。他玩骰子賭博，我們不需要妳的食物。」

多莉安嘆氣，脫掉圍裙。「妳大可以打通電話就好。」

「我只是要把話講清楚，」安妮可的眼角在抽搐，「從此再也不會下單了。」

「食物走味。」她講話帶有某種多莉安無法辨識的口音，清脆又高亢。

「我總是說炸物要現場食用，」多莉安回她，「但這十多年來你們似乎從來不放在心上。」

多莉安鑽進廚房，關了油鍋。等到她回來的時候，安妮可還站在那裡。

多莉安問道：「還有其他原因嗎？」

安妮可側頭，盯著廚房裡頭與後門。「還有衛生疑慮。那些女人，在後頭吃東西的那些人，大家都知道。」

多莉安問道：「是嗎？」

「如果他們不知道，遲早會發現，大家想要整肅這個社區。」

「我猜也是。」多莉安與安妮可四目相接，盯著她那宛若狂蝶顫翅的眼皮。終於，安妮可轉身，多莉安問道：「離開之前要不要來點什麼？」

對方沒接話，直接關上大門。

她的雙手壓住櫃檯，「賤貨。」

「妳先走，」威利說道，「不用待在這裡，我來清理。」

她沒有跟他爭，等待那些女孩並沒有意義。要是她遇到了其中一個，她一定會向對方保證，她的後門永遠歡迎她們大駕光臨。

風勢再起，將更多的乾硬棕櫚葉吹落地面，發出了巨大的撕斷與沙沙聲響，空瓶罐在西方大道翻滾。他們身陷另一場颶風危機——要是大家不注意，把星火帶入乾燥丘陵，可能會引發野火的危險乾燥狂風。

多莉安知道還剩下一個半小時左右的天光。要是她能夠加快腳步，正好可以給她充分的時間，走到位於諾曼第大道與華盛頓大道交叉口的羅斯戴爾墓園。

西方大道很冷清。車流稀落，看不到多少女孩。也許是因為沙漠的持續強風，也許是天寒威脅，讓這些女孩卻步不前。而街道空無一人，只有多莉安在走路。

到了二十八街的時候，她搭上前往華盛頓大道的巴士，到站下車之後，向東步行十分鐘就可以到達。

墓園周邊街道實在見不得人——骯髒，佈滿垃圾，到處都是胡椒樹葉芽與狗屎的污斑，而且現在經常是許多流浪漢的駐地。

不過，墓園卻令人心曠神怡。十五年過去了，每當多莉安從華盛頓大道的緩坡往上爬、找尋她女兒葬地的時候，依然會大為驚嘆，即便是在乾燥的夏日時光，還是有仔細養護的草皮覆蓋整個園區。主草坪周邊的那幾條寬闊環形車道兩側種植了高大棕櫚樹，提供了遮蔭與隱私感——這是遠離城市的避難所。

這裡有美西戰爭陣亡士兵的成排整齊墓碑，還可以看到真人大小的天使低頭俯視華麗墓碑、或是站在高聳圓柱頂端。園區裡有兩座金字塔形狀的家族陵墓，還看得到方尖碑與一堆新古典風格建物。要是湊過去細看，可以發現洛杉磯建市先驅家族的那些姓氏——斯勞森、葛拉瑟爾、博爾班克，以及巴恩寧。多莉安習慣在那裡閒晃，但現在她卻直接前往雷希雅的墓地，多莉安覺得那位置太靠近威尼斯大道，但其實依然可以遠離城市喧囂。

羅斯戴爾墓園空蕩蕩。這裡的訪客一直不多，有些訪客會以鮮花或供奉的食物妝點比較素樸的墓地，偶爾還有人會放收音機，播放死者生前喜愛的某個電台頻道。雷希雅的墓碑就在這一區——某個新舊墳墓交錯地帶——的對面，好幾塊華麗的墓碑夾雜在一堆不起眼的碑石之間。

太陽已然西沉，但天空中還有紫色殘光。一陣狂風吹過墓園，她聽到陶瓷破碎、祭品散落一地的聲響。

然後，她聽到有別人在講話。「把那個還給我！」

多莉安看到她認識的某名守墓人正匆匆走向墓園管理室，在他的雙臂裡有擺放康乃馨的塑膠花瓶、兩隻泰迪熊，還有一個氣球。

「還來！」

某個與她年紀相當、身材精瘦的黑人女子從守墓人後面撲過去，多莉安趕緊閃到一旁。

「是我的，把它還給我。」

守墓人搖頭，「算妳走運，我值班快要結束了，所以我才懶得報警。」

那女子衝到守墓人面前，阻擋他的去路。她的五官深邃，皮膚有坑疤，身材削瘦——曾經有過吸毒史的徵象。「你是要告訴我，我把需要放在我女兒墳前的物品留在這裡是犯罪嗎？這比較像是褻瀆，而不是罪行。我只是遵從天主的旨意而已，純粹要向死者致敬。」

守墓人為了要拿得更穩、調整了一下懷中的那些物品。「如果妳女兒被埋在這裡，妳想要留下什麼都不成問題。不過，妳的行為是破壞，不能隨便把自己的東西扔在別人的位置，妳不能……」

「現在這聽起來也像是褻瀆了。你似乎是在告訴我，不能向死者致敬，我死去的家人。而且，我沒有聽到任何人在抱怨，你有聽到誰在抱怨嗎？」那女子把頭往後一仰，嘴巴張得大大的。「我們是不是要問一下這些亡靈，對於我把東西留在某個墓碑前面有任何意見？我想他們應該會很欣賞才是。」那女子繞到後面，看到多莉安擋住去路。「妳在這裡有親友嗎？」

多莉安回道：「有啊。」

「妳真是幸運。妳知道我當初得怎麼處理嗎？我必須要讓我女兒接受火葬，必須要把她當成枯萎的聖誕樹一樣燒光光，因為這裡的地是專門留給那些口袋深的人。雖然我敬畏上帝、重新投向主的懷抱、雖然祂奪走了我的寶貝但我依然愛祂，但這一切都不重要。」她壓低聲音，靠近多莉安。「但是我女兒應該要得到最好的待遇，她應該要待在這裡，有這些石雕天使看顧著她。所以我把她的骨灰撒在那片草地，就在上面那墓碑旁邊，它頂端的女子雕像頭部正好在樹葉之中，宛若天堂的守望點。」

多莉安很了解，那是俯瞰緩坡的完美位置，但也有隱私性——那小小的聖壇有突出的橡木枝葉遮擋。在那女人再次發飆之前，多莉安匆匆趕往雷希雅的墓地。

風陣陣吹來。一開始的時候，聽到的是它們與樹梢不斷纏結，然後終於落地。墓園裡一片雜亂，當日的供品在墓石間不斷碰撞，然後又滾落到步道。她找到雷希雅的墓地，跪下來。她一直不確定該對雷希雅說什麼才好，其實，她發現坐在雷希雅墓碑前面的時候、最難勾動對女兒的思念之情。因為雷希雅與這個地方完全沒有真正的連結，沒有記憶。所以多莉安的心緒又飄向了凱西、茱莉安娜，還有墓園牆外的刀鋒人生。

車道對面就是守墓人斥罵那女子亂撒骨灰的那片草地。多莉安記得俯視那塊地的巨墓主人應該是叫做羅多克——四根哥林斯短柱支撐的層疊式基座底部所鐫刻的名字。除此之外，還有一個哥德拱門的基座，它又形成了第三個基座。在它的最上方有一座女子雕像，她手中拿著花環，懸突的橡樹枝葉遮蔽了她的部分臉龐。

在最後一抹天光之中，多莉安凝望掌管那片草地的羅多克天使。在墳墓短柱的陰影處，出現了騷動。

多莉安走到草坪的另一頭，到達羅多克墳墓的時候，正好看到那個憤怒女子拿著一罐噴漆在揮舞，雖然天光褪逝，但她還是可以看出已經在大理石上面留下的字跡：「潔絲敏福里蒙……」她盯著那女子噴完整個名字，姓氏是「福里蒙特」。

潔絲敏的媽媽轉身，看到了多莉安。「妳是有什麼意見嗎？」她側頭，等著多莉安開口質疑她。「根本不會有人來到這些墓地，我佔領了自己的地盤。妳是打算要拿我怎麼樣嗎？」

多莉安回道：「並沒有……」

那女子退後，然後又瞪著多莉安。「沒有？我女兒被謀殺已經夠慘的了，我不需要妳和那個守墓人窺探我的事。」

「我女兒也是被謀殺。」

「所以妳是想要拿獎品什麼的嗎？」

「真是太好了。」

「我看起來像是想遇到這種事嗎？我看起來像是期盼上帝或哪個人可以卸下我的肩頭重擔嗎？我可能會祈禱減輕苦痛，但我不是傻瓜。這是一個充滿暴力的世界，期盼自己不會被染指，根本是愚蠢。」她放下噴漆罐，「我全心全意對待她。妳希望她們會與自己有共鳴，但就是沒有。」

上方傳來一陣喧鬧、混亂的窸窣聲響。她們同時抬頭張望，看到綠色鸚鵡在空中俯衝，發出了興奮鳥鳴。這是一場迅速飛越——沒有停留或是歇息。鳥兒們離開之後，多莉安依然在引頸張望，努力想要追蹤牠們的去向。

「這些鳥真瘋狂，」潔絲敏的媽媽說道，「牠們明明想去哪裡都不成問題，卻留在這裡。如果由我來選擇，那就是去夏威夷或是墨西哥。」

多莉安說道：「也許牠們喜歡啊……」

「……也許牠們的腦袋根本沒有任何的理性，也許牠們期望世界會因為牠們而發生改變，盼望這地方會變得更好，或者，牠們純粹就是不在乎。」這段瘋言瘋語讓那女人搖頭以對，她從包包裡拿出一根香菸。

多莉安十指扭結，她感受到那種只要一聽到電台播放伊迪拉．霍洛威在講話、胸口就會出現的那種緊繃感——另一位母親令人窒息的那種緊迫感。因為不能再發生這種事了——這是另外一次的提醒，過往的另一隻手悄悄伸出來，扣住了她的喉嚨。

那女子問道：「妳還好嗎？」

多莉安沒有回答。因為她不好，而且永遠好不起來。

那女子跪下來，將雙唇貼住剛完成噴漆的女兒名字，她說道：「祝福妳，寶貝。」

有車頭燈朝上坡方向行進，守墓人開著高爾夫球車過來了。潔絲敏的媽媽趁他還沒現身之前、匆匆奔往相反方向，多莉安目送她離開，消失在夜色之中。

她吐氣，活動四肢，擺脫他人愁緒帶來的幽閉感。不過，這一次，她不肯讓記憶消失。她轉身，端詳所有的墓碑，死者，在在提醒她周邊的暴力與悲劇。她才是那個一直當傻瓜的人，只要過往記憶拍她的肩，她就會把頭埋在沙堆裡，覺得自己已經努力過了，還是無法為雷希雅討回公道，一切就此劃下句點。

不過，它卻持續不斷，一直都是如此。對於她與其他痛失子女的媽媽來說，期待暫時喘息，期待解脫——這才是真正的瘋狂念頭。因為，這種暴力無所不在，它橫貫過去與未來。

親愛的伊迪拉，我需要妳幫我一個忙，我要請妳繼續聲嘶力竭呼喊，因為處處都有悲劇。我需要妳拉高聲量，對抗這種漫漫無盡之夜。妳必須照亮它，需要把它連根拔除，讓大家看到它。因為它就在那裡，無所不在，我們的四周都是暴力。

多莉安準備回家。她在華盛頓大道一路西行，前往西方大道，然後向南，穿過第十街之後，進入傑佛遜區。要是風沒了，她覺得明天鸚鵡可能會回來，站滿她的樹頭，發出古怪鳥囀，讓她可以觀察在天空揚升的電光綠煙火。風勢強大，但至少是背風，催促她回家，逼她趕緊下山。

她經過了傑佛遜區的第一批平房，打算繼續沿著西方大道前行，前往炸魚小攤，她會拿一些廚餘，檢查庫存之後再回家。就在二十七號寓所前面，她發現街道東側出現一陣騷動——兩台巡邏警車與救護車停在那裡，亮燈，關了警笛。她看出圍觀者剪影聚精會神的姿態，她過了馬路。

犯罪現場封條。

有東西——有人——躺在地上，身體扭曲，動也不動。

她走到了阻擋通往某個空地入口的封條前面。泥地裡有一具屍體，被旋轉的紅光包圍——轉，轉個不停，無路可去。

多莉安不想看，但她還是看了，她不得不如此。她看到被丟棄的女屍，遭到割頸，塑膠袋罩頭，就與當初的雷希雅一樣，一模一樣。

然後，多莉安尖叫，叫到聲音沙啞，一直叫到有人把她帶開、她心情落定、不再憤怒，找到她需要的字詞之後，尖叫聲才終於停止。

菲莉亞，一九九九年

你不過來開門？媽的你不過來開門？你就是不要過來——好，謝謝。沒有，我沒有行李。你覺得我會在某個混蛋想直接殺我之前先打包嗎？你是覺得，哦，等等，我得要先準備好睡衣以免那把刀子不管用？你覺得我事先打包了盥洗用品和其他東西？

對，我有錢。你覺得我要是付不出錢會叫計程車嗎？

冷靜？你覺得我是哪裡不冷靜了？哈囉？混帳，我被割喉嚨了。

十天了，就這樣。你一定以為會待更久。但他們告訴我，我可以出院了，直接走出醫院大門，連輪椅都不需要，他們直接把我的沾血衣服放到這個塑膠袋裡面，交到我手裡。

走一〇五，然後接一一〇高速公路，我才不鳥你沒有電子收費感應器，我可不想穿過整個洛杉磯南區的時候屁股顛個不停。

你要不要搖下車窗？不介意我抽菸吧？

我女兒奧洛拉倒是有一件事做對了。她來探病，丟了幾包「新港」香菸給我。這女孩不壞，就是懶，完全不鳥我，忘了自己的老媽在醫院，但至少給我送來足夠的香菸。也許今天她會來我家，好像什麼事都沒發生一樣。哈囉啊妳好嗎之類的屁話，還有我可以拿點錢嗎或者是讓我睡這裡可以嗎？

她會說，至少她有工作。

來醫院看我的人就只有警察而已。

兩名警探，都穿廉價西裝。女士，可否告訴我們出了什麼事？

你們看看是出了什麼事？

女士，可否看一下這些照片？不知道妳是否能夠從中認出誰？

他們交給我一堆黑人的照片。

我可以告訴你一件事，我非常確定，這傢伙不是黑人。警探們盯著我，好像我瘋了，鮮血從我脖子裡噴出來。

確定嗎？再看一下。

問我確不確定？媽的我確定嗎？混帳，被他橫切脖子的人是你們嗎？

傑佛瑞斯女士，妳是性工作者嗎？

那個問題逗得我哈哈大笑。你認識有多少妓女會冠上女士啊什麼的稱呼？

我接話了，努力擺出我最好聽的白人女性聲調，性工作者，你們到底想要問什麼？

那兩個條子互看一眼，然後也看了我一下。其中一個清了清喉嚨，簡直像是處男開口要做全套一樣。傑佛瑞斯女士，妳是妓女嗎？

又給我搞什麼傑佛瑞斯女士。要不是因為我累死了，要不是因為動到肌肉會害我痛得要命，我一定會狠甩他一巴掌。傑佛瑞斯女士根本不是妓女，你可以問我有關波姬的事，那就不一樣了。

但是我沒有說出那段話，我反而這麼告訴他：媽的這是重點嗎？就我看來，重點是我躺在這張病床上，差點斷了脖子。我可能是會計師，可能是墨西哥總統，可能是他媽的埃及豔后，這件事跟我的職業根本沒有關係。

他們只告訴我，這一點很重要。

我就不需要問為什麼了。

喂，你注意一下，你一定是要開過這條路的每一個坑洞嗎？這感覺就像是我又被捅刀一樣，媽的這就像是一一〇高速公路穿過了我脖子的縫線。

好，那會留下一道可怕的疤——醜得要命的項鍊。

不要亂動？你在講什麼？我有沒有在你的座位撣菸灰？沒有，靠，我才沒有在你座位撣菸灰，靠，這又不是真皮。還有，我們在高速公路，千萬不要給我減速。

你是沒聽新聞嗎？你都沒有豎起耳朵聽廣播電台啊？你不聽路況嗎？你是想當新聞事件的主角嗎——在一一〇號高速公路的計程車被追撞，因為有女乘客撣菸灰？

我們現在到哪了？曼徹斯特大道？走下一個匝道出去。接西方大道。往西行，你知道啊？好，算我多嘴。

想要知道去西方大道的哪裡嗎？至少讓我跟你說吧？六十二街的街角。

去他媽的臭警察，死警察。他們也沒有打算要給我保護啊什麼的，連送我回家也沒有。

靠——我猜那混蛋在等我，很可能就坐在我家外面，準備完成本來的謀殺任務。

慢一點，我說慢一點，意思就是媽的給我減速。右轉，媽的給我右轉啦。我知道我說西方大道直走，但我現在要你右轉。馬上，我才不管是單行道。

靠。

怎麼回事？你想知道怎麼回事？我來告訴你。

那就是出事地點，就在那裡，那間便利商店。就是那裡——我叫你轉彎啊，是不是？

這紅綠燈要多久？你是要我再次體驗這一段悲慘過程嗎？

他的車停在那個停車場的邊緣，就在那堆免費報紙的後面，那是我喜歡抽菸獨處的地方。

現在往前直行也沒差吧，我已經看到了事發現場，還是看到了。我在想什麼？媽的——這世界上沒有任何人事物可以信賴，這就是真相，完全沒有，這就是令人心碎的地方。

再走三個街區就到了，右邊的白色公寓，在那個你稱之為籬笆啊還是什麼的後面。還不賴，當初的狀況更糟糕。你也知道，家就是家，它會是什麼樣貌，就看你自己怎麼打造。

就在這裡，過了那台白色貨車靠邊停。

你知道我現在想什麼嗎？你可以再開一會兒。

不要用那種眼光看我，我付錢不成問題。

也許在西方大道繼續往前開一點，或者，根本不要走西方大道，反正哪裡都好，就是不要在這裡，現在不要。

第二部

茱莉安娜

二〇一四年

1

喀嚓。

凱西坐在髒兮兮、泡綿已經破漏的真皮沙發。那樣的她，整個人往後靠，伸出雙臂，宛若在召喚世界，將那張沙發轉化為她的王座。那樣的她，比現在年輕五歲，肌膚光滑，髮絲柔順，裙子超短，只要瞄一眼就會看到她的紅色丁字褲。那樣的她——以一手拿菸，另一手拿著玻璃杯，可能喝的是軒尼詩。那樣的她，貓眼，蛇嘴，封凍在時間之中，以五百萬畫素的形式被完美保存。

當初是「暴怒卡津人」凱西把茱莉安娜帶到市中心，帶她參觀奧林匹克場館周邊的酒吧與非法夜店，把她介紹給那個誇讚茱莉安娜夠漂亮、當模特兒也不成問題的男人，對方還打包票要把她打造成洛杉磯的辛蒂．克勞馥（他並不知道，而且茱莉安娜也沒有告訴他，她其實喜歡待在鏡頭的另一邊）。當初是凱西幫助茱莉安娜找到了第一份工作——在「山姆啤酒館」當女服務生，結果那裡並不是在賣啤酒，而是一間脫衣舞俱樂部。當初是凱西鼓勵茱莉安娜嘗試跳舞，站在舞台，是凱西把茱莉安娜變成了茱比比。

當你很嗨的時候，茱比比是個好名字。可以立刻說出口，很方便；可以在夜店的另一頭大聲喊出這名字，很方便；當你遇到某個希望妳不只是跳膝上舞的客人的時候、對他說出這個名字，很方便。那是一個可以讓妳逃離自己真正身分的好名字——那個名字可以讓妳恣意做出茱莉安娜不會做出的那種事。

就在茱莉安娜在「山姆啤酒館」跳舞跳了幾年之後，凱西轉行，開始做更辛苦的工作。她賭運氣的場所是在街頭，而不是酒吧。她說她得要賺更多的錢，為了自己的癖好、自己的小孩、不知道被關在哪裡的哥哥，還有他的小孩。然後，她與茱莉安娜就此分道揚鑣。

凱西死在二十七號寓所的空地的消息，傳遍整個西方大道，現在已經有二十四小時之久。正當茱莉安娜準備去「捷兔」上班的時候，她接到了可可的電話，可可知道消息是因為雷娜來電，雷娜知道消息是因為瑪麗索兒來電，瑪麗索兒知道消息是因為桑卓拉來電，桑卓拉的母親在夾心餅披薩店工作，距離二十七號寓所僅僅相隔了一個街區，所以想必是真的。凱西慘遭割喉，被悶死，然後被歹徒棄屍。這消息就像是朝她的腹肚下了一記重拳——又快又狠，害茱莉安娜立刻倒在沙發上。事發已經超過一天了，她一直沒有沒有離開公寓。

她還沒睡，夜晚又要再次降臨。一開始的時候，是凱西的非正式守靈活動——可可與其他女孩都過來了，在茱莉安納被帶到西南警局、最後被多莉安帶走的那一晚，全都進了七十七街警局的那些女孩（靠，那個多莉安到底是為什麼會在那個時候冒出來，依然是茱莉安娜無法參透的謎團，她必須承認——那女人的確有某種本事）。這些女孩蜂擁進入那間她們偶爾會過夜的公寓，她們告訴茱莉安娜，因為只有她幸運逃過拘留，所以就由她負責買古柯鹼。拉寇兒立刻就帶著貨過來了。然後，是凌晨兩點，接下來是凌晨四點。大部分的女孩都回家或是已經就寢，只有朱莉安娜依然醒著。

朝陽早在許久之前就已經升起，現在已經消失無蹤，電視揭露了這一整天的實況。強風在穆荷蘭大道引發火災，火勢蔓延到克溫格隘口附近的山丘。大家必須要穿越四〇五高速公路的某個起火隧道去上班——天空因為煙霧而一片昏黑，而丘陵成了火山熔岩的紅色。電視上的景象看起來像是來自火星的畫面——異形入侵，茱莉安娜本來以為這是她嗑藥之後的幻覺。

到了中午的時候，可可從她的房間出來了——染成金色的一頭亂髮，框住了她的心形臉蛋，讓她看起來像頭母獅。當她發現茱莉安娜坐在沙發上、撕開最後一包毒品小袋的時候，發出了嘖嘖聲響，宛若茱莉安娜以前沒放在眼裡的某個天主教學校老師一樣。「美眉，妳這麼傷心。妳最後一次跟凱西講話是什麼時候的事？」

至少一年了吧，也許更久，但茱莉安娜並沒有告訴可可這件事。而且，她也不願意說出她不願意放棄這些鬼東西、接受那些一定會讓她昏厥之事實的真正理由。

也許她並沒有親眼看到凱西的屍體，被當成垃圾丟棄、腫脹泛藍的扭曲身軀，但是那幅景象就是一直讓她揮之不去。要是她入睡的話，就一定入夢，就算她一直死盯那條四〇五公路隧道，那景象依然在那裡。不過，她並沒有向可可傾訴自己的困擾，反而問她有多少現金，因為她想要打電話找拉寇兒帶貨過來，讓她可以熬過這一夜。

可可找到了一些髒兮兮的二十美金鈔票，告訴茱莉安娜要叫拉寇兒順便帶一些快樂丸，因為如果她今晚要待在「捷兔」後面的房間工作，那麼她一定可以很嗨，所以這一整晚誰誰誰的手放在哪裡、她的嘴和身體其他部分在做什麼就一點也不重要了。

拉寇兒送貨過來已經是幾小時之前的事了，茱莉安娜只想要起身漱洗，隨便去哪裡都好。不過，到了黃昏的時候，她還是無法離開沙發，凱西的死訊害她動彈不得。

她扯開包包，再次拿出手機——最新的機型，某種超越其他女孩耽溺方式的自我耽溺。每當有新手機問世，茱莉安娜就會想辦法弄到錢。相機是她的動力來源——更高的畫素、更好的飽和度、對於自己不完美世界的更美好觀賞角度。

她往下滑找照片，粉紅色長指甲不斷在手機玻璃發出噠噠噠聲響。

女孩們總是在調侃她，妳是有多少自拍照啊？妳是想要當網紅嗎？妳覺得有人會買妳的廉價媚比琳化妝品嗎？茱莉安娜從來不會去糾正她們。不久之前，她想出了欺騙她們以及其他人的方法——她假裝是在玩自拍，但其實是把鏡頭轉到另外一側，她運用的是相機的原始功能——向外取景，而不是拍自己。

一開始的時候，鏡頭只是一個可以讓她隱身其後的細小長方形。但過沒多久之後，她會在每個夜晚檢視前一天拍到的人與場所、還有拍攝的原因。她以它來觀察舞台後方女孩們的互動——彼此飆粗話，還有為對方塗抹一層層的濃妝。

她開始往前滑多年前的照片。歲月倒帶，皺紋慢慢消失，將近十年的夜生活逐漸消失，所有男人留下的跡痕也全部沒了。然後，她找到了另一張照片。

「媽的臭凱西。」

因為，那樣的她又出現了，這一次是坐在恰貝莉塔的塔可餅專賣店的某張亮色塑膠桌前面，那是一間位於第十街與西方大道交叉口的二十四小時不打烊小店。

她身穿黑色肚兜式半截背心，綴有三顆銀釦。她剪短頭髮，染色，看起來有點焦黃。她的頭往後仰，角度超明顯，所以焦點成了她的嘴巴，而她的眼鼻都脫焦了。一縷菸氣正好從她雙唇之間冒出來，宛若神靈一樣盤據臉部上方。就在她左肩後方，可以看到有個男人不再盯著自己食物、被凱西的笑聲所吸引而抬起頭來。

茱莉安娜再次滑動螢幕，又一張。這一次凱西幾乎完全別開鏡頭，所以只看得到她右側臉頰的邊緣。她是在取笑那男人還是叫他滾開？——茱莉安娜已經不記得了。其實，對於當晚她們在恰貝莉塔做了些什麼、以及後來發生的事，她幾乎已經沒有任何記憶。

「媽的臭凱西，」她又罵了一次，「『暴怒卡津人』。」

可可本來在忙，聽到這句話而抬頭，茱莉安娜看到她把一袋快樂丸碾碎成細粉，準備等一下以捲紙吸食。「她才不是卡津人，她是貨真價實的德州人。我去過她婆婆家，在英格爾伍德的某個地方，全家想必是有五代同堂，都在吃那種甜得要死的燒烤。卡津人吃的是發黑香料鬼東西，才不是燒烤。」她搖了搖掌心裡的那些小紙團，然後把它塞到某個薄荷糖空罐裡面。可可問道：「妳會去上班吧？」她把那盒薄荷糖小罐放入包包的秘密夾層，那是她偷藏毒品與額外現金的地方。「因為要是妳再脫班，就沒辦法把妳排進班表了。」

這是茱莉安娜在這個禮拜第二次脫班。第一次是她在傑克之家廚房離開多莉安、她佯裝在工作，上了第一個經過她面前的男子的車，然後她才老實招認自己只希望可以搭順風車逛一逛，她想要逃離每次看到多莉安就一定會幽幽現身的雷希雅過往。如果這表示她必須給他一點甜頭，那她也就認了，幸運的是，她並不需要。她最後睡在他位於佛蒙特港的公寓、然後睡過頭錯過了工作時段。

一開始是多莉安，現在是凱西。彷彿這個世界想要把茱莉安娜拖回到警察不斷詢問她保姆的那一天——她的穿著打扮、她是什麼時候離開房子、她跟誰往來，還問茱莉安娜覺得她可能去哪裡。茱莉安娜是這麼告訴他們的，她哄我上床睡覺，就跟以前一模一樣。讓她聽她父母痛恨的嘻哈音樂，然後在Cinamax看一部限制級電影，最後哄她上床睡覺，在房門口對她送出飛吻——小公主，一夜好眠。警察想要知道，然後呢？就在這個時候，其中一名警察犯蠢，把照片拿給她看，他的搭檔拍他的手要阻止已經來不及了。茱莉安娜看到了雷希雅的那雙死眼，就在被塑膠袋勒綁的臉龐的後方，腫脹的模樣宛若溺水，嘴唇蒼白龜裂，還有一條勒脖血痕。

可可對著鏡子擠眉弄眼，想要找出今晚的裝扮風格。

茱莉安娜說道：「也許我可以回去當送酒服務生就好……」

可可挑眉，「美眉……」

她們都知道茱莉安娜講的是屁話。因為最低工資、加上那些想要把錢留給「捷兔」真正重頭戲的那些男人所付出的小費，根本比不上酒吧後面房間賺的錢、膝上舞以及其他各種把戲。

茱莉安娜開口，「我不需要。」

「不需要錢？妳怎麼可能不需要錢？」

「我有很多不需要付房租的住處。」

可可不可置信噘嘴，搖頭，然後，斜身貼近梳妝台的髒兮兮立鏡，開始化妝。

茱莉安娜問道：「是怎樣？」因為她的確有多種管道。她可以搬回德瑞克或是多明尼克的住處，在他們那裡短住一下。不過，等到他們之中的某人終於說出她必須要負擔自己的費用的時候，一切就玩完了，而且她知道那將會是什麼狀況，幾次的「約會」之後，接下來就無可避免得回到「捷兔」或是類似的地方。

然後，當然，她也可以回家。她跟某些自斷後路、被攆出家門，或是一開始根本就沒有家的女孩並不一樣。茱莉安娜有住處——距離並不遠。如果她想回去的話，還有一間臥室和餐桌位子。

她把小指的粉紅色長指甲伸入小袋，取出半月狀的白粉，開始鼻吸——動作迅速老練，宛若船過水無痕。毒品產生了作用，她感受到的是那種狂歡一夜之後、沉悶又空虛的感覺，身體已經飽受蹂躪又醉醺醺，所以古柯鹼只會讓她感覺自己有多麼敗壞，還有她多麼渴望能夠好好睡一覺。她猛吸氣，希望可以增強效果，這樣她就不用再來一次。

她不斷以指尖敲打大腿，腳尖對著地面打拍子。家，家，回家。

她開口：「回家……」

可可問道：「是怎樣？」

「沒有啊，」茱莉安娜回她，「沒事，沒事。」她的指尖敲擊聲越來越強烈，腳打拍子的速度也變快了。

「茱茱比？」可可說道，「要是妳繼續吸食那鬼東西，最好不要給我繼續抽搐下去，除非妳希望我宰了妳。」

茱莉安娜打開毒品袋，又把小指伸進去。又一次順暢迅速的吸毒動作，然後，她把毒品袋塞回胸罩。靠，她幹嘛不回家？她不需要過這種狗屁生活——不需要更嗨，穿衣服只是為了在工作的時候脫衣服，佯裝她做這種垃圾工作——根本都是垃圾——只是為了等待更好的未來現身。

「妳要是繼續這樣嗨下去，那就在上班之前給我滾蛋，」可可看了一下自己手機的時間，「好，所以妳就過八個小時。」

茱莉安娜把手指藏在掌心裡，以免自己不斷敲擊，她說道：「隨便啦，幹。」

可可對著修整的眉型畫出兩道卡通眉，「幹？有什麼好幹的？還有比凱西更慘的事嗎？」

茱莉安娜舉高手機，蓋住自己的臉。

喀嚓。她拍到可可靠近鏡面的模樣，側頭，欣賞自己的傑作，還給了自己一個少惹我的表情。可可聽到相機的聲響，轉身，擺姿勢讓茱莉安娜取鏡。

但茱莉安娜已經收起了她的手機。

她的包包大敞，放在沙發上面，裡面塞滿了紙巾、乳液、各種藥劑，比較美、或是看起來沒有那麼疲累的用品，就看狀況而定。此外，還有一張紙，是茱莉安娜上禮拜在計劃生育聯盟候診室翻閱《洛杉磯雜誌》時撕下來的紙頁。她把它拿出來，攤開。

「妳有沒有聽過一個叫做拉瑞・蘇爾坦❹的傢伙？」

可可的表情似乎是在真心思考，「開著噁心紫色車子、掛在『輕鬆時光』牆上的那一個傢伙？」

茱莉安娜回道：「不是……」

「那混蛋就像是什麼鬼地方冒出來的蘇丹啊❺。」

茱莉安娜望著手中的那張紙，那是某幅攝影作品的照片——某名女子，顯然是色情片女星，在拍攝空檔時所拍攝的照片。她身穿廉價緞面長袍，就連茱莉安娜與她的成員都覺得誇張的白色恨天高厚底高跟鞋。她遠離背後的骯髒泳池，後面有四頭可怕的拳師犬，黏貼皮膚的肋骨與結節清晰可見，牠們全都彎身貼地，彷彿在祈禱一樣，這是「拳師犬，佈道丘，拉瑞・蘇爾坦」。

她把那張紙拿到可可面前，「妳覺得這圖像怎麼樣？」

可可從鏡前轉身，瞇眼望向房間的另一頭。「我覺得那婊子準備要玩大鍋炒。」婊子，大鍋炒，不需要任何技巧就可以對別人無情批評。

「但妳覺得這張照片怎麼樣？」

「不怎麼樣，」可可回道，「反正媽的不是什麼藝術。」

茱莉安娜摺好那張紙，她很想說，既然是這樣，媽的它怎麼會掛在美術館裡面？但她對可可說的卻是：「今晚不管他們開出什麼價碼，我也絕對不會跟什麼小咖球員鬼混。」

可可在包包裡找出那個薄荷糖罐，「來一點？」

茱莉安娜朝她揮揮手，不用了。

「看來妳下個月不打算付房租了。」

「我有什麼打算也不關妳的事。」

可可拿著眉筆，指向夾在茱莉安娜的胸罩吊帶。「那鬼東西把妳害慘了。」

茱莉安娜拍了拍罩杯裡的毒品袋，感覺到它緊貼著自己的汗濕皮膚。「害慘我的不是這個。」

「那不然是什麼？」可可挨近鏡面，依然忙著在自己的臉龐塗畫出另一張臉。

那不然是什麼？是什麼？茱莉安娜很想這麼反問，做我們這種工作、看到我們所見到的一切，有誰不會覺得自己很慘？到處玩趴假裝一切都不重要，表現得好像我們跟那群湧進那間洛杉磯中南區豪宅、玩趴的南加大女生社團美眉沒有任何的不同，我們就像她們一樣有權可以去任何地方，做什麼都不成問題。

「妳覺得是誰殺了凱西？」

可可回道：「我最後知道凱西一直就是在當街妓。妳跟我呢，我們的比較高級。」街妓，站壁女，吸毒妓女。姓名，階級，區辨。只要是能夠讓自己感覺更良好，更覺得高人一等的一切。

❹ 著名攝影師。
❺ 蘇爾坦姓氏正好是回教統治者稱號蘇丹。

問她們啊，茱茱比與可可是舞者——豔舞舞者，私人舞者，伸手摸你的褲襠讓你自我感覺更加良好的舞者，那就是她們的身分。她們不是阻街女郎——不是搞全套，什麼都可以的女孩，她們有界線，至少她們是這麼說的。

可可走到沙發前，握住茱莉安娜的雙手。「去洗澡，等一下我來幫妳化妝，我會讓妳變成美美的茱茱比。」

茱莉安娜就任由自己被可可拉起來、帶到浴室，然後被推了進去。她打開水龍頭，但趁著水還在加熱的時候，她依然敞開浴室的門。可可背對著她，面向鏡子，她放了音樂，搖擺豐臀，化妝的時候還翹著屁股。她畫好了雙唇——卡通風格的弓形，幾乎是她自己嘴巴的兩倍大。她側頭，再一次欣賞自己的女混混噘嘴模樣，測試自己的盔甲魅力。然後，她的臉垮了，眉毛與嘴巴下彎，雙頰委頓。疲憊、怒氣，以及挫敗徹底迸裂而出。她閉上雙眼，維持那個姿勢——休憩，躲藏，茱莉安娜拿出了自己的手機。

喀嚓。

2

只是一晚沒睡覺而已，也沒那麼慘，畢竟狀況越來越糟。就那麼一個晚上——妳覺得自己可以逆向思考，遠離疲憊，抽離自我，這樣一來就可以熬過難關。毒品可以出一臂之力，它們的確發揮了作用——把妳整個人劈成兩半。

「捷兔」的音樂也發揮了一臂之力——音量大到說什麼並不重要，要緊的是說出來的方式，還有當你開口時的神情。今天是星期一，所以人不多，但都是忠實客戶，茱莉安娜認得其中幾個人。她已經使出渾身解數，與他們進行眼神接觸，但是不干擾對方。她的遊戲方式不是誇張對決，她是那種讓男人走近她、讓她知道他們想要做什麼的女孩。不過，這一招沒用，茱莉安娜一直獨自一個人、拿著攪酒棒在她的蜜多麗酸酒裡面畫圈圈。她元氣不足——可可是這麼跟她說的。她需要提振精神，可可拿出她的薄荷糖罐。「提神一下?」

茱莉安娜指了一下自己的亮綠色飲料，「我沒問題。」她拿出手機裝忙，彷彿自己不需要這種東西。

後門角落有個男子、獨自坐在某張高腳椅。他身材壯碩，白人，留有鬍鬚，頭髮稀疏，雙臂交疊胸前。他一直盯著茱莉安娜，雙眼因酒醉而變得狂野，或者就純粹是天生狂野。他看起來又餓又怒——彷彿整個世界欠他的一樣。

可可問道：「妳朋友是誰？」

茱莉安娜回頭瞄了一眼，「根本不是我朋友。」

「妳現在不但很挑剔，而且嘴巴還很賤。」

「如果他想要自己就會過來。」她說出這句話的時候，可可已經邁開大步離開，準備找人請她喝酒。茱莉安娜拿出手機，背對那男人。

她往下滑照片，找到了昨晚那些女孩的影像。瑪麗索兒呈大字形躺在沙發上，可可對著水槽撣菸灰，而珊卓拉則從她後面撞過去蹭她，珊卓拉在自己的手機裡找歌，拉寇兒進來。她以倒帶方式回顧昨晚，所以女孩們後來變得清醒，公寓乾淨，派對還沒有開始。

她有感覺，那男人在另外一頭盯著她。

她甩髮，聳起肩頭，然後低頭看手機。

噠噠噠，時間回到了一個禮拜之前，凱西還活著的那個時候。噠噠噠，一整個禮拜都是派對、人、在西方大道閒晃的照片。噠噠，茱莉安娜手機螢幕中央出現的是一張她根本不記得拍過的照片——多莉安出現在傑克之家廚房的窗框之中。

茱莉安娜當時走到外頭抽菸，她知道這舉動會讓多莉安不高興，但這女人又管不到她。反正，她需要找點事情讓不安心緒冷靜下來，也要消除她不愛的食物之氣味。

她當時回頭，看到多莉安盯著她，那整張臉龐充滿了茱莉安娜不忍細看下去的渴望，需要茱莉安娜化身成為雷希雅、或者假裝是雷希雅、或者至少不是她現在的模樣，而是她可以照顧的某個小女孩，時光就此凍結。就在多莉安轉頭的一剎那，茱莉安娜趕緊掏出手機，喀嚓。多莉安的側影，在髒污玻璃窗後方，略顯模糊，孤單女子吃著早餐。

她盯著自己手機裡的那張照片——這是她拍下之後第一次凝神細看。因為多莉安的側臉角度，茱莉安娜無法看到那種需索、挫折感，沒有辦法聽到諸多疑問與沉默的要求。

多莉安跟雷希雅一樣都很美，想必多莉安曾經是大美女。茱莉安娜覺得多莉安自己應該不知道，至於雷希雅，她很確定雷希雅自己知道這一點。當茱莉安娜的保姆到附近商店的時候，她老喜歡跟在後頭，聆聽那些男人在自己的車子裡對雷希雅鬼吼鬼叫，還有當地人會在自己的門廊對她吹口哨。當肉鋪的小伙子拒絕收下雷希雅的錢，或者是在她的訂單之外、偷偷多塞一點肉的時候，站在雷希雅旁邊的她，會露出害羞但驕傲的微笑。彷彿她也沾了雷希雅的光——彷彿身著仿冒迪士尼T恤與橡膠涼鞋的她，也成了眾人所接受的一分子。

茱莉安娜的眼瞼在顫動，她頻頻點頭回禮。就在那一瞬間，音樂消失，燈光暫滅，茱莉安娜與茱茱比都被吸入過往之中，到了西方大道，站在雷希雅身邊，有三個男人從某台加大馬力的房車探身出來，叫雷希雅上車。雷希雅準備要離開她，茱莉安娜覺得雷希雅放開了她的手——

「妳還好嗎？」

酒保抓住她的手腕，把她拉回到吧檯。

茱莉安娜滑下高腳椅，「好得不得了⋯⋯」

酒保看了她一眼，意思就是她最好趕快打起精神。這就是她為什麼要去廁所的原因——讓她回到現實之中，可以讓她繼續順利前行的某種提神物。

她走過去的時候，每一個人都盯著她。她直接從「捷兔」正中央穿過去，沒有辦法轉移大家注意力，也無法躲藏。她進了廁所之後，鎖門，拿出了毒品小袋，還從包包裡取出鑰匙。她吸了一點，然後又一次，追加一次希望可以帶來好運。她傾身靠近鏡面，檢查鼻孔，她深吸氣，讓那股阿摩尼亞的燒灼快感進入自己的靜脈竇。她睜大雙眼，盯著那個回望自己的女子，美呆了。

她檢查妝容——嘴唇、眼睛、顴骨多上了一點黃銅色，讓它們顯得超級高挺。她嘛嘴，對自己送了個飛吻，甩髮——讓髮絲變得蓬鬆又狂野，然後茱茱比打開了廁所的門，把茱莉安娜拋諸腦後。

「捷兔」是她的伸展台——這是她的主秀。其他那些拚命搔首弄姿的女孩，還有可可和她的那種態度，全都去死一死，沒有人能夠像茱茱比一樣得到這麼多的關注。到了吧檯，她轉身，好讓自己斜靠在吧檯邊緣，面向外頭，目光掃視所有的客人——有膽就放馬過來吧。

果然立刻有人上陣。有個三十多歲的男人，對她報上名字，卡洛斯，妳一整晚都躲在哪裡？

茱茱比眨眼，伸出食指勾住他的下巴。

我都是為了你才出場。

卡洛斯向酒保示意，茱茱比指向後面的房間，這些你要帶進去，對嗎？

就這樣，她帶著卡洛斯穿過酒吧，當她拿起他們的酒的時候，他的雙手摟著她的腰。

迪恩一如往常，負責守門。他向卡洛斯唸出了他的權利——到了那裡之後，你的舉動都必須要經過這位小姐同意。然後，他告訴茱茱比，第三號房是空的。

她帶著卡洛斯到了第三號房，拉開布簾之後，露出了只比半個浴缸大一點而已的空間。她把他推到椅子上，讓他啜飲自己的酒。然後，她開始上工。重點來了——雖然男人自己根本不知道，但他們總是什麼都想要。妳必須要指引他們、教導他們，讓他們更大方掏錢。

美眉，跳舞給我看。

牆內有個可以調整聲音大小的旋鈕，茱茱比把它調成震耳欲聾的音量，所以她必須將雙唇壓在卡洛斯的耳內，才能讓他聽得見。

親愛的，喜歡嗎？

她不需要等待回應，因為已經有了。他伸手要摸她的雙乳，但是她對他搖了搖手指，沒這麼快。

她隱身在音樂之中，把它當成了一條絲絨巨毯裹住自己，她可以蠕動扭纏。她跨坐在卡洛斯的身上，在他的大腿之間蹦跳，她覺得自己電力四射，天下無敵，掌控了一切。

她脫到只剩下內褲——青綠色的蕾絲。能夠擺脫衣服的束縛，露出自己的手臂大腿與緊實腹部，不是很好嗎？能夠當茱茱比不是很好嗎？

是茱茱比解開了卡洛斯的皮帶。

是茱茱比把手伸向他的褲襠拉鍊。

是茱茱比拿出他的皮夾，支付額外的費用。

是茱茱比運用自己的嘴巴和雙手，讓卡洛斯癱軟在自己的椅內。

是茱茱比告訴他趕快打理整齊，因為夜還漫長，她得繼續工作。

是茱茱比邁步走向酒吧的途中，給了迪恩小費，感謝他善盡守衛之責。

是茱茱比佔據了他在酒吧的位置，再次面對全場，她說：過來要我啊。

她是這地方的主人，她擁有每一個人，除了依然坐在後頭高腳椅的那個人除外，他怒氣沖沖盯著她，彷彿她剛剛背叛了他一樣。她對他賊笑，揮手叫對方滾蛋，她說：我不需要你。

他的目光卻變得更加兇惡，雙眼裡的火氣在燃燒。

她的大拇指搓自己的食指與中指，親愛的，只要掏錢就可以了。

又一個男人過來——年輕，噴了滿滿的廉價古龍水，聞起來像是計程車的味道。

當茱茱比告訴他「你聞起來好香啊」的時候，她心想，反正這也不算是最糟的狀況。

他以前從來沒玩過，這一點顯而易見。因為他走向吧檯，他的那些年輕朋友們為他鼓譟歡呼。他想要討論錢的事，但規矩不是如此，交易必須在後頭完成。她牽起他的手，「我們等一下再說。」

不過，就在他們要離開吧檯之前，某人的手掌落在那年輕人的肩上，把他硬拉回去。「小朋友，給我坐下來。」

一直坐在高腳椅的那個男人擠入那小孩與茱茱比之間。她抬頭細看，可以看出他其中一隻眼睛的目光游移不定。

那男人說道：「他不知道要怎麼搞定妳……」

茱茱比還來不及出聲抗議，那個小伙子就已經溜回他朋友們身邊。

「我們走吧，」那男人說道，「我要看妳表演。」

「先請我喝酒。」茱茱比說完之後，帶他前往後面的房間。

迪恩扶住大門，讓茱茱比與她的新客人進來，他開口說道：「看來生意是越來越好。」

那男人經過他身邊的時候，發出了咕噥聲，他不希望被人引路，茱茱比跟在他後面，進入某個簾幕緊合的房間。

他坐下來，「給我跳舞。」

茱茱比調高音樂聲量。古柯鹼帶來的興奮感正逐漸退散——還有嗨感，但知道它稍縱即逝的時刻已經到來，驚覺毒品沒辦法撐一輩子的可怕體悟。她應該要先撫哄一下對方，但太遲了，因為這男人死盯著她，她知道自己應該要開始了。

她開始晃動。與上次一模一樣的流程，但這次的感覺就只是純粹——走完流程。她不甘不願做出標準動作，態度很明顯，他拍了拍自己的大腿，叫她坐下來。

但不是這樣的。這是她的房間，要聽她的規矩，由她決定行事程序。

「美眉，坐下來。」

她左右甩頭，想要奪回場子，拿回控制權。

「妳是長得太漂亮不能坐下來是嗎？」

茱茱比眨眼，搖了搖手指。

他碰觸她的手臂，然後抓住她的手腕，力道不大。

茱茱比盯著他碰觸她皮膚的那隻手。

燈光熄滅，她聽不到音樂，「捷兔」消散無蹤。她看到凱西被套袋的腫脹臉龐，就像是那個警察不小心讓她看到的那張照片裡的雷希雅。她看到凱西躺在她父母家附近的空地——被棄屍，面目全非。她看到她躺地，身軀扭曲變形。

她彷彿能夠感受到凱西的掙扎，就像是她以前覺得自己對於雷希雅的遭遇感同身受一樣。她可以感覺那男人抓住她、害她動彈不得，不知道拿什麼東西纏住她脖子要勒死她，她可以感受到自己被塑膠袋蓋住了臉。

她可以感覺到凱西又咬又踢又亂抓一通，可以感受到她痛苦悲慘的絕命感，拚命想逃離的渴望。

「茱茱比，媽的這是怎麼回事？」茱茱比睜開雙眼，迪恩抱住她的腰，把她拖入走道。她望著自己的手，發現有好幾片指甲斷了。

他說道：「媽的不准給我亂動。」

他把那房間的簾幕拉好。有瘋狂雙眼的那個男人被壓在另一頭的牆面，他的臉與雙臂都有抓傷。

「靠，她發瘋了，我根本沒碰……」

迪恩抓住他的手。但那男人繼續講個不停，結結巴巴說出茱莉安娜態度懈怠，敷衍行事，然後就直接攻擊他，像是破麻一樣抓傷了他。

迪恩面向茱茱比，「小茱……妳怎麼說？」

「他想要用對付凱西的手段對付我，他想要殺了我，就像是他當初殺死她一樣，他想要……」茱莉安娜聽出自己語氣中的歇斯底里，彷彿她抽離了自己、站在外頭看這場戲。然後，崩解，她又恢復了理智。

「他做了什麼？」迪恩問道，「他殺了誰？」

「沒有，」茱莉安娜回道，「沒有。」他們一樣，媽的全都一樣。

「妳說沒有是什麼意思？」迪恩語氣中有警告意味，錯不了。

她聳肩。誰伸手放在什麼地方又代表了什麼意思，很重要嗎？他們全都是垃圾，強暴犯、殺人犯啊什麼的。他們的骯髒雙手，他們的齷齪心思，他們的貪慾，他們的汗水與呼吸，他們的臭氣，他們的……

她站在那裡，對那傢伙吐口水。

她翻找皮包，結果裡面的東西全都散落一地。她把東西全撈回來，手機除外，她把它舉高，對準了那個依然瑟縮在私人房間裡的男子——他表情僵硬，怒氣沖沖。

喀嚓。

3

茱莉安娜立刻被迪恩丟出「捷兔」。她鎮定下來之後，踉蹌走在西方大道。

街頭死氣沉沉，充滿了菸氣與灰燼的臭味。她看了一下手機，快要凌晨一點了，唯一還在營業的就是「捷兔」或是阻街女郎做生意的其中一間汽車旅館。但她對於這些地方完全沒有任何留戀——沒有理由讓她繼續待在這條長長的西方大道。該回家了，不是可可或瑪麗索兒還是誰誰誰帶回大量現金準備開趴的那間公寓，而是位於二十九號寓所的自己的家。

茱莉安娜把自己的小費全擱在那裡。她一度想要叫保鑣或是哪個女孩幫她拿回來。不過，那地方的氣味——為了掩蓋其他人的性慾與飢渴的濃香殺菌噴劑——讓她想吐。她沒有錢搭計程車，所以她走路。

她拿出那個毒品小袋，一次吸光光，然後朝北前進。

二十個街區，大約是三點多公里，現在有了古柯鹼竄流全身，她可以速速走完全程。現在的空氣，依然瀰漫著山丘大火的煙塵。

茱莉安娜知道身穿白色高跟鞋、緊身牛仔褲、粉紅色肚兜式露背背心的自己在別人眼中是什麼模樣。她很清楚為什麼會有些車子從她身邊經過，而且放慢車速。

她走到了馬丁路德金大道，「傲狐」汽車旅館不斷有車輛進進出出，享受三小時的優惠費率。她努力保持目光前視，不想看到這種場面。

街角有台車停下來，就在人行道的邊緣——灰色的本田雅哥，車窗是染色玻璃。燈號轉為綠燈，她穿越馬丁路德大道，但那台車依然留在原地。

現在，她已經到了自家社區的另一頭，這裡距離傑克之家廚房並不遠，她之前就是在那裡拋下了多莉安。她一邊走路，一邊含住下唇，咬得死緊，她這麼緊張兮兮，她覺得自己好丟臉。茱莉安娜與凱西討生活的方式並不一樣，但是她遵循的卻是相同的遊戲規則。要是太擔心危險，那麼就不可能上工了，完全無法勝任。不需要綁好高跟鞋的鞋帶，讓自己置身其中。

危險是發生在別人身上的事。

當你覺得會有危險的時候，它就會立刻報到。

那台本田又跟過來，鬼鬼祟祟跟在茱莉安娜的後面，與她保持相同速度。她迅速瞪了對方一眼，表示她沒興趣，她不是那個駕駛誤以為的那種人。她揮揮手叫對方離開，等到她過街的時候，那台車就不再跟過來了。

外面還有好幾個女孩。當茱莉安娜經過她們面前的時候，她們與她四目相接，惡狠狠瞪她。茱莉安娜並沒有告訴她們，歡迎佔據地盤，她不敢說出這全是她們的場子。不過，她很慶幸她們出來做生意——讓那個開本田的人多了一點分神的目標，他又跟過來了。她朝後頭瞄了一下，車子閃燈，然後迅速離開，加速經過她身邊，尖嘯衝往第四十街。

她伸手撫摸雙唇，龜裂腫脹，她受夠這種爛生活了，很好——她明天不用工作甚至從此洗手不幹，非常好。

她的雙腳開始犯疼。穿這種高跟鞋走路的極限是一點六公里上下。她的速度變慢了，一拐一拐，又一個喝得爛醉走路回家的女孩。

現在，她已經走了十個街區，穿過她童年的那些地標——總是拉下百葉窗的美容院、玉米餡餅店、商店街。茱莉安娜在某間空蕩蕩的店門口暫歇，讓雙腳休息一下。她把手指插入鞋子與後腳跟的隙縫之中，讓皮膚可以脫離濕黏的襯裡。

她調整好鞋子，感覺到腳跟底的水泡與汩汩血流。她離開商店門口，西方大道有台車朝南向而來。

她準備過街，一陣閃光，還有橡膠摩擦水泥地的刺耳聲響。她望向左邊，看到一對車頭燈正對著她，她跳回人行道邊緣，慌忙找尋安全地點。但是那台車並沒有放棄，反而直接追上人行道，把她堵在商店門口。

車頭燈閃得讓她什麼都看不見，引擎轟隆作響。茱莉安娜聽到了開門聲，她伸手遮擋雙眼，有個男人下車了——全部背光，只看得到影子。

她的心跳早就因為古柯鹼發作而變快，現在更是開始狂飆，已經快要衝出喉口，她覺得彷彿有人勒住她的脖子。

「妳這個婊子。」

茱莉安娜畏縮不前，溜回門口，雖然她知道這樣只是自困而已。

「破麻。」

她雙手護頭，古柯鹼的化學氣味從喉嚨冒升，讓她好想吐。

「媽的妳這個臭婊子。」

茱莉安娜心臟怦怦跳，因為她認得他狂野不定的雙眸，還有她在他臉頰留下的血痕。那個從「捷兔」出來的男人，高舉手臂過頭，手裡拿著某個深色的圓狀物。

在瓶身碰到她前額、她旋身墜入黑暗之前，茱莉安娜還有足夠的時間閉上雙眼。

4

喀嚓。

茱莉安娜的臉龐回望著她，這種面容讓她嚇壞了——嘴唇龜裂，瞳孔脹大，虹膜被一片黑所淹沒。右眼上方有一道恐怖割傷，接下來一定會發腫。她抹去眼睫毛的血跡，瞇眼盯著螢幕。她現在看到的這個女人好慘烈——不是茱莉安娜，不是茱茱比，而是某個陌生人，某個從裡到外都遍體鱗傷的人。現在，她看到了自己撞到人行道的時候、前額傷口沾染的泥巴。要是沒有感染的話，就算她走運了。她關閉照片，盯著手機時鐘，她撞地之後，已經過了十分鐘之久。

她花了十五分鐘的時間，走到了她父母的家。她走小巷，遠離西方大道，遠離了有街燈與可靠車流、原本應該令人心安的區域。無論在葛拉瑪西或是席瑪朗街都沒有人看到她跛行，沒有人會懷疑她為什麼要在空無一人的街道遮住自己的臉龐。

她到了二十九號寓所，站在對面的某棵玉蘭樹樹蔭之下、望著自己的家。她盯著黑漆漆的窗戶，想要知道是否還有人醒著。她想要確定自己進去的時候不會被人看見，她可以悄悄上樓，進入浴室，上床，完全不會與她的家人打照面。

因為，他們可以看到那些人在妳身上留下的痕跡，還有氣味，無論妳清洗了多少次，無論過了多久時間，每一個男人都留下他的記號，每一個男人都留下他的指紋，製造自我印記。最好的方式就是把自己徹頭徹尾洗乾淨，拚命刮擦，佯裝沒事，茱莉安娜現在需要的就是這個。

凱西得不到那種奢侈。她慘遭棄屍，全身髒兮兮，不只是因為小巷的污土，還夾帶了恩客的穢物。死掉的妓女，而不是死去的媽咪，死亡的女子，幾乎比謀殺更可怕的某種不敬。

茱莉安娜靜靜等待，凝望窗戶，確定母親並沒有待在廚房，還有她爸爸並沒有在前廳看電視看到睡著，還有，赫克特沒有在後院與他的萬年女友伊莎貝爾一起呼麻。

街頭尾端傳出了刺耳金屬聲響，因為有台車猛撞了一下人行道，然後開始橫衝直撞。它從茱莉安娜身邊尖嘯而過，碰到了某個停車標誌之後，急煞停車——有部分車頭壓入了十字路口。然後，它以扭歪路線後退，停在她家門口，車子因為貝斯與殘響而搖晃不止。

副座車門開了，某個大塊頭男人拖拉身軀而出——在儀表板微光的映襯之下可以看出某個柔軟渾圓的側身剪影。他搖搖晃晃走到後座車門旁邊，用力拉開，座位裡一堆人體交錯橫陳，某個漫漫長夜的殘骸。

那男人把手伸入車內，把某人拖出來——是亞曼多。

茱莉安娜的父親站姿搖搖晃晃，車內一陣騷動——有兩名女子醒過來，以西班牙語和英語開始交談，其中一個猛拍駕駛座，另一個則差點從敞開的車門掉出來。

亞曼多努力要打起精神，但是卻力有未逮。所以那個大塊頭男子扶著他、繞過車子，進入花園大門。茱莉安娜的目光不在她父親身上，反而是後座的那兩名女子。她們身材豐滿，曲線已經成了一圈圈肥肉。比較靠近茱莉安娜的那一個裙子超短，就連蜿蜒在大腿上方的刺青也看得一清二楚，她身著綁帶高跟鞋的雙腳在車外懸晃，然後，她點了根香菸。

就是這樣。以前的妳美麗，個性兇悍，依然可以假裝自己控制全局，男人們想要妳，純粹就是基於想望，而不是什麼可以有金錢標價的事物。接下來，妳變得又胖又憔悴，躺在某台破爛房車的後座，和茱莉安娜父親那樣的人或是更糟糕的男子緊緊肉貼，全都是覺得自己有工作、家庭、在其他方面有穩定的什麼什麼而覺得高妳一等的男人，自覺有權擁有妳的男人。誤以為自己有足夠的錢請妳喝酒或是吃晚餐，就對妳可以施展各種權力的男人。

茱莉安娜猜得到之後會是什麼景況。她會稍微振作一下，找個圈外的工作，但賺的錢不夠用，她入不敷出。然後，她的某個朋友會邀請她參加派對，然後，她會回到老圈子，工作到破曉時分，過著辛苦生活。過沒多久之後，她會開始打工，為了小費的工作，最後，她會在這種遊戲的陰暗地帶四處活動——不是阻街女郎，她絕對不會碰那一行，不過，會有人邀請她參加隨著破曉時分悄悄逼近、派對女郎與賣春女郎的界線越來越模糊不清的那種汽車旅館派對。

最後，遊戲的精華部分終將會離她而去。她會變老，失去姿色，因為吃喝了太多年甜酒與廉價食物而變得鬆軟肥胖。她永遠不會站在街頭工作，但是她會越來越依賴像她父親這樣的男人共度美好時光。過沒多久，她就會等待他們，需要他們，希望他們會打電話找她。

茱莉安娜聽見她家花園大門的生鏽鉸鏈聲響，然後是狠力關上的巨響。坐在後座的女子撢掉大腿上的菸灰，把頭往後依靠。「媽的我們到底在哪啊？」

司機大手一揮，懶得理她。

不久之後，把亞曼多拖回家的大塊頭男子回來了。「靠，給我滾回去，」他踢了一下那女人的腳，用西班牙語下令。「動一下妳的屁股啦。」

她把自己的香菸丟向他，他進入副座，車子因為他的重量還沉了一下。車門砰一聲關上，他們加速離去，留下茱莉安娜盯著她爸爸倒在階梯，雙臂伸展，宛若躺在十字架上一樣。

她打開花園大門，坐在他身邊。「爸？爸？」

亞曼多全身散發廉價汽車芳香劑氣味，還有更廉價的酒氣。此外，還有別的——在「山姆啤酒館」、「捷兔」，甚至是她與可可和其他女孩的共租公寓那些地方的更衣室氣味，還混雜了汗臭與女人香水，她的胃部一陣翻攪。

「爸？」

他動了一下，不知道低聲講了什麼，然後朝她的方向揮揮手。

「爸，你不可以睡在這裡，全部的鄰居都會看到。」

「媽的妳誰啊……」

「難道沒有人告訴過你嗎？不要在自家門口出醜？」

沒有回應。「爸！」她伸出手指，硬戳他肋骨下方的肥肉——將她破碎不平的指甲鑽入他的襯衫。

他發出嚎叫，想要滾到旁邊。

不過，這是茱莉安娜的強項——難對付的客人、酒醉的客人，還有那些死纏爛打、靠得太近，不願離開、想要靠著對妳施壓為所欲為的客人。她把高跟鞋扔到旁邊，赤腳站在她父親頭部上方的階梯。她蹲下來，把雙手鑽入他的腋下。

她把他往上拖了兩階，到了大門口。她找到了自己的鑰匙，然後把父親推滾進去。

這本來就夠折騰的了，而毒品更讓她脈搏加速，所以她氣喘吁吁。她踢了一下亞曼多的雙腿，讓老爸進入屋內，然後，關上了門，前額的汗水害她的傷口一陣刺癢。

亞曼多看起來像是從好幾層樓高的地方摔下來一樣，張攤四肢，動也不動。茱莉安娜本想要叫他去洗澡，去除整夜的積臭與其他女人的味道，然後把他推到沙發上面，幫他蓋好被子，她母親雖然心裡有數，但還是不該讓她看到這景象。

不過這工程太浩大了，他不值得她這麼做，她從沙發上拿了抱枕與小毯。

她蹲下來，把抱枕塞到他後腦勺，把毯子丟向他的肥大身軀，然後，她朝他側邊踢了一腳，她說道：「我應該把你留在馬路上才是。」

茱莉安娜躡手躡腳，穿過屋內，經過了自己的房間。赫克特的房門留有隙縫，她推開，看到他與伊莎貝爾睡在那張幾乎佔據整個房間的加大雙人床。

赫克特仰躺，單側的手腳懸垂在床外。茱莉安娜盯著他白色汗衫底下的腹部起起伏伏，她心想，他變胖了。而伊莎貝爾則是趴臥，她穿的是赫克特的短褲與大號T恤，她躺在赫克特身上，其中一隻手臂橫跨他的腰部，一頭長髮披散在她背後的床被。

茱莉安娜小心翼翼，進入房內，溜到赫克特那一側，慢慢打開他的床邊桌，摸找他的大麻罐。上空有直升機飛過，搜尋光束劃破了黑暗世界。

直升機的光線劃出了一個緊緻的圓圈——探照燈在茱莉安娜住家附近來回跳動，平均一分鐘就會出現一次，葉片槌敲的聲響起起伏伏。她抓了一把大麻，關上抽屜。

茱莉安娜在房門口又駐留了一會兒，盯著赫克特與伊莎貝爾。探照燈掃過了他們的沉睡軀體——撫弄伊莎貝爾光潔無瑕的肌膚、下巴的邊線、精緻的手指，以及小腿的柔軟線條。

茱莉安娜心想：媽的真是奇蹟，可以睡成這樣，對於外頭的混亂、被警察追捕的那個人，還有直升機攪打空氣的強烈噪音完全渾然不覺。能夠平和舒坦睡在某人身邊、對於自己周邊的世界無感，何其美好。

茱莉安娜拿出自己的手機。

喀嚓。

5

想必是大麻讓她昏睡不起。她躺了足足一整天，傍晚的時候才醒來，從冰箱裡隨便拿了點東西果腹，又抽了一點香菸，然後繼續倒頭就睡。差不多過了三十六個小時之後，她才真正起床。她在淋浴間裡待了半小時，幾乎熱水都快要被她用光了，她拚命搓洗，肌膚腫痛。她找到了赫克特的某件舊短褲，又撈出一件高中時代的背心，兩件都很貼合她當初沒有、現在已經完滿的曲線。

亞曼多坐在餐桌前，大啖肉排與豆子，這是阿爾娃的拿手菜，也是她在機場忙著管理汽車租賃業務、還能正常煮餐之際，唯一會端出來的食物。

背景傳來電視聲響——有關從聖塔芭芭拉一路到好萊塢山丘的大火肆虐專題報導。火光與灰燼宛若雪花在城市中飄浮，引發了南至十號公路的小火災。

「爸，你感覺怎麼樣？」

亞曼多抬頭，不再凝視自己的盤子，一雙黑色大眼緊盯著茱莉安娜，他開口，西班牙語與英語交雜。「這是怎樣？審問嗎？」

「我不能問我父親問題嗎？」

「如果這是善意的問題，那當然可以。」

「我只是想要知道你的感受而已，」茱莉安娜睡得太多，腦袋昏沉，四肢軟癱在床太久，完全不聽使喚。

「在床上睡了整整兩天的人又不是我。」她父親的目光一直沒有離開她的臉龐，彷彿在打量她，對她品頭論足，

「爸，不要再盯著我了。」

「我就不能看我自己的女兒嗎？大家都說我女兒真漂亮。難道我就不能自己好好端詳嗎？」

茱莉安娜取出咖啡壺，以凹凸不平的指甲刮擦玻璃水瓶底部的棕色積垢。她把它拿到水槽裡，打開水龍頭，開始刷洗。

「所以妳現在要住在這裡？」

茱莉安娜反問：「這不是我家哦？」

亞曼多將一片肉排抹了豆泥，送入嘴裡，他說道：「整個社區都知道妳在做什麼。」

茱莉安娜很懷疑大家知道一切，但話說回來，「捷兔」是當地的酒吧，而且現在她又親眼看到自己的爸爸與什麼樣的人混在一起，她就沒那麼篤定了。「你怎麼沒去上班？」

亞曼多拿叉子指向時鐘，下午四點，他早已結束了低價報稅員的工作。

「爸，你今晚要出去嗎？」

亞曼多放下叉子，把盤子推到一旁，彷彿要等別人幫他清理一樣。「那話是什麼意思？」

「我的意思是，你有任何計畫嗎？」

「有，親愛的，但是我跟妳不一樣，我是享受娛樂的人，不是提供娛樂的人。」

茱莉安娜迅速使出一氣呵成的驚人之舉，把手伸到餐桌的另一頭，拿起盤子、把它當成飛盤一樣朝亞曼多扔過去，他側身躲開，翻倒了椅子，而盤子落地砸個粉碎。

他站起來，哈哈大笑。

有人敲門。

「把那裡清乾淨，」亞曼多指向地板，「妳媽媽不喜歡家裡亂七八糟。」他撫平他的免燙正式襯衫，拍了拍頭髮，彷彿準備要去上班一樣。他打開內門，然後又透過防盜鐵門向外張望。「有什麼需要我效勞的地方嗎？」

茱莉安娜沒聽到他後來說了什麼。不過，接下來她父親把外門推開，完全不管她身著內衣站在那裡。

有名女子站在門口，她實在太矮了，茱莉安娜差點以為她是小孩。不過，那身套裝卻洩了底。

「是洛杉磯警局的人，」亞曼多走向沙發，坐下之後蹺起雙腳。「親愛的，看來妳惹麻煩了。」

茱莉安娜雙臂交疊胸前，努力想要掩飾明明到了傍晚、自己卻還身穿睡衣的模樣。那女子舉高警徽，「我是佩芮警探。」

「佩芮？」亞曼多問道，「這位女警大人，妳看起來不像是姓佩芮的人。」

警探說道：「茱莉安娜，也許我們到外頭說話吧。」

茱莉安娜很清楚消息會怎麼流傳，事件會如何遭到誇大，還有大家會講出他人的秘密、以求讓自己脫身。要是有人在警方掃蕩「捷兔」的時候、向警察細述茱莉安娜的一長串罪狀，根本也不算什麼——講出她在後面使詐，講出她藏有毒品，講出她犯了傷害罪，講出許多茱莉安娜可能有做過或根本沒做過的事。

茱莉安娜感受到父親的目光直搗她而來——流露出批判別人而心喜的需求。

警探說道：「要是妳想加件毛衣也可以。」

茱莉安娜衝向赫克特的房間，抓了他某件大號的湖人隊運動衫。長度在大腿中段，蓋住了她的短褲。現在，她看到警探正站在門廊。

這女人身材嬌小，就跟茱莉安娜一樣，她把自己的深色頭髮染成了金色。不過，染髮功力很差，很可能是靠藥妝店那種印有白色皮膚拉丁妹的染髮劑。茱莉安娜為了自己的髮色花了大錢，每隔兩三個月就得花數百美元，將捲髮染為亮橘色，整個人看起來具有時尚感。

茱莉安娜說道：「我要抽菸。」她坐在某張塑膠椅，將雙膝蜷到胸前。她點菸，抽了一大口。她發現這警探在嚼口香糖，下巴動個不停，彷彿很嗨一樣。「妳以前抽菸啊？」

佩芮警探一臉茫然望著她。

茱莉安娜把菸指向警探的下巴。

「我從來不抽菸。」佩芮警探從外套取出手機，開始觸碰螢幕。

她的指甲又圓又整齊，指甲油是自然色澤。一身套裝整整齊齊。她穿的是黑色低跟鞋，對於一整天要走路啊或是做其他事的警探來說，也很合理。她還剪了瀏海——茱莉安娜覺得那是根本不鳥髮型的人的實用選擇。

茱莉安娜把運動衫往下拉，她從來沒有因為自己的不得體打扮而這麼尷尬。「是關於『捷兔』的事嗎？」茱莉安娜問道，「因為那件事不是我的錯，我不知道是誰跟妳說了什麼，不過……」

佩芮警探收起手機，看了茱莉安娜一眼，那意思很清楚，她根本沒聽過她剛剛所說的那段話。「凱瑟琳．席姆斯，」她說道，「妳認識她。」

這聽起來不像是問句，而茱莉安娜不認識什麼凱瑟琳．席姆斯。「不認識。」

「妳們是朋友。」當佩芮警探對著茱莉安娜的時候，其實不算在盯著她，她不時在瞄某張紙上的潦草字跡，彷彿她同時身處兩地，而茱莉安娜只是她手頭事務的一部分。

「我不認識什麼凱瑟琳。」

「茱莉安娜，妳做什麼工作？」警探看著她，彷彿另有心事，似乎是沒關爐火，不然就是忘記自己把車停在哪裡，或是錯過了其他約好的聚會。

茱莉安娜回道：「我沒工作……」因為這是實話，至少現在是如此，沒有工作，沒有跳舞，沒有賣淫。

「但妳以前有工作。」

警探講話的時候、一直沒有任何的眼神接觸，這種態度開始讓茱莉安娜覺得不爽。「應該吧。」

「凱瑟琳．席姆斯也是。」

「我告訴過妳了，我不認識什麼凱瑟琳。我認識可可、瑪麗索兒、公主、葉西娜、露比，還有——」

「凱瑟琳．席姆斯，她叫凱西。」

臭凱西，都過了十幾年，茱莉安娜一直不知道她姓什麼。

「妳認識凱瑟琳．席姆斯。」又來了，這不是問題。這簡直像是警探出現在茱莉安娜家的門廊、讓茱莉安娜可以說出她明明早就知道的事。

「是誰告訴妳的？多莉安？」

「多莉安？」這名字引起警探的注意，她望向茱莉安娜的眼眸，這是她們第一次四目相接。

「我就知道是多莉安，愛管閒事。」

「妳的臉，」佩芮警探的那種語氣，彷彿像是第一次注意到茱莉安娜，才剛剛認識她而已。

「妳的臉是怎麼了？」

茱莉安娜立刻伸手撫摸眼睛上方的傷痕，「不要緊，出了一點鳥事。」

佩芮警探回道：「很有意思的說法……」

「妳確定妳來這裡不是因為『捷兔』的事？」

「『捷兔』？」警探重複了這個名字，宛若第一次聽到一樣。「是妳的工作地點嗎？」

「我告訴妳了，我沒在工作。」要是警探本來就不知道，茱莉安娜是不會告訴她的，就讓這警探盡她的本分，查出真相。

「那是凱西工作的地方嗎？」

「唉呦，不是。」

「她在街頭工作。」

「我想妳早就知道答案了。」

「而妳也早就已經知道她死了。」

「大家都知道，大家什麼都很清楚啊。」

「這樣一來我的工作就容易多了。」

茱莉安娜深吸一口菸，然後把香菸捻熄在門廊的水泥地。「所以妳想要知道有關凱西的什麼？」

「有另一名女子的命案，」警探說道，「十五年前的事。」

「現在這鳥事是跟雷希雅有關？」

「這鳥事。很有意思的措辭。妳說的『這鳥事』是什麼意思？」佩芮警探拿出小筆記本與原子筆，似乎真的打算把茱莉安娜的答案寫下來，現在，她在門廊的另一張塑膠椅坐了下來。

「妳也知道，」茱莉安娜說道，「這個，妳，我，這裡，妳問的問題。」

「截至目前為止，我只問妳是否認識凱西。」

茱莉安娜說道：「我認識凱西啊。」

「妳們是好朋友。我的搭檔前幾天登錄妳違規，然後，我在凱西的社群媒體上看到了妳的照片。」

「一定是很久以前的照片了。」

「所以，妳們是朋友了。」

「聽起來都是妳在跟我說妳自己問題的答案。不過，對，我們曾經是朋友。」因為，她不想要對死者的事說話，不想要為了拯救自己而對凱西不敬，凱西是好友，媽的超要好的朋友。

佩芮警探在壓筆頭，口香糖發出啪響。「妳們是怎麼認識的？」

「我們曾經是同事，她幫我介紹工作。」

警探的筆頭一直不停發出喀喀聲，口香糖啪啪作響，她在等待更多的細節。

「在『山姆啤酒屋』跳舞。」

她穿著睡衣，坐在門廊，旁邊是這個身穿整齊套裝的警探，還有這些有的沒的，這到底是在搞什麼鬼啊？

也許，有另外一個世界，裡面的茱莉安娜剛念完中學，沒有開始跑趴，不是凱西會注意到的那種女孩，不是凱西認為會對這種遊戲有興趣的女孩；也許，有另外一個世界，裡面的她也可能成為這個身穿套裝的女子，在週間日的晚上喝紅酒配一些外賣食物，而週末從事的都是一些正常社會的鳥事——晚餐、電影、公園的某場免費音樂會。

「所以妳和凱西是什麼時候開始往來？」

「十四歲的時候。」

「所以是在雷希雅．威廉斯事件之後。」

「這和那件事有什麼關係？」

「她來過這裡嗎？」

茱莉安娜回道：「有時候會過來……」凱西的確常來，總是搭別人的跑車，轟隆隆停在門口。茱莉安娜會往外張望，看到凱西斜靠在駕駛的大腿上，按喇叭，最後整條街的人都跑出來看她的座車——其中也包括了亞曼多。茱莉安娜不免懷疑亞曼多沒有反對她與凱西一起出去玩，可能是因為那些車的關係——雪佛蘭的卡馬洛跑車、柯爾維特、低底盤汽車，甚至還有伊爾卡米諾。

佩芮警探匆匆寫下了某些字句，「妳最後一次見到她是什麼時候的事？」

茱莉安娜把頭髮往後攏，扭結成高髻。「好多年沒見了，凱西和我後來分道揚鑣。」她又掏了一根菸，但並沒有點燃。她猜得到這名警探是怎麼看待她、以及類似她的那些女孩。光看這女人的模樣就知道了——染色的頭髮想要隱藏她的出身，這身套裝，普通白人女孩的妝，想要假扮他人。

佩芮警探一個禮拜之內會遇到多少個類似茱莉安娜的女人？有多少個是這場子裡的一分子——舞者、脫衣舞孃、阻街女郎、妓女，還有婊子？她詢問、登錄、釋放了多少人？當她在翻動自己的小筆記本的時候，她又把多少人當成了垃圾？

「雷希雅死掉的時候妳幾歲？」

又導回到這件事，讓她嚇了一大跳。「什麼？」

「十一歲，那時候的妳十一歲。」

「差不多吧。」

「妳是當天見到她的最後一人？」

茱莉安娜瞄向側邊，她隔壁的鄰居，某個尖酸刻薄的白種女人，瘦巴巴，緊張兮兮，宛若快餓死的倉鼠，她正在他們的角落屋舍的前院澆花——水花呈彎弓狀、噴向人行道，落下時形成了一道彩虹。茱莉安娜盯著她澆水，那是一種完全無愛的姿態，彷彿花朵提出了非分要求。

「他們是這麼說的。」

「她們彼此認識嗎？」

「凱西與雷希雅？妳剛剛也說了，我那時候十一歲，什麼都不知道。」

要談論凱西，就是要逼她講出警探需要她所說的那些話。街妓，站壁女子，命都被騙走的賤貨。茱莉安娜才不會這麼做，因為凱西把其他東西看得比錢更重要。她一定會確定其他的舞者有搭計程車回家的錢，她會安排海灘一日遊，前往主題公園——只要是能夠讓女孩們分散注意力、不要老是想著那些不得不配合的行為，她都義不容辭。她是愛看垃圾電影的女人，還教導她的同事們要如何偷偷溜入影城一整天。

佩芮警探問道：「她是什麼樣的人？」

「凱西？」

「雷希雅。」

「她長得超美。」

現在，佩芮警探的目光跟著茱莉安娜飄過去，盯著從水管灑落的珠滴。「那是忍冬，」她說道，「忍冬與越橘莓。大家種植這些植物，是為了要吸引蜂鳥。妳知道嗎，某些蜂鳥振翅次數高達一分鐘五千次以上。」警探瞇眼，彷彿想要召喚其中一隻鳥兒進入眼簾。「只要一揮掌，就可以殺死牠們。」她從胸口袋拿出一個細扁皮夾，將名片交給了茱莉安娜。「一想到凱西或雷希雅的什麼事，」她說道，「隨時都可以打電話找我。」

茱莉安娜接下名片，把它放入赫克特的運動衫口袋裡面。她才不會打電話，因為，像她這樣的女孩，打電話給佩芮警探這樣的人只有一個原因：交換，談條件。我給線索，下一次我被拖進警局的時候就從輕發落。

她點菸，盯著警探下台階。佩芮警探打開花園大門，然後轉身，想要進行再次確認。

「妳是舞者。」

茱莉安娜張嘴，正打算要反駁。

「我們就說妳是舞者好了，欣賞妳表演的那些男人有什麼迷人之處？」

「妳這話什麼意思？」

「他們有什麼令人難忘的地方嗎？」

茱莉安娜盯著自己香菸的燒灼亮紅處，「完全沒有，就是一群魯蛇。」

佩芮警探拿出筆記本，草草寫下了一些東西。

「妳給予了他們很大的權力……」她講出這些話的時候，目光一直不曾離開筆記本。

「那是他們自以為如此。」

佩芮警探抬頭，然後又寫下了一條註記，才把它收回外套裡。她不發一語，再次打開花園大門。

某個路標牌下面有條圈住的單車鏈。茱莉安娜盯著她開鎖，然後又從後方單車架的扣環取下頭盔，上了單車。

茱莉安娜大喊：「車子不錯哦！」

她聽到自己的手機在屋內發出響鈴。她不需要看手機，也知道八成是可可或是拉寇兒打來的，想知道媽的她到底跑去哪裡了，在幹什麼，出現了什麼問題。現在，有關她在「捷兔」的表演流言不斷被散播出去，而且內容越來越誇張，最後她成了瘋狂殘暴的毒蟲，骯髒又心神錯亂的賤女人。她應該要換新電話號碼，買新手機，應該要這麼做，因為她已經受夠這種事，受夠了他們以及其他的一切。她受夠了可可與「捷兔」的那些傢伙，還有趁她休假的時候邀她出去「約會」的其他男人，他們會帶她去位於英格爾伍德或是靠近瓦茲、他們自認的高檔餐廳，買單之後，帶她回家，享受他們的權利。但茱莉安娜知道真正的好餐廳是什麼模樣，送上來的菜單不會有塑膠護膜，飲水不會用自助餐廳風格的杯子盛裝，不會有一半的食物都是油炸品，也不會從紙盒或是水罐裡倒出紅酒，而且桌上鋪的也不是防水布。她很清楚，這是一場吃虧的交易。

她進入屋內，走過亞曼多旁邊，他窩在電視機前面看某場中南美足球賽事。「那女警想要幹什麼？」

「問我一些我根本不知道的屁事。」

「這女人看起來好討厭。」

茱莉安娜的手機又響了——本來讓她心情暢快的雷鬼音調，如今卻只是惹怒她而已。她望著自己凹凸不平的指甲——當初在「捷兔」的時候，她毀了自己的昂貴美甲凝膠。也許她會換成類似警探那種低調的指甲油，或者連來電鈴聲也一起換掉。

亞曼多說道：「不要逼我問妳那個洛杉磯警察為什麼要來找妳……」

茱莉安娜把雙手插在運動衫口袋，「我才不會告訴你。」

她進入赫克特房間，打開了床邊桌抽屜，想要挖出更多的大麻。但已經被他吸光了，不然就是他找到了藏貨的新地方。她伸手四處摸找，發現了她弟弟有某一管超粗大麻。大約只有一英寸長，但是厚度足夠。她打開了他臥室窗戶，點燃尾端，盯著隔壁的那間房子。

他們家有個巨大的樹籬，幾乎遮蓋了院子的大部分區域。茱莉安娜可以看到簇新的紅漆與完美的屋簷——跟她爸媽的坑坑疤疤又處處裂紋的住家外觀截然不同。她對著籬笆吐菸氣，彷彿可以把它掰開、偷窺一下隔壁鄰居井然有序的生活。

樹籬的另一頭有人。她聽得見踩踏水泥地的腳步聲，還有水管噴灑植物的聲音，就連那裡的植物也得到了悉心照料。

最後的這一截大麻也只能抽三口。茱莉安娜把濾嘴壓在窗台上捻熄之後，把它丟了。

「妳也該自己買大麻了吧？」

聽到赫克特的聲音，茱莉安娜嚇了一大跳。

她拍了拍床邊桌的桌面，「全沒了……」

「誰的錯呢？」

茱莉安娜聳肩，「你是從哪裡買到的貨？你有醫療卡？」

「阿宅才用醫療卡，我找的是一個名叫彼得的傢伙。」

「彼得？你向白人小孩買大麻？」

「媽的那又怎樣？他有醫學院學位。反正，從藥局買貨超貴。」

「要不要給我一點？」

赫克特檢查床邊桌，確定自己是不是真的抽光光了。「幹，妳真的超賤。」不過，當他把空蕩蕩的抽屜啪一聲關起來的時候，他露出微笑。「所以妳現在要住在這裡？是這樣嗎？要一直住下去？」

「問這幹什麼？」

「因為我得要把我的貨藏在更安全的地方，就是這意思。」

「好，」茱莉安娜說道，「給我這個彼得的地址，我來張羅我們兩個的貨源。」

赫克特拿出手機，開始點找自己的聯絡人名單。「現在別給我當小氣鬼，要弄點好貨。」

6

從二十九號寓所，走到赫克特給她的那個地址，只是十五分鐘的路程——不過，若說她進入了另一個次元世界也講得通。這是一棟白色巨宅，位於第十街南向街區與西方大道以東數個街區的那一長排、幾乎都殘破不堪的豪宅之中，看起來像是電影裡的場景——某部恐怖老片——側廳與塔樓的碎裂石牆外觀，好幾扇窗戶都已經破損。房子的某側有一道加蓋拱廊，而整個立面佈滿了亂七八糟的鷹架，茱莉安娜看不出它的功能是為了要整修還是支撐。

彼得與她在圍繞房子周邊的殘破花園見面。當然，他是白人，穿的是茱莉安娜從所未見的超貼合男性牛仔褲，搭配緊身格紋襯衫。他從雪茄盒裡拿出大麻給她，她買了七公克。那包裝像是來自醫院或者是藥局——表面印有R之類的名稱，字體歪扭，像是某種處方藥標籤。

茱莉安娜把它塞入包包裡。

「要不要參觀一下派對？」彼得問道，「客人免費。」

她看了他一眼，意思就是她不確定為什麼會有人掏錢進入這間破爛豪宅。

「那就像是募款活動一樣。我們想要修復這個地方，所以我們通常會要錢。不過，既然妳已經付了錢……」彼得拍了拍那個雪茄盒。

茱莉安娜回他：「我會進去看一下。」

她跟在彼得後面，爬上破爛階梯。對於距離這裡僅有幾步之遙、要是她的準度夠的話搞不好丟石頭可以直接命中的那條小巷，她再熟悉不過了，那是凱西與她的同伴經營她們高速公路事業的地方。不過，在哈佛大道與拉薩爾大道這邊，卻是一場截然不同的派對，茱莉安娜不太明瞭的派對類型。

如果他們打算要把這間豪宅弄到可以住人，顯然他們採行的修復方法很詭奇。這裡到處都是塗鴉，從地板到天花板都有。而且，不是那種隨便的塗鴉，而是茱莉安娜聽到當地塗鴉者嗤之以鼻的那種「街頭藝術」。壁畫、模板，以及壁紙轉印品，主題包括了她應該認識的那些名人照片，還有她永遠認不得的政治人物的繪像。

茱莉安娜看起來與這裡格格不入，她的感覺也是如此。她打扮樸素——超級低調，不想讓別人誤以為她與來此途中遇到的那些女孩是同一種人。她穿上了老舊牛仔褲，跟她平常喜歡的那種高腰緊身剪裁完全不同。而她的襯衫是從聖塔莫尼卡碼頭買的紀念品——柔色的加州落日潑灑在胸前，而碼頭則漸漸消逝在地平線的那一頭。

雖然她身穿寬鬆衣物，但是在一群懷舊電視節目裡的媽媽打扮的枯瘦女子之中，她的身材依然是波濤洶湧——她們穿的是打褶牛仔褲、毛茸茸的方正剪裁毛衣、講究的上衣，使用的是她學校護士才會戴的那種眼鏡。茱莉安娜天生就該待在另一個世界——搖搖晃晃，充滿嘲弄，步調散漫，到處在炫耀的世界。

茱莉安娜縮腹，聳起肩頭，擠進了派對現場，到處都有人拿紅色塑膠杯喝啤酒與紅酒，眾人的重量造成階梯不太平穩。有人以巧妙手法剝除二樓壁紙，造成宛若有鬼影攀爬、穿牆進入會場的錯覺。

到處都看得到藝術作品。在後頭的某間臥房裡面，有名頂著雷鬼辮的年輕男子正在弄壁畫。大家都圍過去看他作畫，他筆下出現洛杉磯的詭異版本，主要幹道都換成了河流，河水宛若沿著灰泥牆面在流動。他專心工作，完全沒有理會周遭吱吱喳喳的語聲。

他已經先在壁畫正中央位置畫了某個男人的面孔。茱莉安娜認得，電視上出現的那個小孩，在布魯克林被警察殺害的那一個，她不太記得是什麼名字。不過，她後來在這個小孩的脖子下方看到了長帶狀的名字：傑曼．霍洛威。警察把他從他表哥的車子裡拖出來，被踢得全身瘀青，為了保險起見，還補了一槍。

茱莉安娜的頭左搖右晃，這位藝術家很厲害，捕捉到這名死去小孩的英俊外貌——溫柔的棕色雙眼，以及又高又圓的顴骨。

就她從電視所看到的畫面，傑曼．霍洛威有一頭狂亂捲髮，螺旋狀捲翹髮絲從頭皮迸裂而出，亂散八方。不過，在這幅壁畫當中，出現了完全不同的場景，在這個小孩的頭冠，有另外一種爆炸——某名女子從他的頭部冒出來，衝出腦外，身形完整，姿態莊嚴。她現身的姿態是高舉雙臂，周圍有黃金光芒與強烈藍色閃電，有一條宛若選美皇后的緞帶繞住這女子的胸膛：伊迪拉。

茱莉安娜轉移陣地，沿著走廊前行，那裡的欄杆根本不該讓人貼靠，但還是一堆人斜倚不放，大家互相推擠，伸長了脖子，想知道自己是否錯過了什麼，對看到的一切發表評論。

她進入屋子後方的某個大房間——唯一沒有任何塗鴉的空間。有一群人站在那裡，好一會兒之後，茱莉安娜才知道他們在看什麼。

那群人堵住她的視線，所以她使出肘力、硬是擠了進去。有一名女子站在房間的正中央，赤身裸體，全身沾滿了藍色油彩——頭部顏色比較淺，下半部顏色比較深。女子腳邊放了一個巨大的水桶，每隔一段時間，她就會拿勺子舀水，淋澆頭部，任由油彩往下淌流。

群眾一直來來去去。大家盯著那女子舀了兩三匙水之後，就繼續移往他處，但是茱莉安娜卻怔怔不動。

一定會有人覺得這女人長得漂亮。她很瘦，但有豐滿乳房，一頭長髮。屁股有漂亮的曲線，而且腹部緊實。要是她待在茱莉安娜的那一行，勢必得要好好處理一下大腿之間的那一叢密林。不過，並沒有人以那種角度看待她——就算有，也隱藏得很好。

讓茱莉安娜感興趣的不是群眾反應，而是那女子本身，站在那裡的姿態，讓自己被凝視，但是卻沒有表露自我。雖然她已經待在那裡好一段時間，但似乎壓抑了部分的自我。

茱莉安娜找到了靠近窗邊的位置。多年來，她周邊充斥著裸女，她仔細觀察，比較，找出缺點——多得不得了的缺點——但她從來不曾好好欣賞這些女體。

有對情侶擠到了茱莉安娜身旁的空位。他們應該是喝醉了，不然就是嗑藥嗑到茫，講話音量跟喇叭一樣大聲。他們的重心不穩，前後顫動，隨著自己的笑聲而不斷顫動。

水。

茱莉安娜想知道這裸女是否有聽見，但是她的臉卻沒有顯現任何表情，她只是又舀了一次水。

「我知道你們不會問這麼做的意義是什麼？」那女子開口，「但到底意義為何？」

茱莉安娜忍不住嘴快，「權力。」

那對情侶轉身，盯著她，然後又凝望彼此。「的確，」那男人說道，「就是權力。」

那女子伸手指向茱莉安娜胸前的落日，「我喜歡妳的襯衫。」

茱莉安娜對她流露出那種送給白嫖男人的目光。

「不，我是說真的，」那女子問道，「妳在哪買的啊？」

茱莉安娜回道：「聖塔莫尼卡碼頭。」

那對情侶離開了，群眾來來去去，裸女幾乎已經用光了水。她的臉龐、胸部，以及身軀的油彩幾乎都已經沒了，她雙腳周邊的地板出現了一條條的藍痕。

她又舀了兩三次的水。

過沒多久之後，茱莉安娜成了唯一的觀眾。那女子側轉脖子，拿起掛在水桶後面的毛巾，擦乾頭髮與臉頰。她搓揉肩膀，左右來回伸展背脊。

茱莉安娜拿出手機。

喀嚓。

那女子本來拿毛巾摀臉，抬頭，望著茱莉安娜。

茱莉安娜收起手機，「抱歉。」

「我裸身站在房間裡兩個小時了，我不會介意妳拍照。」她把毛巾圍住胸部，將頭髮盤成高髻。「妳是表演藝術工作者？」

茱莉安娜回道：「多少算是吧。」因為她當之無愧，大可以把她的工作或是以前的工作，稱之為表演藝術。

「大多數的人都覺得這沒有意義。」

茱莉安娜歪著頭，希望這女子不要發表長篇大論，不要多作解釋。因為茱莉安娜明白這對她有什麼意義，而她不想要聽到不同的答案。

那女子說道：「我應該認識妳吧？」

茱莉安娜回她：「應該不可能。」

「我們是鄰居。」

「四十七街嗎？」茱莉安娜以前住的那棟公寓有一大堆女人來來去去，徹底披露她入夜生活面貌的地方，不過她很確定自己從來沒見過這個瘦巴巴的白種女人。

「妳是茱莉安娜，對吧？我住在二十九號寓所的隔壁。」

茱莉安娜愣了一會兒，「種滿植物的那間漂亮紅房子。」

那女子拿著毛巾拍打胸脯，「我是瑪瑞拉——妳不記得我吧，對不對？我小時候常常在自己的窗前盯著妳，妳總是——」

她的話沒講完，她不需要，她們兩人都知道茱莉安娜總是在做什麼。

茱莉安娜的確記得，依稀有記憶。某個比她小一兩歲的鄰居女孩，想必她們這兩戶之間的籬笆更像是一座堡壘。

「我爸媽很早就把我送到外地求學，所以我不常待在這裡。他們是超級謹慎的人，對界線超級偏執，」瑪瑞拉說道，「在我出生之前，他們老是在飽受戰爭蹂躪的國家之間不斷遷徙，對於這樣的人來說，會有這種性格實在離奇。」

「妳媽媽不喜歡我。」

瑪瑞拉擠乾濕髮，「安妮可？她從來沒有喜歡過任何人。」

「妳現在住家裡？」

「目前是。我和其他在地藝術家正在找工作室之類的地點，妳應該要常過來玩啊，我們是鄰居嘛。」

「嗯，」茱莉安娜說道，「沒問題。」

「我現在得洗掉這一身噁爛藍彩，」瑪瑞拉說道，「妳來我家的時候，敲個門就行了。」

茱莉安娜望著瑪瑞拉離開，她裹著毛巾，宛若身著什麼撩人服裝，進入了派對現場。

7

茱莉安娜依然在回想著那場派對——有關河水淌流的壁畫，還有全身不斷滴落藍色油彩的裸體瑪瑞拉，派對不斷持續進行下去，她的身體也變得越來越乾淨。當她回家的時候，她進入了自動駕駛模式，從哈佛大道轉入西方大道的時候，完全沒有注意街頭狀況。

她及時回神，不然就差點踢到某個裝滿花朵的油漆桶，桶旁還擱了好幾束枯乾的花束，是一座祭壇。茱莉安娜不需要以手機光束投向塑膠框裡的照片，也知道自己站在凱西被棄屍的空地前面。

她蹲下來，伸手撫摸水桶裡的花朵，一連串花瓣落入髒水之中。她拿起了那張照片，拍得模糊，粗顆粒，低解析度的放大照片，凱西與她的三個小孩一身度假打扮。她是一位母親，不是妓女，但依然不是茱莉安娜記憶中的那個凱西。照片裡的女子面色淡漠，元氣枯槁，並沒有茱莉安娜自己照片中的那種狂野能量與放縱大笑。

「妳認識她吧？」

茱莉安娜嚇得掉了照片。

有人伸手摸她的肩頭，「我不是故意要嚇妳。」

多莉安。當然，每次都是多莉安。

茱莉安娜問道：「妳在這裡做什麼？」

「跟妳一樣。」

「我們不一樣，我根本沒幹嘛。」因為她真的沒有，她只是經過這裡而已，完全與凱西無關。「我只是從某個地方離開，現在準備要回家。」

多莉安蹲下來，把照片放回桶邊。「但妳還是來到了這裡。」

「湊巧而已，這裡有派對，」茱莉安娜伸手，朝哈佛大道的方向揮了幾下。「藝術家辦活動。」

多莉安再次拿起照片，以襯衫下緣擦拭塑膠相框。「我以前常看到妳們兩個在一起，好久以前的事了。」

「沒有，妳看錯了。」那是不一樣的茱莉安娜，那是年輕版的茱茱比。

「我真的看過，」多莉安說道，「她個性瘋狂，她讓妳變得更瘋狂。」

茱莉安娜伸手順髮，「好啦，我認識她。」

她知道接下來會出現什麼──質問，懷疑，兩人之間的關聯。

茱莉安娜舉起了手，阻止多莉安開口發問。「我很久以前就認識她，但就這樣而已，凱西以前和我一起跳舞。還有，我要告訴妳，那是我的工作，我是舞者，或者應該說我以前是舞者。因為，唉，那又是另一段故事了。」茱莉安娜深呼吸，努力想要表達自己的思緒。「凱西──她是阻街女郎，那是完全不一樣的生活。」

「凱西與雷希雅都死了，而妳認識她們兩個。」

「妳覺得這不只是意外？我認識一堆人，而且很多都死了，不只是凱西與雷希雅，還有嗑藥過量死掉的瑪莉安娜、得了某種癌症的史黛西、在十號公路撞車的小胡安、被刀刺死的吉米，還有——」

多莉安抓住茱莉安娜的手腕，想要讓她安靜下來。「茱莉安娜，拜託。」

「拜託什麼？」

「妳務必要小心。」

茱莉安娜哈哈大笑，她真的忍不住。這女人是誰啊？自己的女兒都保護不了，卻告訴她要小心？

多莉安握抓越緊，「他還逍遙法外。」

「誰？」

「殺死凱西、殺死雷希雅的那個男人。」

茱莉安娜用力甩手，害多莉安踉蹌後退。她嚇了一大跳，沒想到自己的反應力道這麼猛烈。

「是誰說我不小心了？是誰說我哪裡疏忽大意了？我告訴過妳，我是舞者，曾經是舞者。妳怎麼會想歪？妳怎麼會覺得我需要擔心？」

「茱莉安娜，拜託。」

「拜託什麼？」她側頭，「是不是妳叫那個女警來找我？」

「女警？」

茱莉安娜伸手，在胸前比劃女警的身高。「這一個。」

「佩芮警探？」

「對，就是她。是妳叫她來找我的嗎？因為我不喜歡被那樣惡搞，我不喜歡有洛杉磯警察來管我的事。」殘忍對待多莉安太簡單了，這女人的痛苦表情，加上可憐兮兮的祈求目光，這簡直像是她自找的一樣。

多莉安回道：「我沒有。」

茱莉安娜嗆她，「鬼扯。」如果不是這樣，也未免太多巧合了。多莉安出現在西南警局，那個女警出現在她家。「我給妳一個建議，管好妳自己的事就夠了。」多莉安連自己小孩的謀殺案都沒辦法查出真相，她當然不該探問凱西的隱私。

「這就是我的事。」

天，多莉安語氣中的那種苦痛，媽的絕望至極。而且裡面隱含了一模一樣的回聲——要是雷希雅還活著，茱莉安娜就不會走偏路。甚至還有更可怕的部分——茱莉安娜走了偏路，需要被拯救，她救不了自己。

「凱西個性瘋狂，工作也瘋狂。她挑錯了人，這是伴隨阻街工作而產生的職業風險，沒有注意安全，最後就死在那樣的地方。」講完之後，她的下巴朝空地點了一下。

「雷希雅不是阻街女郎。」

茱莉安娜應該要在這時候道歉才是，但她其實想做的是狠狠甩多莉安一巴掌。不過，她選擇的卻是逃跑，而且她還正好難得穿著運動鞋。她逃離了凱西的祭壇，逃離了凱西遇害或是被棄屍的那塊骯髒空地。這是被她拋卻的過往人生，已經不見的那一段，沾滿了污塵。

但是多莉安追在她後頭，緊跟不捨，大喊她的名字。

她們兩人從二十七號寓所奔向西方大道的景況，想必讓人看了瞠目結舌。年輕的拉丁女子被中年白人女子追著跑，這並不是洛杉磯中南區常見的騷亂場面。

「茱莉安娜！」

茱莉安娜越跑越快，穿著運動鞋逃跑真輕鬆。阻街女郎必須面對各種不利條件──工作的小巷、出沒時段，還有鞋子。

凱西是因為鞋子而落難嗎？或者是其他方面大意了？

多莉安越來越靠近，但是茱莉安娜準備要最後一搏。她全力加速，有台公車正準備停靠在西方大道的某一站，她招招手，門開了，把她撈上車，留下多莉安在人行道氣喘吁吁。

茱莉安娜沒有搭車的零錢，也沒有捷運卡。她使出的是平常的老招數，甩髮，聳起肩頭，挺胸。她知道司機喜歡什麼調調，要怎麼樣可以讓自己不用付車錢。

公車從亞當斯大道坡面朝高速公路方向前進，然後轟隆駛過十號公路，一路北行，離開了西亞當斯大道，進入韓國城。茱莉安娜沒有任何計畫，也沒有特別要去什麼地方，只要躲開多莉安就好。她到了威爾希爾才下車，離開的時候還對司機眨眨眼。

她過馬路，到了南向的公車站。對那些掛在街燈、宣傳各式各樣文化活動——美術館、戲劇，對她而言是他城之事的廣告，茱莉安娜從來不會多看一眼。不過，這一次卻吸引了她的目光，因為西方大道上頭掛的那張照片，就是她從《洛杉磯雜誌》撕下來，收在包包裡的那一張拉瑞．蘇爾坦的攝影作品。她走入馬路，想要看個清楚。

有台車子突然轉向，差點撞上她。

滾一邊去啦，賤人。

通常茱莉安娜會回嘴，賤人媽的你罵誰賤人？回來啊有膽在我面前說一次。

但她不在乎。她盯著西方大道的東側街燈——又一張拉瑞．蘇爾坦拍攝色情片場景的攝影作品。兩名女子剛剛完事，交纏的身體躺在沙發上面，與導演一起哈哈大笑。茱莉安娜轉身，望向南方，懸掛在西方大道的橫幅廣告，男男女女在拍攝空檔時所留下的畫面。

她隨著那些影像一路南行，那些女子的模樣與她的同伴們並沒有太大差異——她們的工作生活樣貌成了藝術，展示的空間不只是在街頭，還進了美術館，這是一場讓整座城市得以看見甚或是好好欣賞這些女子的完整展覽。

空氣中瀰漫著噁心的火燒氣味，黑灰微塵宛若飛蛾盤旋。

她在這些橫幅廣告的下方走路回家，她闖紅燈，逼得來往車輛頻頻急煞與狂按喇叭，野火灰燼飄吹西方大道。她頸脖痠痛，因為一直抬頭凝視這位攝影師所捕捉到的影像，那些女子呈現自我的瞬間——自我意識悄悄滲入的一剎那，茱莉安娜留存在自己手機裡的影像也正是這樣的片刻。

她走到西方大道與華盛頓大道的交叉口，最後一批橫幅廣告的懸掛處。她拿出手機，把鏡頭轉過來對著自己，她打開閃光燈，蹲下，讓上面的廣告出現在畫面中。

喀嚓。

8

她的手機有動靜，在梳妝台發出滋滋聲響，不斷抖晃，又是可可。她已經連續打了四十八個小時的電話，因而讓茱莉安娜很清楚她的同伴們都在做什麼、還有為什麼自己不該接電話。

她因為吸食大麻而頭昏腦脹。才短短一天，她已經吸光了她與赫克特各分一半的分量，她吸著肥厚的大麻菸，將菸氣吐到她爸媽家後面的水泥地。她一直把手機設為震動狀態，只是偶爾瞄一下未接來電，還有可可與瑪麗索兒的簡訊——賤貨，媽的妳是怎麼了？妳在「捷兔」惹了大麻煩。臭女人，怎麼都不接電話？妳是跟凱西一樣被做掉了嗎？婊子，別讓我擔心。妳是過太爽了？不跟妳的好閨蜜一起開趴？

甚至連拉寇兒都發了好幾通簡訊。如果週末想要與「快樂小姐」一起狂歡，記得找我，她正好在洛杉磯。還有，小茱——如果妳想要滑雪的話，要確保自己及時趕來這裡，不然雪就融化了。

茱莉安娜拿起手機，關閉震動功能，所以就再也沒有任何通知，沒有任何的誘惑。她打開照片，透過自己的時光機瀏覽過往生活。

赫克特與伊莎貝爾躺在床上，喀嚓。「捷兔」後頭房間的某張模糊影像——三白眼的客人攤張四肢、躺在其中一間包廂，臉上留有茱莉安娜指甲的抓痕。還有可可在著裝，臀肉在螢幕正中央，從鏡面可以看到她的臉，像個女混混一樣噘起雙唇。

茱莉安娜移開手機，將它斜傾。她閉上雙眼，努力想像這張照片被放大的模樣，美術館展出的尺寸，想像它是藝術。

噠噠噠。回溯這些這片，回溯過往時光，一遍又一遍。某些影像立刻吸引了她的目光，因為照片本身的某些元素、組構的方式，還有它們所訴說的故事，讓它們比其他影像更為突出。

「赫克特，」茱莉安娜大叫，「你可以過來一下嗎？」

她聽到她弟弟出現在玄關的沉重腳步聲。她又找出可可攬鏡自照的照片，把手機遞過去。

「你覺得這怎麼樣？」

赫克特仔細端詳，「她屁股很大。」

「我的意思是，你覺得這張照片怎麼樣？」

「啊？」

「是藝術嗎？」

赫克特雙臂交疊胸前。要是他不注意身材的話，過沒多久之後，他雙臂貼放的位置就會是他的大肚腩了。「是嗎？」

茱莉安娜拍了一下她弟弟的臉頰，「幹，當然是啊。」

「我喜歡……」他從她手中拿走手機，過沒多久之後，他開始亂滑，點入，放大，偶爾還會花一點時間仔細端詳。

茱莉安娜不斷晃動手指，「還給我。」

赫克特轉身，所以她根本拿不到。「等等。」

「我跟你說了，還給我……」

赫克特抬頭，不再盯著手機，直視茱莉安娜的雙眼，彷彿之前從來沒看過她一樣。「這就是妳的生活嗎？小茱？」

「什麼？」

「這就是妳的生活？就是這樣？」他揚起手機，茱莉安娜看不太清楚到底是拍什麼。她只看到一坨人，裸露的肉體、蕾絲，還有煙霧，可能還有佈滿白粉或藥丸的咖啡桌。

「不，赫克特，這是我的藝術。」她硬是搶下手機，把他推出門外。

媽的他知道什麼啊？要是把這照片放大，掛在牆上展示給大家看，不會有人批評她。她的生活可以由她自己捏塑，她可以好好過生活，而不是遇到什麼就算了。

她立刻衝出門，防盜鐵門砰一聲關上了。她來不及多想自己的瘋狂念頭，已經伸手敲了隔壁鄰居的大門。在那麼一瞬間，她全身上下又散發出古柯鹼通常會帶給她的那種瘋狂自信，從茱莉安娜轉化為茱茱比的魔法出現了。

瑪瑞拉的母親安妮可開了門。她瞇眼，噘嘴，看到茱莉安娜時的一貫表情。「有事嗎？」

「我住在隔壁，妳知道吧？」

「我知道，」瑪瑞拉的母親回到廚房，「我看過妳。」

茱莉安娜默默站在那裡，不太確定接下來該怎麼辦。她望向安妮可的後方，可以看出這裡的格局就跟她父母家一模一樣。但兩家風格大不相同，亞曼多與阿爾娃把家裡的木作都漆成了白色，但瑪瑞拉家中的裝潢是深木色，甚至還有茱莉安娜記得亞曼多從自家客廳與廚房拆卸、丟到街上的那種玻璃櫃與內嵌家具。

深色布料沙發，同色襯墊椅。透過滑門，可以看到某張餐桌，似乎與屋內其他擺設的風格一致。

安妮可問道：「妳來這有什麼事嗎？」

有名男子出現在玄關，中年人，灰白鬍鬚。

安妮可轉頭，「羅傑，我來處理。」

茱莉安娜重複了一次，「我住在隔壁。」

安妮可回她：「我們已經知道了。」

她丈夫依然站在她背後。

茱莉安娜說道：「我來找瑪瑞拉。」

「妳怎麼會認識我女兒？」

「她說我可以過來找她。」

「她不在這裡。」

「我有事要問她，」茱莉安娜說道，「她是藝術家，我有這些照片……」她拿起了自己的手機。

安妮可打算關門，「我說過她不在這裡。」

「可不可以讓她知道我來過這裡？她可以直接按我家電鈴啊什麼都可以。」

安妮可回道：「再說吧。」

瑪瑞拉的父親清了清喉嚨，打算開口：「她……」

安妮可揚手。

他說道：「我們會轉告她。」

茱莉安娜正打算回應，安妮可卻在這時候關上了門，留她站在門廊。她過馬路，點了根香菸，瞄向自己的家。她看到亞曼多與赫克特坐在沙發，一起觀看足球重播賽。而阿爾娃則在機場租車公司值晚班，因為她底下的某名員工請病假。

然後，她發現瑪瑞拉家二樓出現動靜。窗簾拉開，瑪瑞拉出現在窗口。茱莉安娜一直盯著她，直到燈光熄滅，然後，她捻熄了自己的菸屁股。

此時，瑪瑞拉下樓，茱莉安娜看到她經過大門的那扇小窗，消失在玄關。前方的窗簾露出了縫隙，她可以看出這一家人準備要坐下用餐。瑪瑞拉拿了一個大碗，她母親在後面拿著麵包，而父親則拿了一瓶紅酒。

那一家人入座，進食的時候似乎沒有人講話。他們的動作很精確，宛若經過演練，彷彿是在表演用餐而不是盡情享受。這跟茱莉安娜家餐桌的混亂截然不同——阿爾娃痛罵赫克特吃太多，斥責亞曼多匆匆離桌去看足球賽，破口大罵茱莉安娜什麼都不吃。

瑪瑞拉當初只是信口隨意相邀。茱莉安娜絕對不會再敲他們的家門。她是好幾個世界之外的人，相隔了生生世世。

她摸找包包，香菸沒了。她其實可以走到西方大道的酒品專賣店買一些菸，她轉身離去。

她沒看到瑪瑞拉的母親離開餐桌。

她沒看到瑪瑞拉的母親匆匆趕過去拉緊窗簾。

9

這是西方大道酒品專賣店常見的那夥人——那些狂喝甜酒與四十盎司瓶裝酒下肚的男人，最後醉倒在停車場。茱莉安娜沒有理會他們口齒不清嚷嚷著西班牙語的來啊來嘛，叫她放慢腳步，讓他們好好看個仔細。她買了一盒薄荷糖與冰鎮水果酒，然後坐在多莉安炸魚小攤附近的購物中心停車場矮牆。

她望了一下北方。看不到山丘之中的火焰，但可以聞到煙塵臭味。她深呼吸，讓口中的薄荷氣息與洛杉磯的煙灰空氣混雜在一起。有台公車開過去，停在街區中央，車屁股是某張拉瑞・蘇爾坦的宣傳廣告。她不記得自己上次去美術館是什麼時候的事了，可能是某次校外教學吧，她半路就溜了。

「茱莉安娜？」

她的香菸末端的積灰已經有兩三公分長，搖搖欲墜，茱莉安娜撣掉之後，望著突然出現在她面前的年輕女子。

「嗯？」

「妳不認識我啦？」

那女子最多就二十歲吧。古銅色肌膚，搭配洋紅色挑染的烏黑直髮，姿色不錯。一張娃娃臉，目光冷峻。「妳不記得我？好一陣子沒見了。」

對於阻街女郎來說，這張臉未免太青澀；對於「捷兔」來說，也稍嫌年輕了一點。

「我是潔西卡。」

對茱莉安娜來說，這名字完全沒有任何意義。

「我是凱西的長女。」

茱莉安娜忍不住睜大眼睛。在祭壇那張照片裡的潔西卡，身影模糊，比較年輕，身穿應該可以掩蓋有凱西這種母親帶來之心痛感的度假洋裝，「妳媽媽——好慘。」

她為什麼說不出那些話？為什麼沒有辦法釋放自己的悲傷？她為什麼要這麼嘴硬？

潔西卡聳肩，彷彿還發生過更慘的事。也許是吧，或者她早有心理準備，凱西總有一天回不了家。

「妳還好嗎？」

潔西卡回她：「就這樣啊……」

潔西卡伸手，「給我一根好嗎？」

茱莉安娜並不是不願意給她香菸，她只是不想要因為一起抽菸而繼續在這裡逗留下去，但已經太遲了，潔西卡已經在等她遞打火機。

茱莉安娜丟給她一根菸，自己又拿了一根。

她們一起面向西方大道，吞雲吐霧。

「所以妳家裡還好嗎？」

「不像是凱西還在世的時候，」潔西卡說道，「她一直在工作，不然就是待在外面。她嗑藥嗑得很嗨，不然就是在藥力消退狀態，或是在睡覺，不然就是又準備回到外頭，妳也知道的。」

這不是問句。

茱莉安娜的確知道。

「她是在當妓女沒錯，但是她會帶錢回來。」

茱莉安娜會變成那樣的母親嗎？早上的時候藥力消退，坐立不安，整個晚上都在外頭混。

「她工作超認真，」潔西卡說道，「現在只剩下我和我的兩個弟弟，他們都還在念中學，靠，我爸根本不知道在哪裡。」

「妳的外婆呢？」

「死了，我們住在她家。靠，她的肚子生了病，一下就死了。」

茱莉安娜說道：「很遺憾。」

「每一個人都說很遺憾，但大家都沒有任何作為。我在小卡爾餐廳工作，根本賺不了錢。」

茱莉安娜吸了一口長菸，「我可以幫什麼忙嗎？」

潔西卡轉身，直盯著她。「有啊，」她說道，「是這樣的，妳在『捷兔』工作對嗎？」

「已經不做了。」

「但妳以前待過那裡吧。」

「所以呢？」

「幫我牽線可以嗎？」

「牽線？」

「弄個工作，好工作，就像是妳做的那一種。」

妳做的那一種。她怎麼不直接說呢？是什麼就是什麼，就跟她媽媽的工作一樣。

「靠，妳幾歲啊？」

「二十一歲。」

「唬爛。」那一點其實並不重要。拉蒙、迪恩，其他人都會願意收她，幼嫩不吸毒而且願意上工。「抱歉，」茱莉安娜說道，「我沒辦法幫忙。」

「是沒辦法還是不要？」

「我說過了，我已經不在那裡工作。」她絕對不會介紹那女孩入坑，對潔西卡做出當年凱西對她所做的事。告訴她好好玩，有酒喝，還可以玩一整夜跑趴。當服務生幾個小時，然後到後面的房間幾趟，賺黑錢，彷彿也沒什麼大不了。過沒多久之後，一切都沒什麼大不了。

「妳剛剛明明問是不是哪裡需要幫忙。我得照顧兩個弟弟，還有我自己。」

「照顧人不能用這種方法。」

「妳還有更好的賺錢方法嗎？因為我沒有。反正，就只是跳舞和一點額外服務，沒什麼。」

茱莉安娜再次使用相同措辭，「抱歉……」靠，當然不能靠這種方法。她把手伸入包包，想要找出什麼可以讓自己分心的東西，她不想看到將來會在潔西卡光滑臂膀留下的手印，還有她胸膛滴落而下的他人汗水。

「我媽媽總是說她幫了妳大忙。」

「她這麼說的嗎？」

「她說她很照顧妳。」

茱莉安娜把香菸丟到街上，「媽的妳根本不知道自己在說什麼。」

潔西卡回她：「媽的，妳這臭婊子。」

「媽的妳根本什麼都不懂！」茱莉安娜想要傷害她，嚇唬她，只要能夠讓她遠離這種亂七八糟的圈子就好。

在那個當下，茱莉安娜原本以為潔西卡會甩她巴掌，但她卻不發一語，沿著西方大道北行而去。

茱莉安娜凝望她離開——年輕女子沒入夜色之中。不過，一會兒之後，她就立刻追過去，趕上潔西卡的腳步，抓住她肩頭、硬是把她拉回來。「妳要去哪裡？」

潔西卡甩開她，雙眼之中有狂火。「媽的給我滾遠一點。」

茱莉安娜混得夠久，很清楚要怎麼擺出強悍姿態，知道要怎麼制服這種幻想自己高人一等、只因為自己年輕貌美還自以為知道一切的菜鳥小賤人。她站在潔西卡面前，抓住她的手腕。「我問妳，妳要去哪裡？」

潔西卡停下腳步，「如果妳真想知道，我要去找布蘭迪或是『大彼得』。既然妳不願意幫忙，我就向他們求助吧。或者我可以找那個我一時想不起名字的傢伙。卡羅？卡羅斯？還是CC？」

茱莉安娜放開潔西卡的手腕。她不需要認識「大彼得」或是卡羅／卡羅斯／CC，布蘭迪也一樣。這麼晚還待在西方大道，這女孩想要找什麼，顯而易見。萬一真的潔西卡找到了其中哪個人，茱莉安娜也不會知道對方葫蘆裡賣了什麼藥——又會以多快的速度、把她推入讓她萬萬意想不到的更悲慘生活。

「幹……」茱莉安娜拿出手機，噠噠噠按了好幾下，終於找到了可可的號碼。她把它拿給潔西卡看。「打電話給她。她是我的朋友，我會先跟她照會一下，要是她願意的話，會把妳弄進『捷兔』。不過，我現在要看妳上公車，我可不希望妳去找什麼『大彼得』或布蘭迪還是哪個爛咖。我要妳過馬路，上公車，等到妳上車之後，我會打電話給可可，讓她知道妳可以隨時上工。還有，妳最好不要讓她失望。」

潔西卡露出了驚嚇又意外的複雜表情。她正打算開口說些什麼，但卻被茱莉安娜搶話。「還有，不用謝我，媽的千萬不要謝我，現在給我過馬路去搭公車。」

潔西卡乖乖照辦。朱利安娜盯著她衝過車流，等待，最後上公車走了，然後，她自己癱坐在某間已經關門打烊的商店前面。

她還沒搞清楚自己在幹嘛，已經傳訊給拉寇兒，而且她還沒來得及多想，拉寇兒就已經現身了，因為她剛好就在附近。她看到茱莉安娜如此憔悴心煩，又多送了一小袋毒品，還告訴她千萬不要客氣，可以繼續回來跟這些女孩玩趴。茱莉安娜向她道謝，在拉寇兒還沒有回到自己車上之前，茱莉安娜已經撕開其中一包、以小指摳了一點古柯鹼，現在這個世界熱熱鬧鬧，閃放特異七彩光芒。

她渾然不覺，已經嗑掉了半包毒品，穿著球鞋短褲，在西方大道晃了一個小時左右。沒有地方跑趴，沒有工作，什麼都沒有。她走路回家，因為她不想去可可的公寓，再次見到潔西卡。

她覺得北邊山丘又出現了火光閃動，宛若一片黑暗世界之中的微小紅色電極，但這也許只是她的眼睛在開玩笑。

她覺得好熱又好冷。

她暫時解救了某個女孩，帶引她轉向，把她送到了別的地方，在街頭召喚她之前、又為她爭取了一點時間。它們一定會對她發出呼喊，一直都是如此，它們想要拿到自己的部分，取得自己的應得之物。

她又以小指沾了一點毒品。

潔西卡終究會想辦法找到「大彼得」或是CC，不然也會靠自己找到某個地方，這只是遲早的問題而已。

茱莉安娜的頭在暈眩，西方大道佈滿了車尾燈與車頭燈。男人們在緩緩爬行，找尋類似潔西卡這樣的女子，茱莉安娜這樣的女子，需索無求無盡，絕對不會得到滿足。男人永遠處於飢渴狀態，想要得到更多，而街頭可以供貨。

她快要到到達自家的街區了。

說什麼「捷兔」比這裡高尚，她是在耍弄誰——難道是從什麼角度來看會比較有品味或是受人敬重嗎？她把潔西卡送去那裡是某種高貴之舉，又是在跟誰開玩笑？

有輛車從二十九街過來，放慢速度。她可以感覺到駕駛盯著她，正在選貨，評鑑。

這台車的車窗裝有染色玻璃。她可以感覺到擋風玻璃後方的那股幽黑正朝她直撲而來。

她知道這駕駛想要什麼，她知道對方覺得她是什麼樣的人，他的判斷沒錯。她並沒有穿著玩遊戲的標準打扮，不是重點，遊戲就在她心中，她就是遊戲。

她暫時讓某個女孩遠離街頭，而她自己必須以身相報。因為就算不是她，他也會找到別人。茱莉安娜甩髮，聳起肩頭，挺胸翹臀，召喚茱茱比上身。因為茱茱比很強勢，茱茱比不會懼怕那個在染色車窗後面打量她的人。

茱茱比不會任由街頭主宰。她有盔甲，她具有超級英雄的悍性。

茱茱比舔了舔嘴唇。

該來的總是會來。

一定會走到這一步。

這就是凱西的工作。

就是現在了。

車子停到路邊，副座車窗搖了下來。

茱茱比彎身，進入那個黑暗世界，一開始的時候，她什麼都看不到，只能聽到駕駛的呼吸聲。

他開口：「嗨……」

她覺得自己認得這個聲音。她開了車門，鑽入副座。

「哦……」她開口，「真沒想到……」

對方回道：「我也是……」

「別擔心，」她說道，「我正在打工。」

「我不擔心，」他回她，「一點都不擔心。」

菲莉亞，一九九九年

等等，別動，我看到你了。媽的你站在我家窗戶外面幹什麼？別以為我沒看到，好像我媽的什麼都沒注意。我說別動。我還沒有仔細看清楚你的長相，你別想跑，你別給我——靠。

媽的你要跑去哪裡？給我回來這裡，有話要說，那就在我面前講清楚。

喂，站在那裡的那群傻瓜，有沒有誰看到某人就站在那棵樹旁邊？

不要跟我說沒有，我看到了，有人在監視我，媽的我可以感覺到他的存在。你們知道我是什麼意思嗎？

恐慌？最好是，我知道我看到了什麼。恐慌？幹。

你們是在叫我小聲？你們自己才需要小聲。

我靠，昨晚他在這裡，我發誓，有人在偷偷盯著我的時候，我有感覺，我就是知道。

我告訴你們，媽的我睡不著，什麼事都沒辦法做。覺得背後有東西。我就是這個意思——背後有東西，彷彿盯著我，反正就是無所不在。

你們就去忙你們的，好像我說的並不重要。好啊，隨便。

走在街上，覺得自己的影子在追逐你是什麼感覺，你們懂嗎？媽的就是自己的影子在追你啊？讓我覺得自己真像個毒蟲啊什麼的。就好像那種跟自己拚命吵架、引來大家圍觀的女人。

不過，我並沒有瘋，我懂得自己的感覺。

讓我告訴你前幾天發生了什麼事。我朝小店走去，只是要買一些必需品而已。我窩在家裡一整天，我需要食物，嗯，讓我可以保持元氣的東西。最後，我檢查過了，應該是可以去小超市，但不會覺得被人跟蹤——像是隨時可能會有人從隨便哪個垃圾桶跳出來一樣。

我其實想去的是六十五街的酒品專賣店，買一些軒尼詩和我的威豪香菸——我的必備品，嗯，生活用品。不過，幹，我如果現在再去那裡，就得要跨越一半的傑佛遜區才能買到我的酒。

所以我現在不喝酒，是因為我不要冒險去那裡，不是因為發生了那檔子事。

不要逼我講出什麼事，我不想碰那段爛事。

所以這一次，我只是想要買一些米呀什麼的，一點湯，軟綿綿的食物，因為現在嚼東西真是他媽的痛，所以我就出發了。但我覺得有人在跟蹤我。不，不只是感覺，我知道，我一清二楚。

我開始冒汗，就像是汗如雨下，彷彿是什麼職業籃球員，我的頭汗如雨下，媽的跟下大雨一樣。

還有我的心臟——我要跟你講我的心臟。就像是有人拿針全速刺來一樣，實在跳得太快，我覺得簡直快要從我身體迸裂而出，簡直像是捏在手裡一樣。

我沒有辦法呼吸。好，我的喉嚨，越縮越緊。

恐慌症發作？你覺得我不知道什麼是恐慌症？靠。

到底要不要讓我說完？還是你一直要告訴我那些我早就知道的事？

所以我一直冒汗發抖——在西方大道幾乎無法行走，而且我可以感覺這個人就在我的後面，彷彿要再次捅我一樣。但我沒辦法繼續走下去，因為我馬上就要昏倒了，我的心臟簡直立刻就要落地。而且我發覺這個人越靠越近，但我動彈不得，媽的完全沒有辦法，彷彿我心跳這麼快，現在只能站定不動。

所以我彎腰，就在人行道那裡，就像是心臟病發啊什麼的。

然後呢？媽的有個白人女子經過我身邊，某個討人厭的瘦巴巴老太太。

那就是會讓我害怕的畫面，白人老太太走在西方大道。我說——要怕的人是她才對，她跟嬰兒一樣已經離開了自己的遊戲圍欄。

不過，這卻顯現的是——我心頭亂七八糟，看到了我不該看到的事物，聽覺與感覺也同樣錯亂。

彷彿整個世界都想要抓我，每一道影子都心懷殺機。

就連走到外頭也覺得心頭沉重。

好，看來你們是聽不下去。我要走了，我要上樓回到我家，在窗邊緊盯不放。但你們給我聽好了，要保持警戒，要是看到了什麼人，記得讓我知道。

你！給我從樹後面滾出來！天色也許昏暗，但我看得到你，媽的你一直在監視我。現在，對繼續往前走，給我出來。

不要逼我繼續開窗，不要逼我繼續往外探身，我已經夠慘了，喉嚨被切成了細條，媽的墜樓就免了。

從自家窗戶摔下去，這也是一了百了的方法。差點被人殺死，倖存下來，最後卻在西方大道斷了脖子。

大家會以為我受苦受難之後就自殺了。

我在跟你講話。

你，我在跟你講話。我看到你躲在那棵樹後面，現在你跑到了對面的停車棚。你唬不了我，媽的不可能。

不要逼我一直對你大吼大叫。你知道被割喉之後講話是什麼感覺？要不要努力想像一下？

你監視我多久了？

我看不到你的臉，但我知道你在那裡。

你要來殺死我？你就是兇手？我還活得好好的讓你不爽？你生氣是因為殺人沒有成功，大失所望。好，我靠。

不我才不會閉嘴，有人在那裡跟蹤我，媽的你自己閉嘴。

下一次再讓我看到你在那裡，我會打電話報警。其實，我此刻就在打電話給他們，讓他們知道我被騷擾，讓他們知道當初想要取我性命的男人想要殺死我。靠，我就幫警察來執行任務，我自己來抓你。

你給我在那裡等著。

你有話要說，要在我面前說出口，你真的是壞透了。

我來了。

我說給我等在那裡。我花了一分鐘才下樓，我的行動沒辦法那麼快，因為有脖子的縫針啊什麼的。

你還在那裡？給我過來，你就現身吧。

好，所以你打算落跑，你鬼鬼祟祟啊？當初有膽割爛我的喉嚨，現在你想躲？靠。

現在我絕對不會小聲，媽的我有大聲講話的權利。

抱歉？現在妳是哪位？這位太太，妳是不是有話要說？妳只是來這裡看好戲？哦，妳正好經過？好，歡迎，就過去啊，別管我，嗯，現在走快一點。

等等，這位太太，我說等一下，等等！

我沒見過妳嗎？

我覺得我認識妳。

回來，讓我想一想。

妳不肯回來？

等等。前幾天我看過妳，就是我被攻擊的那個時候，我在西方大道彎身，妳正好經過。

妳剛搬過來？是這樣嗎？

妳剛來這裡？

我是應該要認識妳啊什麼的嗎？

這位太太，讓我給妳一點忠告——那裡有個跟蹤狂。妳要聽好了，我只是要發揮鄰居善意讓妳知道而已。我不希望妳受傷啊什麼的，這位太太，千萬別遇到這種事。

喂，這位太太！不要跑那麼快。我還有件事要告訴妳。聽好了，我還有件事要告訴妳，而且靠他媽的超重要，管好妳自己的事就夠了。

第三部

艾希

二〇一四年

1

一切都有答案。通常都很單純，是人把事情搞得很複雜了，這樣一來會讓他們覺得自己很重要，比別人聰明。一旦遇到無法解決的簡單問題，大家很容易就想要展現智慧，搞得不成比例。

就拿警察當例子好了，永遠在研究動機，但是動機會讓人分神，到頭來，唯一的重點都只是誰下的手。

字謎提示如下：親愛的（Honey Bunch），答案：蜜蜂或蜂窩。選擇可能很多種，但正確答案卻只有一個。

罪行與字謎沒有太大的不同，永遠找得到解決方案，關鍵就是要把它找出來。必須要仔細觀察小花招，讓人分神之處，可能是故意的，也可能是不小心。

看到在街頭的那個男子嗎？睡在停放在自家門口的車內。

為什麼？

與妻子爭吵？有這個可能。

醉醺醺回家睡著了？

答案：沒鑰匙進去，負擔不起鎖匠的費用。

看吧，很簡單，而且通常沒你想像的那麼有趣。

不要把它複雜化，不要多想，答案就在那裡。

現在，這個呢：姓氏是佩芮。艾希．佩芮。大家都覺得她超級神秘，因為她看起來不像是什麼艾希．佩芮。好多人都一臉興味盯著她，彷彿把她當成了謎題，儼然她想要唬弄他們一樣，似乎某個拉丁裔女子卻有白種女人名字的成因藏有什麼大秘密。這像是來自某個鄉村俱樂部的女子名字，網球雙打的搭檔，花園社團的社長，他們幻想一定有什麼超級複雜的答案。

當然，那是因為冠夫姓。而艾希呢？哦，艾絲梅瑞達這名字很拗口，對當警察的人來說不是個好名字。

她會告訴你的，但不會什麼都說出來。艾希的個性不會隱藏秘密。她只是覺得不需要讓大家知道全部的事實。能夠為自己留一點餘地是好習慣，什麼時候會派上用場很難說。

歷經了這一切之後，為什麼還留著她先生的姓氏？原因很簡單，那是她工作時使用的名字，印在她的徽章上面。如果更換的話，那就表示一切得重新再來，暗示她隱藏了什麼。

又一個問題出現了。馬克．佩芮熬夜在幹什麼？他有睡覺嗎？艾希可以聽到他在樓下書房，雖然她聽不到他的動靜，但她知道他在那裡。他最後一次離開這間屋子是什麼時候的事？她已經想不起來了。

最後一個問題：西南警局的其他人要到什麼時候才會看出這種犯罪模式？不到一年的時間，有三具女屍被丟棄在西方大道附近？將案件勾連起來的人不可能只有她而已。但不僅止於此，不只是最近的命案，還有之前的那些，尤其是多莉安．威廉斯的女兒。如果不是艾希的腦袋在欺瞞她（這是別人告訴她的說法），不然就是這並非巧合，而是某種犯罪模式。

連續殺人犯，意味著更吃重的工作量。

意味了壓力、頭痛，以及線索通報專線。

也許，他們是刻意視而不見。或者是因為受害者是女性，顯得她們的死無足輕重。要是再死一個人，西南警局就無法享受那種特權了。這也讓艾希差點動念要回去兇案組的老位子，但她知道這是不可能的了。

在下床之前，她完成了《紐約時報》星期五的填字遊戲，一共花了她二十分鐘的時間——《洛杉磯時報》則是十分鐘。來自中東的橡膠❻？阿拉丁。這是開啟一日之初的愚蠢方法，但是令人安心，答案，解方。

她開著廣播電台，現正播放地方新聞，市長因應洛杉磯市區因傑曼．霍洛威之死而引發的某場「黑命貴」抗議活動，召開記者會進入了尾聲。發生在東岸的事，但已經成了全國性的問題。然後，新聞切到了摩根．提列特，來自某個「黑命貴」分支團體「抗議就有力」的當地倡議人士，她自稱是在家中打電話到電台。不過，她一定不在家，就艾希的觀察，至少不會是在洛杉磯。背景聲是類似芝加哥高架捷運或是紐約地鐵的轟隆聲響，它具有與洛杉磯捷運不一樣的音頻，是一種轟響，而不是低鳴。她告訴主持人，最近的抗議活動只是開端而已，除非警察與國家開始關心，不然一定會引發更多的行動。

主持人詢問她有關洛杉磯的氣氛，種族衝突是否已經到達了羅德尼·金事件的等級？她哈哈大笑，然後回道：「就我看來，這座城市馬上就要爆炸了，而他們卻還沒有察覺任何跡象。」

不過，摩根·提列特在說謊，她隱藏了某個秘密，艾希不在乎到底是什麼。她再次聽到了那種地鐵轟隆聲確證無誤。一樣，理由並不重要，只要關注事實。

她起床了，穿上了自己的其中一套套裝，這些套裝到底有什麼差別，就連她也很難搞清楚。她化了妝——夏天的顏色，別人告訴她這對她的膚色來說太燦亮了一點。她壓平瀏海，檢查髮根，當初她卸下這身套裝的時候，根本不該染髮才是。她以前的搭檔黛比·哈爾登，曾經警告過千萬不可——她告訴艾希，她的嶄新外貌與她的徽章名字並不相稱。等到艾希發覺黛比說的果然沒錯、想要恢復天生的黑髮色澤，已經太遲了。這彷彿承認她犯了錯，或者，更糟的是，她覺得羞愧。對於評估情勢、觀察未來發展、掌控角度，黛比厲害多了，她很清楚她們必須要對抗。

艾希把人造絲上衣的下襬塞好，又固定了褲管，以免等一下纏勾單車的車鏈。

她站在玄關，聞到了咖啡燒焦的味道。

她可以聽到書房裡那些電腦螢幕運轉的呼呼聲響，而當她下樓的時候，還可以看到它們映在牆面的藍色反光。日本、上海、瑞士、美國證交所——開盤好幾個小時了，而馬克也一直沒睡，陪守盯盤。

❻ 也有摩擦者的意思。

艾希在書房門口偷偷朝裡面張望。她丈夫多年來不曾接受直射陽光的蒼白臉龐，浸浴在其中一台電腦的光線之中，成了某種病態的藍色。

她望著螢幕上的數字滾動——貨幣符號、股票代號、加密貨幣，對她來說是一個充滿金錢與價格的謎樣世界。

馬克的進出量不大——都是小額，不算是微交易，但也相去不遠了。那場意外奪走了他的自信。他不賭博，大部分玩的是對沖基金。他會貢獻一點收入，靠著她的薪水，而且他們的小房子貸款已經還清，他們不需要太多的錢。

沒有車，晚餐不外食，反正就是乏善可陳。

洛杉磯早上七點鐘，紐約早上十點，亞洲股市都已經收盤，交易日還剩下六個半小時。結束之後，馬克會吃冷凍披薩，喝一瓶墨西哥可樂，上床睡覺。等到艾希回家的時候，正是他準備就寢的時間。

艾希取出咖啡壺，看到了液體在機身留下的燙痕。只要是在警局出現這種紕漏，批評她的聲音就會不請自來。

佩芮，妳又煮焦了咖啡？

妳在壺裡裝了太多的水？

是妳忘了按下啟動鍵吧？

彷彿煮咖啡是女人的職責，彷彿所有的錯都必須怪罪在她身上。

檢查是她的工作範圍，即便是警局裡最無足輕重的細節也一樣——咖啡、問訊室的電燈開關、流理台殘留的食物。甚至還包括了其他的東西——追蹤報告、登錄資料、檔案。他們對她一直很嚴苛，老是覺得她一定丟三落四。

佩芮，妳有追蹤那個案子吧？

佩芮，妳整理好報告了嗎？

佩芮，妳有沒有把那個文件存起來？

佩芮，妳是不是還在拿那幾個死掉妓女的案子打擾大家？

佩芮，妳在浪費我們的時間吧？

佩芮，妳對兇案組的事很好奇？

簡直就把她當成小朋友一樣，或者，更糟糕的是，儼然把她當成了菜鳥。她身高才一百五十公分出頭，也讓她很吃虧。這也正是黛比贏過她的另一個強項——足足比她高了將近十三公分。

也許凱瑟琳．席姆斯的案子會讓他們大夢初醒。

艾希並沒有拿杯子，直接把咖啡壺放回保溫器，她一滴都沒碰。

她從廚房抽屜取出了自己的警徽，裡面放了橡皮筋、她的護照、一盒盒的口香糖、好幾張舊證件、某張她與黛比在洛杉磯警局壘球賽的合照。她的手槍放在清潔收納櫃的某個保險箱裡面，但她很少鎖保險箱。要是馬克想要拿槍，沒有問題，這一點她很確定。

她檢查手機，確定已經開啟。這是從兇案組轉到掃黃緝毒小組的優厚待遇之一，睡覺的時候可以關機。掃黃緝毒小組的警察很少會被臨時呼叫，只有在執行掃蕩工作的時候才會通宵達旦工作。

艾希不喜歡住在自己轄區警局附近。最好還是住在別的地方，這樣才不會帶著工作回家。不過，她還是需要單車或走路就能到的近距離，所以她的選擇落於西南警局方圓五公里之內的範圍。夾雜在直線競速賽、路怒症駕駛、老邁公車競相呼嘯的慢車道之間，洛杉磯並不是適合騎單車或走路的地方。必須花時間慢慢過馬路的年長者或是受傷之人，他們不會得到任何同情，只會引來表達惱怒的喇叭聲響，因為這世界並不會配合你所選擇的速度而運行。

艾希遠離汽車的時間越來越久，對於駕駛們的憎惡感也益加深重，所有的都一樣。就連在那起意外發生之前，也都是黛比在開車，不碰汽車，也至少讓艾希不會再聽到某種騷擾。

佩芮，妳登記參加孩童警車試乘活動嗎？

佩芮，妳看得到方向盤上面嗎？

佩芮，需要兒童座椅啊？

再也沒有了。

靠著雙腿探知消息，騎單車更能了解自己的轄區，聽到了罪犯、目擊者、警察的砲火四射，還發生了更糟糕的事。

傑佛遜大道是東西向巡邏的最佳路徑，車流比亞當斯大道和華盛頓大道緩慢。然後，往南走西方大道西側第一個街道的聖安德魯斯街，約走二十個街區。那裡是住宅區，都是停車再開標誌，而不會看到紅綠燈。

傑佛遜大道與西方大道交叉口有間星巴克附設戶外座位，可以觀察十字路口的好地方。她鎖好單車，買了一小杯黑咖啡。

天氣寒冷，但她坐在外頭。洛杉磯的冷天不多，所以要把握機會，才能夠提醒自己世事多變，而且這世界一直運轉不歇。

艾希盯著三名妓女走過去，她不認得她們。巡迴女郎——以小組為單位、在市區各地遊走的女子，最遠甚至到達歐申賽德或是史塔克頓，西南警局雷達偵測不到的女孩。依她看來，至少她們的年齡層級不屬於這裡。

她拿出手機，兩分鐘就解決了《洛杉磯時報》的迷你版字謎。

「佩芮警探……」

艾希抬頭，是雪莉。似乎剛結束某個長班。她四十多歲，揹了幾條常見的定罪紀錄，在傑里可區賣淫，沒有幫派背景，通常在偏北的地方上工。

「警探，工作了一整晚嗎？」

「我一早上工。」艾希從上衣口袋拿出一包口香糖，她一直沒抽菸，咀嚼的動作可以讓她專注，完全浸淫在當下。

「你們上個禮拜逮捕了多少嫖客？」

「雪莉，妳在外頭工作了多久？」

「妳是問今天嗎？」

「妳做了有十年吧？」

雪莉聳肩，揮舞雙臂，講出了差不多吧搞不好更久之類的話。「所以你們到底抓了幾個？逮捕了多少嫖客？你們正在摧毀我們的銀根，當你們這麼搞的時候……」

艾希嚼口香糖發出啪噠聲響，「妳做多久了？」

雪莉說道：「要是你們繼續惡搞我們這一行，我哪能做得下去，什麼都幹不了。」

「妳在這裡上工？」

雪莉的地盤通常是十號公路的另一頭，最遠到奧林匹克大道，有時候甚至到了一〇一號公路那裡，她八成會自我催眠，那裡客人的檔次比南邊的好多了。

雪莉回道：「我只看到藍紅色的警燈在閃而已……」

艾希不喜歡掃蕩行動。那其實就是警告而已，讓大家知道洛杉磯警局在緊迫盯人。

「所以妳換地盤了？開始在這條路上工？」

「媽的對啦，」雪莉說道，「做了兩趟。」

艾希瞄向西方大道南方，可以看到R&C炸魚小攤。那女人和她的那些死鳥，彷彿那些蜂鳥的確是她的一大困擾。一名女子帶著三箱死鳥出現在警局，而兇手殺害她女兒的那種手法，與過去這八個月之中在西方大道發現的那些女屍近乎相同，純屬巧合的機率有多高？

兇手停止殺戮的原因是什麼？坐牢？生重病？搬家？受傷？良心發現？他是不是老化？賀爾蒙發生了改變？是否投向另一種虐待方式的懷抱，或是靠藥物找到了發洩之道？他找到了宗教歸屬？尋覓到不同的宣洩方式？還是有人阻止了他？

也許這不是暫時停歇，也許他在其他地方犯案。

或者，答案很簡單，就像是多莉安所說的一樣，也許他只是犯了錯：雷希雅．威廉斯，讓他徹底收手。不過，如果真的是這樣——要是這一切都互有關聯——那麼他為什麼又復出了？

雪莉斜靠桌邊，

「佩芮警探？」左胸有一個刺青：耶穌，右乳是十字架。艾希雖然直視著它們，但是卻兩眼放空，因為它們擋住了她觀察炸魚小攤的視線，而那裡才是她心之所繫之處。

「所以我問妳啊，你們是要繼續執行掃蕩嫖客行動？」

「妳認識凱瑟琳．席姆斯？也就是凱西？」

「靠，這就是原因嗎？那些掃蕩行動是因為凱西出事？」

「那些掃蕩行動是因為妳這一行犯法。所以妳到底認不認識凱西？」

「那賤女人瘋瘋癲癲，生活得辛苦，工作得也很辛苦，我只知道這些。」

「妳有沒有見到她？」

「靠，我那時候在放鬆休息，入住聖派德羅的某間飯店，沒在關心那檔子事。現在輪到我問妳了，這些掃蕩還會持續下去嗎？」

「妳是希望我下次廣播嗎？」

艾希可以想像別人會怎麼說。

佩芮，妳告訴那些阻街女郎我們在掃蕩？

佩芮，妳在扯我們後腿，還是在我們行動之前就走漏風聲？

輪胎急煞的刺耳聲響從兩三個街區之外傳來。這就是艾希選擇居住地點的時候、盡量遠離主要橫向或是南北幹道的原因。她家在過了克蘭蕭大道之後、位於西亞當斯大道邊緣的某條死巷，髒兮兮的死巷。

她先聽到了輪胎聲響，然後才看到了它們——橡膠在路面打滑，繼續發出尖嘯，她的心陡落了一下，不小心打翻了咖啡。

雪莉趕緊離開桌面，「靠，燙死了。」

某台本田喜美剛剛闖了西方大道的某個南向紅燈，現在才停下來，在斑馬線前微微顫晃，艾希聞得到車子輪胎發出的焦味。她拿紙巾擦拭咖啡汁液，在桌面亂抹。

「幹，警探，妳現在是覺得我要是全身散發拿鐵的味道，就會有人靠近停車嗎？」

「我覺得妳也該退休了……」艾希起身，任由咖啡繼續滴落而下。

雪莉拍掉沾在大腿上的一些咖啡汁，「警探，妳的髮根也該補染了。」

她的職責就是要讓雪莉這樣的女子可以能夠好好生活，肅清街頭。她進行了長時間跟蹤、分析資料、繪製犯罪地圖。而女子們依然在此工作，毒品氾流。的確是有大規模逮捕，強力掃蕩，但是這樣的日常依然天天出現。

經過那場意外之後，艾希轉調掃黃緝毒小組。她佯裝這這多少算是自願請調，其實，那是黛比的意思。在幕後操控、為艾希擺平一切、暢通交流管道的永遠是黛比。好，看看現在的黛比，已經升到高位，負責所有洛杉磯的搶案／兇案，而艾希卻在妓女遛床區追捕妓女，完全不是高階警務。

她小組裡的大多數女警都至少當過一次釣餌，而高層的看法是艾希太矮了——卻完全無視她在成為警探並北調之前，負責巡邏、在英格爾伍德逐家逐戶敲門、將毒販上銬、追捕搶犯的那個時候，就不曾有過太矮的問題。她把身材短小當成了優勢，這樣一來大家（包括了警察同業）就比較不會想到她是警察。

她知道真正的原因：他們以為她性格無常，自從那場意外發生之後，她就崩潰了，沒有辦法控制自己的情緒。或者，如果她有辦法，也是因為她一定哪裡有問題。就算她通過了心理評估，大家還是這樣看待她。

她打開腳踏車鎖，將後背包揹上肩頭之後，準備去工作。

2

換班結束，艾希走向自己的辦公桌，在後頭的某張金屬大桌，她是出了名的數據資訊高手。她的夥伴里克・史培拉通常都讓她忙自己的事，只有遇到重大事件的時候才會叫她。

艾希座位對面的空椅有人入座，正在等她到來。是個黑人中年女子，身材壯碩。艾希走向另一頭的時候，拆了一片口香糖。

「終於啊，」等到艾希一就座，那女子立刻開口。「妳害我等好久。」

她一頭短髮，桃紅色挑染髮絲緊貼頭皮，超斜的髮分線。鼻子到處都是雀斑，兩耳戴了大圓雙環耳環，她戴有假睫毛，讓本來就很大的眼睛更顯巨大。

艾希敲了一下鍵盤，喚醒電腦，出現了《洛杉磯時報》與「犯罪統計系統」資料庫，「我八點準時到班。」

「哦，其他警探似乎早在八點前就到了，但他們告訴我已經看到妳了。」

那女子身穿印有豹與玫瑰的寬鬆襯衫。她忙著整理領口，把它硬拉上去蓋住脖子。

艾希伸手致意，「我是佩芮警探。」

「我是奧菲莉亞・傑佛瑞斯。」

那女子平常習慣以乳液潤手，膚質柔軟。

「妳剛來啊？」

艾希回她：「已經待兩三年了。」

「我從來沒看過妳。」

這女子已經超過了找人求助脫離街頭的年紀，而且神智相當清楚，沒有那些會被抓進警局的問題。但看得出還是歷經了滄桑，看得出並不順遂，看得出生活辛苦。

奧菲莉亞．傑佛瑞斯，艾希開始搜尋這個名字。

「通常他們就是直接把我推給某個值班警察，接受我的投訴，然後就把我攆走，有時候他們根本懶得寫下來。比方說，上一次的時候，那男的一心兩用，一邊接聽電話，然後又半敷衍聽我講話。媽的我這麼大費周章何必啊？」她扯了一下襯衫衣領，又掉下來了，艾希瞄到對方鎖骨上方出現深黑的異色膚塊。

街頭花名是波姬，賣淫，持有毒品，妨害公共秩序，都是很稀鬆平常的罪名。艾希繼續往下滑動奧菲莉亞的檔案資料，「是與工作有關的投訴嗎？」

「跟工作有關的什麼？」

艾希繼續往下滑，前科紀錄戛然而止。「比方說……是否有人毆打妳……還是有人搶妳地盤？是否有人……」

奧菲莉亞揚手，一直戳艾希，彷彿在猛拍壞掉的販賣機一樣。「媽的他們到底把我送到了誰手上？」

艾希抬頭，目光離開了電腦螢幕，奧菲莉亞的上衣又滑脫下來，露出了某道肥凸傷疤——萬聖節南瓜燈的古怪微笑線條。

「抱歉？」

「妳是哪個部門的警察？」

「掃黃緝毒小組。」

「靠！」奧菲莉亞大力搖頭，「我問你一件事，我的投訴跟掃黃緝毒小組有什麼關係？」

艾希正打算要開口回答的時候，回瞄了一下電腦螢幕，十六年前，最後一項罪名是賣淫。「妳已經退出這一行了。」她看到了謎團，並不複雜，對方本來是妓女，無論原因是什麼，都已經金盆洗手。

「媽的對啦我已經退出了這一行。需要我給妳看什麼匿名戒酒協會發的那種結業硬幣嗎？讓妳看到我離開了多久？」她側頭，「我以前做過什麼，跟我這種遭遇有什麼關聯，我是真的不懂。我早就該知道了，他們願意讓我見到的唯一警探是在掃黃緝毒小組。」奧菲莉亞雙臂交疊胸前，讓艾希仔細觀察她的傷疤。「佩芮警探，我也沒問妳怎麼會有這種白人小姐的姓氏對吧？」

艾希心想，一切都蘊含了與其他事物息息相關的因素。她之所以在掃黃緝毒小組是因為她離開了兇案組，而她之所以離開了兇案組是是因為她不開車。「妳胸部怎麼了？」當年奧菲莉亞決定不再玩下去的原因，如今讓艾希深感興趣。

「被割喉。」

「什麼時候的事？」

「十五年前左右。」

艾希望向桌上型電腦，盯著那個依然開啟的前科檔案，可以精準找出一個時間點，某個改變一切的事件。是什麼事件讓你開始殺人？開始賣淫？是什麼事件讓妳決定要永遠足不出戶？讓妳轉換工作？遠離街頭？開始偷竊？尋求援助？前往戒毒中心？不再開車？不再與別人進行溝通？

她往後退，她與奧菲莉亞之間已經不再有電腦相隔。她從抽屜裡拿出紙筆。「所以呢？」

「妳這話什麼意思？所以呢？」

「告訴我，妳在這裡等我是為了什麼事。」

奧菲莉亞轉動脖子，因此也拉撐疤痕。「所以妳現在要聽我講我的狀況了？」

艾希點了一下筆頭，「我是什麼時候說我不願意聽了？」她轉頭，盯著整間警政室。有幾個巡邏員警與兩名警探在盯著她。她懂得那種眼神的意思──他們惡搞她，等著看好戲。

「靠，」奧菲莉亞啐道，「聽我說，多年來我講這個已經講了很多遍了，媽的有幾次了啊？」

她開始扳算手指，「不重要。」

艾希猛嚼口香糖，盡量保持凝神，繼續嚼下去，不想因為奧菲莉亞的傷疤讓自己失去專注力。

她猜這狀況與多莉安相同，這是某種遠離真正癥結的分神方式，她想知道是誰殺了鳥兒，不要老是擔憂到底是誰殺死了自己的孩子。

她的口香糖啪啪作響。還有另一個疑問，還有另外一個難題，但她一直無法拋諸腦後。

「妳到底有沒有在聽？」奧菲莉亞睜大眼睛，讓艾希知道她已經開始恍神。

「繼續說下去。」

「就跟我之前講過的——就跟我告訴妳、還有偶爾告訴這裡的每一個混帳王八蛋的那些話一樣——我被跟蹤了。」

「妳認識他嗎？」

「好，我現在知道妳連裝都懶得裝了。妳認識他嗎？這位小姐，不是男人，我剛剛告訴過妳了，是個女人。」

「好，」艾希說道，她匆匆抄下來，讓奧菲莉亞繼續講下去。「是個女人。」

「難道妳不覺得這有點恐怖嗎？」

艾希按了兩次筆頭，口香糖啪啪作響。「是嗎？」

「我不知道，」奧菲莉亞說道，「是嗎？在這裡當警察的人是妳，不是我，鑽研所有線索和犯罪模式的人是妳。也許有個白種女人一直在跟蹤我，跟蹤我這麼多年是很正常的事。」

「我問妳一件事，妳認識凱瑟琳．席姆斯嗎？凱西．席姆斯？」

奧菲莉亞瞪大雙眼，「凱西？這是很好聽的白種女人名字。就是她嗎？」

「抱歉？」

「妳覺得是那個女人在跟蹤我嗎？」

艾希因為自己犯了錯，死咬下唇。她的心思恣意而行，奧菲莉亞跟不上，唉，就連艾希自己也很難跟上。「不，那是別人，不是白種人。」

「我不認識她。難道我該認識她嗎？」

艾希開口：「我只是覺得……」

「覺得因為她是妓女，我就該認識她，好像我們全都待在自己專屬的小圈圈裡面一樣。」

「我並沒有說她是哪種人。」

奧菲莉亞雙臂交疊胸前，「不需要多解釋了。現在我們可以回到我的案子嗎？」

艾希的口香糖啪啪作響，她按了兩次筆頭。「跟蹤妳的那個女人，是什麼長相？」

「白人。」

「就這樣？」

「她不給我機會仔細端詳，我的意思是近看，像是五官啊什麼的。要是她讓我看個清楚，媽的我們就沒有問題了，因為我會自己解決。重點是她一直鬼鬼祟祟，這些年來我已經告訴你們很多遍了。」

艾希問道：「她做了什麼？」

「她做了什麼？妳覺得呢？她一直在監視我。」

「持續多久時間？」

「一整晚，媽的一整晚，妳給我聽好了。」奧菲莉亞雙手壓在辦公桌，艾希看得出她手指裡蘊含的緊繃感。「我知道你們大家都覺得我瘋了，並沒有什麼白種女人在六十五街徘徊，站在我家公寓對面死盯不放。」

「我的意思是，這種現象持續了多久？」

「妳是指整段時間？」

「沒錯，整段時間。」

奧菲莉亞閉上雙眼，彷彿在倒算歲月一樣。不過，艾希很確定她可以不假思索說出答案。

「十五年。」

艾希問道：「要不要跟我說妳喉嚨怎麼了？」

「我說過是被人割傷。」

「誰下的手？」

「媽的破不了的懸案，找不到兇手，我怎麼知道。」

這根本稱不上是數學難題。割傷，決定退出江湖，覺得有人曾在以前或現在跟蹤她。創傷以最離奇的方式再臨，某次謀殺未遂案很可能以白人女性跟蹤者的形貌歸返，專注思索這一點，而不是真正的危險，日子會比較輕鬆自在。

線索：妓女殺手。答案：夜晚跟蹤者。

「並不是每個晚上都會發生，」奧菲莉亞說道，「也不是說她會待一整個晚上，只是偶爾發生。但那已經媽的夠糟了，難道妳想要睜開眼睛的時候、看到對街有人盯著妳家窗戶嗎？」

「妳怎麼知道她做出那種事？」

「因為我知道，我就是知道，這麼多年來我一直很清楚。妳剛剛不是問我這種狀況持續幾年了嗎？你們有把資料都留下來嗎？仔細看看。還是你們只是抄下我的投訴然後就丟了？」

艾希問道：「但妳確定她在監視妳嗎？」

「妳聽我說，媽的我百分百確定，她一直在偷偷監視我，以為我不知道。她不只在我家外面而已，靠，還很清楚我的日常作息，去商店買香菸啊什麼鬼的。我看到她的屁股經過大門外面。我出去放風喝一杯，媽的這混蛋就把車停在酒吧後面的停車場。」

艾希正準備要開口，奧菲莉亞卻搶先她一步。

「同一個臭女人。我告訴妳，那一種無聊白人女子，站在西方大道的那一區，特別引人注目。」

「所以今天是什麼原因讓妳過來？」

奧菲莉亞往後一靠，雙臂交叉胸前，不小心扯動上衣領口，露出了傷疤。「我還以為妳永遠不會問。」她調整上衣，再次擺好姿勢。

艾希吐掉口香糖，目光飄向自己的電腦螢幕。有一個她先前沒有多加注意的瀏覽器視窗，幾乎被拖出螢幕框外頭，南加州毒鳥案，那些蜂鳥。

「佩芮警探，妳到底要不要聽？」

艾希翻找她的口香糖。

「媽的我不需要當什麼讀心術專家，我也知道妳不會將這件事放在心上，但反正我還是要讓妳知道。」她暫停下來，等待艾希抬頭。「我今天會來這裡，是因為這女人在監視我，我可以證明。」

啪，啪，艾希等她繼續說下去。

「好，我找到了工作，真正的工作，好不容易。我選擇不多，都是因為你們給了我這麼多重罪，政府啊還有其他人根本不肯雇用我。不過，反正現在我在英格爾伍德的某間教會煮菜，一天兩餐，還有配制服，所以我很驕傲。就在我工作的第一天，媽的她冒出來了，就這麼若無其事走過去。」

「而妳確定——」

奧菲莉亞再次揚手，阻止艾希。「妳接下來要問我，我又不知道她到底長什麼樣子，怎麼可能知道是她？對不對？媽的因為我沒辦法描繪她的長相？」

艾希按筆頭，該如何把案情轉回到重點？

「也許我沒辦法在列隊指認的時候把她揪出來，但我知道她是什麼模樣，鬼祟聰明，一直與我保持一定距離，媽的就跟鬼一樣，緊纏我不放。讓我問妳一件事，妳覺得妳可以在列隊指認的時候把鬼抓出來？」

線索：行屍走肉。答案：鬼。

「不，」艾希說道，「我才不相信有鬼。」

「我又沒有要逼妳相信什麼，我想知道的是妳接下來打算做什麼。妳要派人過去巡邏隊嗎？

掃蕩我家那裡的西方大道把她嚇跑？因為有這位太太當我的背後靈，我沒辦法過日子。妳知道在大半夜驚醒的時候，有什麼在盯著妳是什麼感覺嗎？只不過買一瓶酒，就有人晃過去？終於開始工作而她居然知道？妳知道你們都認為我瘋了，那又是什麼感覺嗎？」她搖搖頭，「妳當然不懂大家覺得妳是瘋子的感覺，妳是條子，大家只會覺得妳很理性。」

艾希回她：「說出來可能會嚇妳一大跳……」

這句話害奧菲莉亞突然語塞。她挑眉，等待艾希繼續說下去。

不過，艾希言盡於此就夠了。她張望警局，她知道同事們的看法，或者，至少某些人是那麼想——看到那兩個女孩，宛若被不同大砲以不同方向拋擲到街上，已經至少讓她失去了部分理智。她們兩個都死了，一個在南北向的普利茅茲大道，另一個躺在東西向的第六街。那一定讓她崩潰了，至少是部分崩潰。而那些覺得這起事件並沒有讓她發瘋的人，還是認定她瘋了，因為她居然完全不受影響——想必她一開始就有哪裡不對勁，可能是投注了太多的情感，或者是投入的情感不足。不管是哪一種，她都大有問題。

「佩芮警官，所以妳瘋了嗎？」

艾希回她：「我並不這麼覺得。」

「但重點是別人的看法。」

「除非妳放任別人這麼做。」

奧菲莉亞伸出手指對著她，「那就是，叫什麼來著，特權。」

某個黑人女子居然對著拉丁裔的女警大談特權，有趣了。

艾希沒興趣分享自己的掙扎過往，重要的是，她待在現在這個位置。「好，」她說道，「告訴我地址。」

「真的假的？」

「我要是不知道妳住哪裡，我也沒有辦法找人過去查看。」

奧菲莉亞對她講出在西方大道南邊十個街區之外的某個地址。然後看了艾希一眼，彷彿把她當成買假貨的人。「妳真的會派人過來？有把我當一回事？」

「我專心聆聽妳所說的一切，不是嗎？」

她現在已經可以想像之後的畫面了。

佩芮，妳真因為某個當過妓女的人覺得有白種女人在跟蹤她，要派巡邏小組過去？

佩芮，妳覺得部門的時間是給妳這樣用的嗎？

佩芮，妳真是好騙，要不要給我錢？

艾希伸手致意，「我會自己去查看一下。」她發覺自己的心又回頭觀察早上公廣電台的那條新聞，那個來自「抗議就有力」、有所隱瞞的倡議人士，讓艾希一直無法放下的某個謎團？她叫什麼名字？她打算做什麼？一定會有什麼行動，這一點艾希很確定。她會答應上節目一定有原因，而且她對於自己所在位置說謊，刻意讓大家知道她在哪裡，一定有什麼原因。

她為了面對螢幕，轉動椅身，叫出公廣晨間新聞的網站，找到了那篇報導，閱讀文字版內容。

等到她抬頭的時候，奧菲莉亞已經走了。

她開始搜尋那女人的名字，摩根．提列特。她是好幾個社群媒體的熱門人物，還接受多家報紙專訪。艾希進入兩個不同的社群媒體網站，往下滑動，開始默記誰按了讚與喜歡，還有最新的留言。有好幾個名字冒了出來，她交叉比對，找尋可能住在高架列車附近的人。找到了一個：住在布魯克林的克里斯．傑克森，是F線高架列車附近的格瓦納斯重整污染地的倡議人士。

似乎是沒有女友，對摩根的最後兩篇貼文按讚，而且兩人去年春天在西雅圖似乎是有重疊足跡。

艾希回頭點了一下摩根．提列特的資料，已經訂婚。

謊言。明明是在布魯克林，不是洛杉磯。到了明天，她就會忘記摩根．提列特與克里斯．傑克森的名字。

每一個人都隱藏了些什麼。她。奧菲莉亞。通常警務室裡有一半的人都會撒謊——狀似無關緊要的小事，無傷大雅。很容易就被拆穿，艾希對著電腦、點個幾下就知道了，然後，她馬上就丟在一旁，又是一個留待之後再說的待解謎團，

3

天主教女校的休息時段。艾希把自己的午休用餐時間排在鐘響的那一刻，讓小孩終得解放，奔向髒兮兮的操場，這個位置太靠近馬路，一直讓她放心不下。

這是她的治療方式，比起她的老長官下令她得去參加的那些心理治療療程相比，這反而好多了——那些心理治療療程，一口咬定她的同理心如果不是過多就是過少。

他們隨便把你推向某根柱子，開始狠狠修理你。要騙過心理評估很簡單，這與一切相同：每一個謎題都找得出解答。那是一種遊戲，只要保持專注，就會知道他們到底想要聽到什麼。

這些女孩身穿制服，深紅色裙子、白色馬球衫，還有藍色毛衣，廉價的布料，很容易起毛球。低年級的衝下階梯，直奔操場的攀爬遊具區。而高年級的則是好整以暇，漫步閒晃，在彼此面前炫耀。

艾希花了一個禮拜的時間才確定他們的層級關係——誰掌握全局，誰正在力爭上游。兩次偷聽到她們的聊天內容，就已經給了她足夠的線索、在社群媒體進行無腦搜尋——就算她們使用假名也一樣——她因此知道是誰結交了在幾個街區之外男校就讀的男友，還有哪些女孩正在從事某些超齡的活動，要是不小心的話，很可能會在幾年之後害她們到艾希辦公桌前報到的那種事。這對她來說，一點都不重要，她發現之後，在不到五小時之內，她就已經忘記了一半。

她望著攀爬遊具，十二歲的女孩們正在瘋狂盪鞦韆，互下戰帖後翻下座，還有從鞦韆橫木直接跳到水泥地。當她們在空中飛躍的時候——感覺總像是以慢動作進行，彷彿可能按下停止鍵、倒帶、回到起點——艾希的神經變得激動，產生了一股刺癢感，宛若她舔了某個從胃部發射電流到四肢末端的電池，準備迎接重擊。砰。她們落地了，膝蓋癱軟，眾人沉默片刻。

艾希屏息。

然後是歡呼。

繼續玩。

艾希十多歲的時候，一直在醫院陪病，她姊姊因為早產而入院，艾希眼睜睜看著併發症不斷累積——內出血、心臟驟停。她站在醫生們旁邊，看著他們拿起葛拉蒂的器官，檢查，彷彿把它們當成了撞傷的農產品，想要搞清楚該責難哪個，然後把它們全部歸位。他們縫合了葛拉蒂，她痊癒了，這也讓艾希在尋找實際解答的時候產生了錯誤的安全感。

在警界工作十五年，人體一直不是艾希喜歡碰觸的那種謎題。它沒有明顯的解答方案，甚至完全沒有。遠而觀之，看起來似乎很容易重組，以恐怖角度彎曲的脖子？輕輕放回去就是了，扭正，重新對準，把彎曲的部分弄直，修好損傷。有一個女孩站在攀爬遊具的頂端。她站在那裡，在攀架的兩根細桿之間努力保持平衡。她顫顫巍巍，雙臂不斷打轉維持直挺站姿。遊戲的重點是要演出最繁複——最可怕的跳躍——翻扭或叉腿或是踢腳。

女孩深蹲，準備要前衝飛越。艾希望著她閉上了雙眼，彷彿真的打算要盲眼飛跳。那股宛若電流的衝擊感又害她腹部疼痛，準備迎接重擊，碰撞，還有找不出解方的後遺症。

她屏住呼吸。

她手機響了——是她搭檔打來的鈴聲。

女孩飛起，方向往後。

線索：誇張之言，答案：飛行。

翻閱天空的不是站在攀架的那個女孩，而是另一個在普利茅茲大道的女孩，朝南飛行的那一個，姿態帶有某種似乎不會在死亡之中出現的優雅。

一如往常，落地之前的時間變得緩慢，為重重思緒騰移空間。

下午兩點有一場會議，洛杉磯人口販運的某個工作小組，業務與艾希守備範圍重疊。她想要與會，掌握更多街頭狀況背後的情報。

三天前，在傑佛遜大道，就在剛過了阿靈頓大道那裡，她接到了一通電話，有關小型圖書館外頭某座矮牆的噴漆塗鴉。我名叫潔斯娜．里維拉，我被迫被關在洛杉磯。我來自宏都拉斯，拜託哪個人來救救我。

艾希心想，這英文很好，好得過頭了。不過，她當然不想把真實狀況抹煞為惡作劇。

她接電話，「我是佩芮。」

女孩落地，彎身，胸部撞到膝蓋，整個人向前攤趴在地。

「艾希，我是史培拉。」

明明在一起工作兩年之久，打招呼的時候還是這樣客套。

艾希說道：「我遲到了吧……」

女孩躺在地上好一會兒，沒有動靜。

史培拉回她：「還沒有……」他在抽菸，但刻意掩藏，艾希從他講話並沒有對準話筒這一點就知道了。

艾希知道史培拉在講話，但是那女孩動也不動。

當初他在普利茅茲大道下車的時候，並沒有多想什麼。她碰觸到第一具屍體的時候，還在幻想可以把屍身拼回原來的樣子，沒有突尖角度，骨頭都在原位。

女孩突然站起來，搖搖晃晃走向她的朋友，她與她們擊掌歡呼。

「佩芮，妳寫下地址了吧？重複一次唸給我聽？」

重複一次唸給我聽，這就是史培拉掌控她的方式。

「我還沒講出來的時候妳就恍神了，對不對？」

艾希轉身，背向操場，開口說道：「再一次。」

「西方大道與三十八街交叉口，」史培拉說道，「二十多歲的女性，他們說她應該是在我們的守備範圍。」

我們的守備範圍。史培拉接受過良好訓練，而且也夠年輕，不會使用警界的老術語ZHI——

沒有人類涉案[7]。

「死了？」

「我剛剛不是講過嗎？」

「我那時候沒注意。」

「死了。」

「這不是兇案組的事嗎？」艾希很清楚不該踩到別的工作小組的地盤。不過，當她因為凱西的事去找茱莉安娜、當她把凱西的事與雪莉、奧菲莉亞聯想在一起的時候，她已經在踩地盤了。

「他們希望妳到現場，」史培拉說道，「我現在正趕過去。」

艾希問道：「他們放心讓我見到死屍嗎？」

「為什麼這麼說？」

她沒回答史培拉的問題，直接切斷電話。

---

[7] No Human Involved 以歧視心態指稱涉及有色人種與性工作者等邊緣族群的案件。

4

當艾希從聖安德魯斯街前往三十八街的途中——走小路比較安全一點——她驚覺摩根・提列特的狀況並沒有那麼簡單，以緋聞的方式解釋並不合理。要找尋簡單的答案，但不能被簡單的答案所欺瞞。她打電話到節目現場。為什麼要煽風點火？她是不是想要被人發現行蹤？還是她很有自信絕對不會？這其中一定有詐。

她在口袋裡摸找手機。正準備要停在人行道、查看資料庫與旅行路徑的時候，螢幕上出現了史培拉的名字在閃動。艾希把手機塞回去，加快騎車速度。

她轉到第三十八街，看到街區底端已經拉起了黃色封鎖線，圍住了某處空地，後面有棟多年前已遭燒毀的平房。

好幾名警察擋住了當地居民，而西南警局的警探們則站在附近，宛若什麼警探電視劇的劇照。

艾希拆開口香糖的包裝紙。

她有預感，還沒有到達現場之前，已經知道等一下會看到什麼了——連續殺人魔丟棄在西方大道的第四具女屍。在警局的時候，他們一直把她們稱之為妓女，但不只有這樣而已，某些人是周邊產業，雞尾酒女服務生、酒促小姐，還有阻街女郎。她們之間與地緣比較有關，而不是職業。

她自己並沒有看到凱瑟琳．席姆斯的屍體，之前的那兩具屍體也沒有。兇案組只有拿照片給她看，要確定她是否認識這些女人、她們的地盤，還有她們的客戶。

她曾經問過，是連續殺人魔嗎？

應該不是，純粹是運氣不好，正好發生三起命案。

艾希當時說道，一定是連續殺人魔。

而兇案組的解釋是，搞不好是三個不同的不爽嫖客。

然後，談話就這麼結束了。

兇案組的波爾克站在封鎖線那裡，交給她一張名片——是她自己的名片。「是妳的朋友，」他側頭，朝屍體點了一下。「史培拉說他前幾天登錄過她的資料，不確定為什麼她會有妳的名片。」

艾希彎身鑽過封鎖線，她端詳屍體，警探們圍在她身邊，身形逼人。割頸，塑膠袋罩頭。

這一個的打扮不是為了要阻街或混夜店。其實，比較像是準備要上床睡覺，短褲，還有一件超大尺碼的湖人隊運動衫。

艾希開口：「是茱莉安娜……」

「是妳的女孩嗎？」波爾克的語氣彷彿她是西方大道這些妓女的老闆一樣，彷彿她們必須要有主人。

她蹲下來，「只是在『捷兔』的某個線人，又是在周邊產業，不能真正算是。」

「『周邊產業』啊……」波爾克似乎覺得這是黑白分明的事，而艾希卻把它複雜化。「名片在她的口袋裡。」她指向運動衫的口袋，茱莉安娜脖子的血流已經完全停止。她的橘色髮絲從塑膠袋底下冒出來，某些捲髮在血泊中纏結成塊，其他的則散落在野草與泥地上面。她緊閉雙眼，側臉，宛若不想目睹這場慘劇，彷彿已經受夠了這一切。

沒有辦法把她拼回原貌，沒有解方，甚至根本沒有謎團。

「我前幾天登錄過她的資料，」史培拉說道，「克蘭蕭大道的『水晶小姐』屋宅突襲結束之後的事。」

艾希從鑑識人員那裡拿了手套，戴上。她伸出手，握住茱莉安娜的腳，腳趾僵硬，透過乳膠表層的撫觸質感，宛若乾涸的水泥。

「她只是吸了一點毒品，」史培拉繼續說道，「我不覺得她是阻街女郎，太乾淨了。我本來覺得她怎麼討生活並不重要。但都有關聯對吧？」

波爾克說道：「都一樣……」

他們上方突然一陣騷動，爆出鳥鳴。艾希抬頭，看到一群綠色鸚鵡飛到了附近的某棵棕櫚樹。那顏色令人大感震撼，就像是多莉安盒子裡的那些蜂鳥一樣。

為什麼大家總是詢問錯誤的問題？是誰殺了那些鳥？她是阻街女郎還是脫衣舞孃或是舞女？就以多莉安和那些盒內的蜂鳥當例子吧——每一隻都安躺在棉球上面，彷彿從某種角度看來、死去更為安適。不需要什麼天才也可以理解她為什麼會留下牠們。

不消幾分鐘的時間，就可以靠電腦查出多莉安的身分。而且，再多花個幾分鐘，就可以發現她女兒的死法與在過去八個月當中、在西方大道發現的那三具女屍完全相符。有兩件事吸引了艾希的注意。雷希雅遇害之後，兇手就再也沒有犯案，而且，當她迅速掃視檔案的時候，正好看到了某個名字：茱莉安娜．瓦爾加斯，最後一次看到雷希雅的人就是她，在「水晶小姐」宅邸的突襲行動中的同一個茱莉安娜；當艾希跟多莉安講話的時候，坐在史培拉的辦公桌前又囂張又疲憊的同一個茱莉安娜；現在被她握住了腳、隔著乳膠手套的觸感顯得僵直又黏濕的同一個茱莉安娜。

當艾希拼湊出線索之後，她前往茱莉安娜在登錄資料時說出的那個地址，詢問了某個名叫可可的女子，一整夜沒睡而脾氣火爆，她告訴艾希，茱莉安娜徹底崩潰，對於「街頭妓女凱西之死」非常憤怒。

這是某種循環，清清楚楚。多莉安——茱莉安娜——凱西，現在又回到了茱莉安娜身上。

艾希說道：「現在這是連續殺人魔犯案。」

波爾克沒有回應，他的搭檔馬提斯也一樣。

艾希又重複一次，「這是連續殺人魔犯案。」

波爾克轉身，「怎麼說？」

「這是第四起兇案。在凱瑟琳．席姆斯被謀殺的時候，肯特與波爾克給我看過幾個月前的兩起相同案例。」

波爾克說道：「佩芮，妳又不是兇案組的人。」

「我以前是。」

「我不需要妳玩猜謎遊戲。」

「我說得沒錯，」艾希說道，「你自己也很清楚。」從他的語氣，她聽得出來。她不確定自己這番話是早一步發現，或者是確認了事實？「去年有兩起，然後是凱瑟琳．席姆斯，現在又是茱莉安娜。你自己很清楚不是嗎？」

波爾克回道：「妳別惹我。」

「這是第四起兇案。」艾希重複了一次，「搞不好甚至是第十七起兇案。」

「第十七起？」波爾克神色變得放鬆。艾希懂那種表情，她並沒有比他超前一步，他不需要擔心她，甚至連聽她說話都不需要。「想必我一定是在辦案的時候錯過了那些屍體。馬提斯，你是有看到十七具這種屍體嗎？」他的腳尖逼近茱莉安娜。

艾希手指地面，開口問道：「你知道這個人是誰嗎？」

波爾克說道：「茱莉安娜．瓦爾加斯。」

艾希心想，不過，除此之外就沒了。你並不知道這女子就是雷希雅．威廉斯當初遭相同手法遇害的那一晚、她所照顧的小女孩，你也並不知道過沒多久之後，出現了太多的巧合，某種犯罪模式儼然成形。

波爾克問道：「為什麼她有妳的名片？」

艾希抬頭，口香糖啪啪作響，某名兇案組的人的巨大身影正逼近著她。

要是他們看不出來，那麼她也不會在這個時候告訴他們。

「她在『捷兔』工作，」艾希回道，「我希望她可以提供他們後面房間的最新狀況。或者，你們還依然假裝那只是一間高檔的小型舞廳俱樂部？」

波爾克問道：「妳知道她的地址嗎？」

史培拉的反應宛若蹦蹦跳跳咬球回來的小狗，「登錄資料有記載。」

「她早就不住在那裡了，」艾希說道，「她現在與家人住在一起。」

「妳要幫忙啊？妳真是好心。」波爾克的語氣聽起來像是在幫她講話，其實是在諷刺。

艾希轉身，背對命案現場。她可以聽到波爾克與馬提斯在後面哈哈大笑，十七具屍體。

那場意外發生之後，並不需要通知家屬，因為女孩們就在她們家外頭玩耍。那股衝擊力道——艾希想不起是什麼樣的聲音——把她們的父母引到外頭。不需要有那一段前往家屬門口的漫長過程，也不會有讓你忍不住心想，在敲門之前，應門之人的那名家屬依然存活於世，一切事物依然暫停在時間之中的那一場死亡進行曲。

而普利茅茲大道的那場意外，就是另一個故事了。

當你舉手敲門的時候，掌心握有另一個人的命運，這動作就免了。
反正，到底有誰會半夜讓小孩在漢考克公園人行道玩跳格子？

5

現在是下午三點，艾希估計最多只能拖到晚間新聞，連續殺人魔這個字詞就會炸裂。就算波爾克拚命要讓她閉嘴，他也知道她說得沒錯。而就算她是對的，也並不重要——這是他的案子，由他主導，他與黛比，搶案／兇案的頭頭，並肩雙人組。現在的重點是，只要有哪個警察、鄰居、倡議分子、親戚講出了連續殺人魔這幾個字，那麼擴散的速度就像是丘陵野火一樣。

她知道為什麼那個部門堅拒這個字詞——它會引發公眾的恐懼與不安。瘋子，各種線索，各種理論，記者會，靈媒，脫口秀。插科打諢的電視節目，所有的搞笑式憤怒與浮誇戲劇效果，都會對警務造成干擾，小報製造的恐慌形成無限迴圈。

她也知道這個字詞對於那個部門會發生什麼影響，會對警探們造成什麼改變，引爆他們的怒氣，激發他們的不安全感與挫敗感。因為有人在他們的地盤犯案——有人大膽下毒手違法亂紀，不過，更糟糕的其實是有人超前他們一步、兩步，甚至是好幾步，炫耀他的惡行，恥笑警察，甚至還自信滿滿他們絕對找不到他刻意留下線索。這成了一場演繹與智慧的幕後較量賽。而過沒多久之後，被分派到這起案件的團隊就會依照自己的模樣塑造他們仇敵的形象，讓他成為跟他們具有相同智慧的操盤者，因為，如果不是這種等級角色，怎麼可能躲得了他們的追緝？

罪犯們通常可以避人耳目，不是因為他們聰明，而是因為太笨或是太心力交瘁而根本不會煩惱。這與聰明才智無關，而是麻木無感。

現在，已經完全無法否認了。四名女子。其中兩個遇害時間只有相隔幾天而已，殺人手法的類同之處多於相異點，這是連續殺人魔無誤。

艾希牽走了自己的單車，經過了經常會出現的圍觀群眾旁邊，他們睜大雙眼，興奮，期盼可以看到些什麼，忙著讓這起悲劇成為他們自己的故事。

今晚將會召開會議，成立專案小組。

設定各種規則，參數，他們將會定奪要透露給媒體的內容，到底是多是少。無論如何，最後一定會走漏更多的消息，讓大家捏造出更多的情節。

連續殺人魔是某種家庭手工業。

艾希覺得出現了這名最新受害者之後，他們會找來側繪專家、地緣側繪專家、遺傳側繪專家，最後他們會畫出某個一般人的複雜畫像。很可能還不到一般人的水準，就只是個人。大家不會認識他，不會注意到他。不會在群眾之中、不會在他坐在自家門廊的時候發現此人。

她上了單車，離開現場，繞過了從柏油路面冒穿而出的樹根，她大幅度左右歪斜了一會兒，最後找回了平衡。

摩根．提列特。現在艾希才驚覺當初在滑這位倡議分子社群媒體網頁的時候，可能錯失了什麼線索。她一直在找尋的是猥褻情節，離開洛杉磯的緋聞。

她並沒有查看摩根．提列特其他洛杉磯當地朋友，也就是其他倡議分子的貼文，她只是在找尋某個可能的外地人，一大失誤。

艾希右轉，進入席瑪朗街，撞到了人。單車將她彈飛，空拋越過把手上方。

撞擊過後的那一刻，似乎是獨立於空間與時間的傳統定義之外——不斷綿延，變得緩慢又寬闊，宛若某個吸入一切的黑洞，就在那一瞬間，納入所有的一切。無論是過去與現在都無法到達的死區——原子彈爆炸的劫後，一片平坦的音波。

就在那一瞬間，她驚魂未定，根本什麼都看不清楚，她心跳飛快。她的腦袋本來一片空白，然後又轉為一片黑壓壓。有兩個女孩，一個落在東西向，另一個落在南北向。

「佩芮警探？」

艾希睜眼，還是她本來就睜開了雙眼？

「佩芮警探？」

有名女子抓住了她的手臂，很靠近她的臉，未免太接近了一點。

「妳還好嗎？」

席瑪朗街與三十八街的角落，犯罪現場，她正準備要去通知家屬。

她認識這名女子，白種人，六十多歲，沒有化妝，捲曲灰色短髮。

多莉安．威廉斯

「我沒事，」艾希說道，「是不是撞到了妳？」

「是啊，」多莉安說道，「但很輕微。」她望向艾希背後的犯罪現場，「是誰？」

多莉安露出了艾希不樂見的那種面容，是當初那位母親在普利茅茲大道狂奔、經過那台撞爛的汽車前面、衝向女兒的神情。

這並不是多莉安的悲劇。

艾希不會讓她承受。

「我無權多說，目前案件正在進行調查。」這是在新聞記者會的時候講的那種鬼話，剪下，貼上，然後就扔掉。

多莉安開口：「可是……」

沒有*可是*。她會及時知道，不需要立刻告訴她。

艾希問道：「還有其他死鳥嗎？」

「什麼？」

「蜂鳥，」艾希問道，「還有嗎？」

多莉安沒有回答她已經從艾希身邊走過去、前往犯罪現場。

五分鐘之後，艾希已經到了二十九號寓所，鎖好了單車，後面是茱莉安娜家坑坑疤疤的大門。她面對那一截短台階，許久之前上的漆。*我是警官*，這是當那對父母從她以及那台還在噗噗作響的汽車面前跑過去、奔向自己女兒的時候，她所說出的話。

我是警官。當母親抱著倒臥在南北向的女兒、父親抱住躺在東西向街道的女兒的時候，她又

說了一次。

彷彿講出了這句話就能改變一切。

妳深呼吸，妳放下所有的雜緒。這只是必須完成的工作，必須要說出的話而已。洛杉磯一年約有三百起謀殺案，這不過是例行公事。

她拆開一片口香糖。

開門的是一名健壯女子，她身穿牛仔褲，還有一件「聖佩德羅歐卡港」的T恤。她穿拖鞋，她比艾希高了十五公分。

「有事嗎？」

她講話有濃濃的鼻音。

我是警官。這句話不會造成任何改變。不會減緩衝擊力道，也沒辦法讓死者回生，無法逆轉時光。

艾希取出自己的警徽。

那女子側頭，她以前也遇過這種景況。她曾經開門迎接警察與警探，在找尋她女兒或是她先生下落的那些人。

「有事嗎？」

艾希在開口之前所醞釀的那一刻，已經徹底崩解。她的存在只是一種干擾，麻煩，又一個因為別的家庭成員惹出別的事而出現的警察。

「您是瓦爾加斯太太？您是阿爾娃．瓦爾加斯嗎？」

「對。」

茱莉安娜的母親似乎很不耐。

「我是西南警局的警官，」艾希說道，「妳是茱莉安娜．瓦爾加斯的母親。」

艾希看到阿爾娃背後的亞曼多，他正坐在沙發上，跟她上次看到的位置一模一樣。

隔壁有人在澆花，就跟上次一樣，水花灑到了街上。阿爾娃面向灑水處，喉管停止出水，有名女子從灌木叢後面走出來，她身材削瘦，是白人，臉龐尖細，本來是金髮，已經逐漸轉灰。

「警探，要不要進來說話？」

艾希背後的防盜鐵門砰一聲關上，她回頭張望，可以看到隔壁的那名女子正在拿水管澆灌她家與茱莉安娜家之間的人行道區塊。

那一刻已經消失太久了，宛若她在欺騙茱莉安娜的父母一樣。

艾希開口：「瓦爾加斯太太……」

「我是警探。」那句話與我接下來要說的事沒有任何關係，只是表示我代表官方發言，對於已經發生的事，我無能為力。「很遺憾，我必須要通知您，今天稍早的時候，有人發現了您女兒的屍體，顯然是遭人謀殺。我知道您現在一定很難承受。我可以叫警車過來帶您到法醫辦公室，讓您辨認屍體身分。」

要是站在自己小孩的死亡現場，自然沒有灰色地帶，沒有任何疑問。沒有時間多想可能是其他狀況，可能有人搞錯了，尚待指認的屍體可能不是你的孩子。不會有前往殯儀館或法醫辦公室的拖拖拉拉的過程，沒有時間停留在最後一次的否認階段。

我是警察，那是一起意外。艾希講個不停，完全無法停下來。在普利茅茲大道與第六大道的十字路口，足足有一分鐘的時間只有她在講話，還有她車子在撞擊之後、引擎或是冷卻器還是什麼鬼東西在冒煙的嘶嘶聲響。她望向馬克，他坐在車內，雙眼瞪得好大，被嚇得動彈不得。抓住方向盤的雙手已經變得僵直。

她一直講個不停，填補寂靜，直到那母親的尖叫聲淹沒她講話之後，她才住口。

馬克動也不動。

艾希犯下的第一起錯誤是想要解釋這起意外。

第二個錯誤是打電話給黛比。

艾希說道：「或者，你們也可以自己開車……」

阿爾娃的目光一直沒有離開艾希，她凝神細看，彷彿是想要抓到她在說話。「茱莉安娜？妳確定是茱莉安娜？」

艾希說道：「很遺憾……」

阿爾娃搖頭，「我不相信。」

前往法醫辦公室大概是二、三十分鐘，然後，要再十分鐘的時間前往殯儀館確認身分。艾希估計阿爾娃可以保住幻念的時間最多還有四十分鐘。

艾希說道：「我能夠理解……」

亞曼多一直沒有離開沙發，他往後一靠，雙臂交疊胸前。

阿爾娃問道：「妳憑什麼確定是茱莉安娜？」

「受害者身穿超大尺碼湖人隊運動衫、褪色短褲，還有一頭染成橘色的捲髮。」

阿爾娃聳肩，「也可能是別人啊。」

「好吧，」艾希說道，不願相信真相還真容易。「妳要開車去警局嗎？」

阿爾娃盯著她丈夫，「你去，」她說道，「如果這位女警這麼說，我不需要證明那是茱莉安娜，我不用跑這一趟了。」

艾希拿出手機，呼叫巡邏車。

亞曼多說道：「難道妳不告訴我太太嗎？前幾天妳已經來這裡問了一大堆問題？」

阿爾娃開口：「警探？」

「她問了茱莉安娜一堆有關上禮拜被殺的那個破麻的事，我問了一堆問題，但沒有得到解答。」

阿爾娃又問了一次，「警探？」

艾希說道：「我當時是為了凱西・席姆斯的事而來……」

阿爾娃問道：「妳那時候就知道她有麻煩？」

看吧，阿爾娃知道，她心裡有底。她已經接受了那就是她的女兒。她只是在盡量拖延欺瞞自己，並非如此。

「妳明明知道但卻沒有任何作為？」

亞曼多說道：「凱西就是個徹頭徹尾的臭破麻……」

艾希看了一下手機，她呼叫警車是不到一分鐘之前的事。在車子到來之前，她必須承受被罵。她是兇手，是報喪者，是沒有保護茱莉安娜的人，沒有清肅街頭的那個人。

阿爾娃步向艾希，身形逼人。「妳居然放任別人殺死了我的寶貝女兒？」

脫衣舞孃，很可能是性工作者，用藥，男人，「捷兔」，「山姆啤酒館」，「水晶小姐」屋宅。不斷累積的前科，而這是艾希的錯。

亞曼多嗤之以鼻，「孩子的媽，妳似乎已經接受那是茱莉安娜了……」

阿爾娃轉身，舉起拳頭朝他的方向猛揮。

艾希從她後面抓住她，把她拖開。

「是洛杉磯警局害我的寶貝女兒被殺，」亞曼多說道，「幹嘛要扁我。」

6

連結就在那裡。艾希不確定到底代表的是什麼，但她依然看得見。茱莉安娜．瓦爾加斯是看到雷希雅．威廉斯的最後一人，現在，她也因為同樣的手法而遇害。波爾克與他的小組還沒有把它與過去那些謀殺案連結在一起，他們太專注於現在的狀況——太渴望能夠找出圓滿解答，他們不想要碰觸牽連十七具屍體的難題。

要怎麼處理資訊？要怎麼展現篤定？兩者都很容易遭人竊取，變形走樣。要是把資訊以錯誤的方式讓錯誤的人知道，一定會遭到扭曲、破壞、誤用，或是糟蹋。大家可能會選擇接受資訊，將你的發現融入他們自己的發現之中，然後把你屏除在外。或者，很可能會束之高閣，永久封存，刻意遺忘。

要是以糟糕的方式公布消息，很可能會被排除在這個案件之外，讓你覺得自己是傻瓜，無論你有多麼篤定都一樣。

艾希很確定這一點，而她不想要失去那個案子。

這就是她離開瓦爾加斯住所之後、直接前往市中心的搶案／兇案總部的原因，那裡是黛比的主場。

在那場意外發生之後，黛比成了艾希的代打，艾希差不多就是這種感覺。她很挺艾希，告訴每一個人艾希很優秀，是堅強的警察，沒有瑕疵，依然值得信賴。

艾希其實並不清楚她對於黛比來說一點都不重要，黛比在證明自己，顯示自己是真正的圈內人，她天生流的就是警察的血，願意為同僚挺身而出。

黛比說她一直幫忙艾希。

真好笑。

她升官了，而艾希依然卡在他媽的西南警局的掃黃緝毒小組。

總部一片混亂，還有新聞採訪小組。連續殺人魔這個字詞已經走漏，現在要是能夠攔到黛比，算她走運。

當黛比打開自己辦公室房門的時候，她嚇了一跳。黛比身穿制服，艾希愣了一會兒之後才知道為什麼。等一下要舉行記者會，現在，這已經正式成為連續殺人魔案件，黛比即將登場表演。

黛比伸手向她致意，「佩芮……」

搭檔工作五年，而艾希得到的是客套握手。

在意外發生後的那一陣子，艾希延長休假結束之後，一切漸漸恢復平靜，也就是她被降調到掃黃緝毒小組之後，她與黛比會相約見面喝酒。一個禮拜一次，然後是一個月一次。然後，黛比升官，之後又繼續高升，過沒多久之後，兩人就進入了不同的軌道。

黛比的頭髮很完美，跟艾希不一樣，是自然的金黃色。「真是稀客，」黛比撫摸了一下本來就光潔無瑕的制服正面，「時間點還真是不巧。有連續殺人魔，我相信妳一定聽說了。」

艾希提醒她，「那是在我的轄區……」她可以感受到黛比想要讓這次的對話限縮在門口就好。黛比還有其他地方要去，需要繼續進行活動，她擔心艾希千里迢迢過來、打算要對她說出口的消息，很可能會害她動彈不得。「這一點很重要。」她直接從老搭檔的身邊走過去，進入黛比的辦公室。

某面牆上掛了一張加框照片，是兩人還是搭檔時的留影，來自《洛杉磯時報》的某篇人物簡介，好萊塢警局的真正《美國警花》，貨真價實的戰將，只不過現在警花只剩下一人。

她們原本的相處方式十分隨性，直接就喝對方杯內的飲料，共享三明治，交換使用化妝品，把腳蹺在對方的辦公桌，文件與私人用品不分你我，現在兩人幾乎沒有任何交集。

黛比走回自己的辦公室，但是並沒有關上門。「是不是與連續殺人案有關？那些女人是在妳的轄區？妳認識她們嗎？妳是不是想參與？」

有效率。已經把所有可能的答案都攤出來，艾希只需要做出選擇就夠了。

「我不想參與……」就算她想參與，反正也進不去，現在是不可能的了，就連她已經知道了這麼多也不行，而且，就她看來自己已經參與辦案，但一定是不行。

「佩芮，聽我說，我時間不多，有五組地方新聞採訪小組在等我，也許我們可以等一下喝一杯。」

艾希說道：「妳太忙了，根本沒時間喝一杯……」

「等到我們抓到他之後就有時間了。」

「很有自信，」艾希說道，「非常好。」不過，她知道這根本是虛張聲勢。「所以，如果不是這個案子的話，妳來訪的目的是什麼？我知道妳對於巧合的感覺，妳的巡邏區的死亡女性等一下就要上新聞了，而妳出現在這裡。」

「聽我說，」艾希說道，「妳記得我們還在好萊塢的時候，當時在西方大道發生的一連串兇案嗎？大部分的受害者是妓女，但也有其他職業的人，全部都是女性。」

黛比說道：「記得……」

「當時有人抗議洛杉磯警局沒有認真對待她們，引發眾怒。」

「對，對。如果妳擔心的是這個的話，這次不會再出事了。我們成立了某個專案小組，要確保這次處理程序正確，而且公開透明，一切攤在陽光下。」黛比順了一下自己的頭髮，還以指頭壓了兩側眼袋。

艾希說道：「妳看起來很完美了……」

然後，她繼續說道：「在那個時候，我們一直沒有點出那個連續殺人魔，社會大眾幾乎不知道那個案子。」

「對，」黛比說道，「我們已經搞定了，別擔心。」

艾希好想拿出自己的手機，讓自己可以轉移注意力。「我沒有在擔心，我只是很好奇當時的那些女人。」

「那些女人是怎麼了?」

艾希拆了一片口香糖,她需要堅持下去。

「難道妳不覺得奇怪嗎?某人突然收手不再殺人,並沒有進行真正的調查,但兇案就此劃下句點?」

「佩芮,我們現在有一個正在行兇的連續殺人魔。妳真的覺得現在是重溫舊案的時候嗎?嗯,二十年的懸案?」

「十五年。」

「隨便啦。」

「好,我發現值得注意的線索,與這些舊案的某個連結。」

「妳什麼?妳明明是掃黃緝毒小組。」

黛比深吸一口氣,艾希知道她想要翻白眼。不過,她卻把門推開,扶住。「我會抽時間和妳喝一杯,妳也需要出來多走走。我知道妳的思維是怎麼運作的,循環,模式。」

艾希揚手,「是同一個人。」

「跟哪個一樣?」

「就是那個逼妳與妳的小組打算要迅速介入的那個人。」

黛比退回辦公室,掩門。「佩芮,」她說道,「我只警告妳一次,千萬不要把事情搞得複雜化,不要越界。」

艾希掏出手機，找到了有關雷希雅．威廉斯死亡消息的新聞。她點進有關她生前最後活動地點的那一段細節，在傑佛遜區當某個女孩的保姆。「那個人，」她說道，「就是茱莉安娜．瓦爾加斯。」

黛比瞇眼盯手機，「我現在沒時間看這個，」她說道，「我準備要下樓，向媒體宣布我們目前有一個正在行兇的連續殺人魔，已有四名女子遭其毒手。要是妳覺得我會把這起案件與那起引來洛杉磯南區數百名女子封鎖警局總部的舊案連結在一起，那麼妳的瘋狂程度已經超過了我的想像。」

「妳為什麼覺得我瘋了？」

黛比深吸一口氣，「妳自己知道。」

「我不知道。」

「因為之前出的事。」

「什麼事？」

黛比吐氣，重新擺出圓滑笑容。「佩芮，聽我說，查明一堆舊案真相，也沒有辦法修復任何事情。」

艾希的口香糖啪啪作響，「是誰需要修復？」她的心想飛，想要飛奔到普利茅茲大道、黛比現身開始操弄一切的時候，把它變成她自己的主場，她的案子，她一直把艾希當成棋子，而艾希渾然不覺。

黛比調整翻領，「我知道妳來這裡想要做什麼。」

她以前的搭檔在搞她，艾希回道：「我沒有要做什麼，只是想要盡忠職守而已，」她在手機裡找到了雷希雅．威廉斯的照片，「難道妳不覺得她值得妳好好關注嗎？」

「現在不是時候，我不會，」黛比回她，「這女子是十五年前遇害。」

「兩者有關聯，我看得出來。」

黛比深呼吸，「我知道妳不打算放棄。」

艾希正打算要回應，但是卻被黛比打斷。「不過有件事我沒有讓妳知道，我不會再讓妳又惹事，害我必須要收拾爛攤子。妳能夠保住工作，算妳走運。」

「走運？」艾希緊盯以前搭檔的雙眸。

「我了解眼睜睜看著那兩個女孩死掉……」黛比清了一下喉嚨，「我的意思是，我知道殺死那兩個女孩，可能會扭曲妳看待事物的方式。不過，這是某個特定領域，妳碰觸不到的領域。」

「我看待事物的方式？」

「樓下有一百個問題正在等我。」黛比轉動把手，敞開房門。「我很了解妳，妳的腦袋會不停打轉，尋找可以幫助妳理解這世界的各種關聯。我完全無法阻止妳，所以妳就繼續下去吧，隨便妳。」她側身，讓艾希過去。

艾希進入走廊，走到一半的時候，讓黛比先過去。

妳看待事物的方式，她腦中浮現黛比的話語，妳看待事物的方式。彷彿艾希的觀點，看待事物的方式，在那場意外之後就產生了變化，彷彿那起事件造成她觀看角度發生改變或是粗心大意。

7

當艾希要回家的時候，西南警局一片混亂。外頭停放了幾台新聞轉播車，最近消息走漏的速度太快。她瞄了一下某間會議室，看到白板上貼了最近這四名死者的照片：克莉賽兒・沃爾克、潔絲敏・福里蒙特、凱瑟琳・席姆斯、茱莉安娜・瓦爾加斯。

黛比說得沒錯。她不會就這麼放手。還有待解的問題，還有謎團。而且她們兩人都知道艾希的腦袋很靈活，也許黛比正在指望她破案。

艾希坐在書桌前，翻閱自己的筆記本，目光落在奧菲莉亞這個名字上面。她伸手貼住自己的喉嚨，就在那天早上她們會面的時候、那道傷疤一直對她微笑的地方。她不禁全身顫抖，將襯衫衣領蓋住了自己的皮膚。

奧菲莉亞，她的姓氏是什麼？艾希尋找自己的筆記本，奧菲莉亞・傑佛瑞斯，一開始的時候，艾希只能找到她的前科資料。

她花了一個小時的時間才找到那起意外的筆錄資料。是菲莉亞・傑佛瑞斯，不是奧菲莉亞。頸部受傷，被送入馬丁路德醫院，被尋獲的地點是在五十九街與西方大道的交叉口。在手術之後接受問訊，沒有辦法指認攻擊者——她說是白人，很可能是拉丁裔，受害者是妓女。

彷彿這就解釋了一切。

艾希翻閱報告，沒什麼內容，也沒有繼續追蹤。

她不認得向奧菲莉亞問訊的警官姓名，很可能轉職或是退休了。當時這案子並不重要，之後就成了死寂懸案。

有一張奧菲莉亞在醫院裡的照片，傷口已經縫合，但依然血肉淋漓，艾希再次把手貼住自己的頸部。

那種割痕。

就像是茱莉安娜的一樣，就像是……

她繼續研究筆錄，申請調閱某個檔案，掉出了某張照片。雷希雅頭部的特寫，被套袋悶死，脖子底部有一道十五公分左右的新月形傷口，大量失血。就像是茱莉安娜的一樣，就像是艾希看到的其他受害女子照片一樣。她特別注意了一下日期，在奧菲莉亞遇襲的前六個月。

她翻閱雷希雅的檔案，然後，從那個時期的其他懸案調閱資料。有密報有線索，然後無疾而終，逮捕與釋放，一團混亂最後毫無任何結果。

她注意到要求警方採取行動、有所作為的當地倡議分子與社區領導人，他們向警方呼籲必須要正視洛杉磯南區婦女遭人追殺的事實，有一大群婦女封鎖警局與市長辦公室，要求必須派某人——每一個人——必須要專心聆聽。

艾希知道自己沒有時間讀完所有資料，只能先印影本，然後把它塞入包包。

然後，她開始仔細研究菲莉亞・傑佛瑞斯攻擊案的筆錄資料、在雷希雅・威廉斯遇害之後六個月的事。萬一雷希雅並不是最後一名受害者呢？萬一雷希雅的工作與身分的確不是重點？萬一她是對的，而多莉安搞錯了？

萬一答案其實更加簡單？

艾希再次確定那天早晨她草草記下的地址。

艾希準備要出去的時候，在櫃檯警員那裡停下腳步。執勤的是克里蒙森，老屁股，坐在那個位置已經有幾十年了。

艾希說道：「這女子今天早上過來的，我發現她在等我。」當奧菲莉亞來到這裡的時候，並非是克里蒙森當班，但他看了一下工作日誌。「你認識她嗎？」艾希把她的前科照片拿給他看，「這是她十多年前的照片。」

克里蒙森戴上老花眼鏡，瞇眼說道：「嗯。」

他把照片還回去，艾希真想猛拍他的桌子，因為媽的他為什麼要叫她問出這麼顯而易見的問題。「然後呢？」

「她一直來這裡好多年了，總是投訴這個投訴那個。他們會讓她見妳，真讓我意外。」

「什麼樣的投訴？」

「妳也知道是什麼狀況。都是毒品啊，害他們變得很偏執。」

「她的偏執到底是什麼？」

他挑眉，彷彿在反問幹嘛費事啊？「覺得有某個白種女人在跟蹤她，持續了好多年，我給她臉色看，把她打發走了。」

「你為什麼不相信她？」

克里蒙森哈哈大笑，「佩芮，妳真會講笑話。」

現在是下午五點，天空是淡藍色，無雲，但是有一抹氣味，霧霾或是煙霧。西方大道交通壅塞，但艾希騎著單車可以穿梭自如。

奧菲莉亞的公寓位於轉角位置，方形灰泥兩層樓建築，沒有陽台，下面是大型停車棚，西方大道的煤煙把窗戶燻成了灰色。

線索：醜怪的南加州建物，答案：雜錦圖。

可怕的設計，還有可怕的名字。

艾希察看這裡的街區，找尋跟蹤者可能窩藏的方便地點。有好幾個，其他的停車棚，西方大道斜對角某棟建物的凹門，某棵大榕樹。

門鈴旁邊是有幾個褪色的名字，但大部分都沒有任何標記。

有兩個男人坐在大門旁雜亂灌木叢之間的露營椅，「是在找人嗎？」

「奧菲莉亞．傑佛瑞斯。」

「靠，不會吧，」某個男人對另一個說道，「你有沒有聽到？」

「有啊。」

「也許她根本沒有瘋。」

艾希問道：「為什麼這麼說？」

第一個男人說道：「妳就是她說的那個一直在騷擾她的白種女人？」

他的朋友扭開啤酒瓶的瓶蓋，「總是講個不停。打開窗戶鬼叫，不然就是在街上大聲嚷嚷。白種女人做這種事，白種女人又那樣，你們大家沒有看到在我窗外站著的那個白種女人嗎？」

他的同伴拍他膝蓋，「靠，」他說道，「然後這白種女人就在這裡，居然在按電鈴！」

他們兩人哈哈大笑，彷彿這是全世界最好笑的笑話。

第一個男人問道：「所以妳為什麼一直跟蹤菲莉亞？」

艾希嘆氣，從外套取出警徽。「這就是我過來的原因，」她說道，「現在告訴我哪一個才是她家電鈴？」

艾希花了一點時間才終於讓奧菲莉亞相信她真的是警局的那名警探，那兩個男人還是不肯善罷甘休。

她怎麼會不相信妳？

也許妳就是跟蹤她的人。

跟蹤她的白種女人，我靠，但真的出現了。

終於，電鈴大響，讓艾希終於進去了。

奧菲莉亞的家在二樓。

「不會吧，」她打開大門的時候開口，「我靠不會吧？」她身穿藍綠色天鵝絨運動衣，戴帽外套的拉鍊拉到頂端，蓋住了她的傷疤。

她帶艾希進入公寓，裡面空間狹小，東西很多，但是維持得乾淨整潔。每一個家具平面都放了加框照片，還有抱枕與填充玩具。

其中一片牆是大型視聽中心，老舊的平板電視，被摺角的書——大部分都是心靈類書籍。對面是雙開滑軌窗，厚重窗簾緊閉，整間公寓的照明只有頂燈與一盞鹵素燈。

「這一定是騙局，」奧菲莉亞說道，「就因為我開口拜託，洛杉磯警局的人就來我家裡採訪了。」

艾希打開後背包，拿出在警局複印的檔案，開口問道：「我們可以坐下來嗎？」

「我們現在得做什麼都不成問題，現在我知道妳很認真對待我的投訴，」奧菲莉亞摸弄自己的拉鍊，「但妳怎麼會把我講的話當成一回事？」

「拜託，我們就先坐下吧，」艾希說道，「有幾件事要和妳討論一下。」

「比方說？」

「拜託一下……」艾希以檔案夾指向那張深紅色沙發。

「所以不是跟那個跟蹤我的白種女人有關？」

艾希坐在沙發上，希望奧菲莉亞也跟著坐下來。但並沒有。艾希隨即打開檔案，將近乎二十年前遇害的那些女性照片拿出來，攤開放在桌上。

艾希望著奧菲莉亞，她的目光飄向那些照片。「媽的她們是誰啊？」

「妳為什麼不坐下來？」

奧菲莉亞雙臂護在胸前，「妳怎麼不告訴我為何帶了一堆女屍的照片來我家？」

接下來將會有類似憤怒的階段。否認，痛苦，爭執。

前提是她願意坐下來。

「奧菲莉亞，這些照片的拍攝時間是一九九六年到一九九八年，」艾希以指尖點了其中一張照片，「這張拍攝日期是一九九七年十二月，大約在妳遇襲一年前。」

奧菲莉亞伸手碰觸胸骨，「遇襲是被打到烏青，媽的我不算是遇襲，我的喉嚨被割爛，被丟在小巷裡等死，只不過我沒死。」

艾希又點了另一張照片：雷希雅。「還有這個，在妳之前的六個月。」

「她們跟我有什麼關係？」

「警察有沒有追蹤妳的案件？」

奧菲莉亞哈哈大笑，「追蹤？靠，什麼意思啊？」

「他們有沒有詢問妳更多問題？給妳看一堆嫌犯照片？」

「我告訴妳他們做了什麼好了，鬼混啦。在醫院做完我的筆錄之後就不見人影了。」

「他們從來沒有來過這裡？從來沒有找妳詢問線索？」

奧菲莉亞再次哈哈大笑，「詢問線索？妳知道我當時做什麼吧？」

「我看過妳的前科資料。」

「我是要給他們什麼樣的線索？就警察看來，我做這種危險職業是把自己送入虎口，好像脖子被人割爛是這種工作三不五時就會遇到的狀況一樣。」

艾希從口袋裡拿出一片口香糖，送入嘴裡。

「警探，妳需要來根菸。」

艾希回道：「我從來不抽菸。」

她希望奧菲莉亞坐下來，似乎以這樣的方式宣布消息比較容易一點。

她的口香糖啪啪作響，宛若在準備向親屬報喪一樣。

「奧菲莉亞，」她說道，「照片中的這些女子，全都是十八年前南加州某個連續殺人魔犯案的受害者。」

奧菲莉亞說道：「靠，不會吧。」

她不知道狀況，還不知道。

「我認為殺死這些女子的男子正是攻擊妳的人。」

奧菲莉亞伸手撫摸自己的傷疤。

「妳可能是我們已知的唯一倖存者。」

「嗯……」奧菲莉亞的那種反應，就像是聽到有人說她應該要重新調整家具位置一樣。「所以妳這次訪視跟我的控訴完全沒有關係。」

「妳從來沒想過到底是誰攻擊妳？沒有繼續追下去？」

奧菲莉亞又再次撫摸傷疤，「我本來覺得他們會回報消息給我，但是並沒有。」

「所以妳就這麼算了？」

「男人在這裡幹盡各種壞事，幾乎都可以逍遙法外。反正，到底有誰會聽我講的話啊——二十美金一次就可以幫人吹喇叭的女人？」她調整了一下大圓耳環。

「對了，我已經不幹那一行了。好，所以他們逮到這傢伙了？」

「不，」艾希說道，「還沒有。」

「所以妳才會來這裡？要問我問題？我跟妳說，我待在酒品專賣店外面，有個開破爛家庭房車的人開過來——旅行車，異性戀男人愛開的那一種，白色，我不記得了。老實告訴妳，媽的我根本不想記得這種事。我只知道他不是黑人，他問我是否想喝喝看他的南非葡萄酒。接下來，我只知道自己在他車內滾動，我頭痛欲裂，然後就是這股疼痛，有那麼一瞬間，感覺像是透過脖子在呼吸。」她伸手撫摸傷疤。「我待在某條小巷。一開始的時候我以為自己瞎了，後來就發現有塑膠袋罩住我半個頭，在我鼻子那裡。」

「塑膠袋嗎？」艾希拿出檔案，迅速掃視，這個細節漏掉了。

「妳有沒有把塑膠袋的事告訴問案警察？」

「也許有，也可能沒有，媽的誰知道我說了什麼。」

艾希現在非常篤定，奧菲莉亞是早期那一連串兇案的受害者之一。只不過從來沒有人兜起來。她沒有提到塑膠袋的事，之前的警探們也懶得問，或者是忘了問，不然就是覺得不問比較省事。

奧菲莉亞低頭瞄照片，拿起其中一張，然後一張接著一張。「同一個畜生殺死了這些女人？」

「我們是這麼判斷。」

「割我喉嚨的也是同一個人？」

「犯罪模式相符。」

「他在我之後又殺了多少人？」

「我想妳是最後一個。」

「我是最後的屁啦，媽的我活下來了。」

「搞不好這就是他收手的原因。」

奧菲莉亞又發出一長串輕笑，「所以我幫了你們一個大忙，讓你們省了麻煩，也就不需要把他逮捕歸案了。」

艾希說道：「這種觀點也是講得通。」

「所以妳特地過來這一趟就是要跟我說這個？我差點被某個連續殺人魔宰掉？」

「我覺得這是妳應得的權利。」

「應得的狗屁啦，」奧菲莉亞清了一下喉嚨，「警探，現在我應得的是有某個人，也許是妳吧，認真看待我的案件，然後對那個跟蹤我的女人發出禁制令。妳有沒有看到那些窗帘？妳知道最後一次打開是什麼時候的事嗎？連我自己都忘了。」

艾希又拿了一片新的口香糖。她知道自己心緒開始飄飛：摩根．提列特、蜂鳥，茱莉安娜母親的無望期盼。

「警探，所以妳是要告訴我，洛杉磯警局從頭到尾就沒有好好處理我的案子，是要幫我發出禁制令嗎？」

艾希開口：「要是我有名字的話……」

「要是妳有名字的話？要是我有名字的話，我們之間就不會有這段對話，因為我會自己解決問題。但既然我們有，媽的我就只能指望妳了。」

有許多方法。巡邏警車，監視。但他們絕對不會因為有人投訴遭到某個鬼魂滋擾而派發警力。還有另外一種策略，創傷後壓力症候群的諮商，治療。這種管道就是向奧菲莉亞進行暗示，悲傷和恐懼經常會以外在方式呈現。

艾希拿出自己的筆與筆記本，「好，這一切是從什麼時候開始的？」

「媽的妳金魚腦嗎？我今天早上才全告訴妳的啊。」

艾希翻找自己的筆記本，奧菲莉亞說得沒錯，都寫在裡面：白種女人，埋伏，（應該是）中年，經過酒品店，新工作。自從奧菲莉亞遇襲之後開始。然後，她針對兩個字詞劃底線並加圈：創傷後壓力症候群／偏執狂？此外，還外加三個感嘆號。心靈令人驚嘆：壓抑某種暴力，以某種幻想之威脅取而代之。

艾希按筆頭，「妳最後一次見到她是什麼時候的事？」

奧菲莉亞回道：「前天。」

「好，」艾希收拾照片，把它們放回檔案裡面。「我去看一下。」

「要是現在她不在那裡呢？」

「我之後會回來。」

「警探，我會盯著妳，」奧菲莉亞說道，「我會讓妳遵守諾言。」她帶艾希到門口，扶住大門。「你們這些笨蛋欠我一個公道，這就是你們幹的好事，你們欠我一個公道。」

艾希在門口的時候停下腳步，「還有一件事，關於那塑膠袋的事，妳確定嗎？」

「媽的當然啊。」講完這句話之後，奧菲莉亞狠狠關上大門。

8

「妳真的是警察？」

「妳是我看過最矮的洛杉磯警察。」

「妳應該是什麼幼稚園警察吧？」

自從艾希上樓之後，奧菲莉亞家外頭的那些男人繼續喝個不停，現在，下午喝的酒成了傍晚的酒醉，他們講話變得大聲，充滿酒氣，女警似乎是容易攻擊的目標，當然，開始口不擇言。

「不過，說真的，也許這就是一直在纏著菲莉亞的白種女厲鬼。」

「妳在跟蹤菲莉亞？」

「妳就是她的神秘跟蹤人？」

艾希把自己的口香糖吐入台階旁的那一堆空杯與空瓶，她拿出警徽。

「我在皮可大道的一元商店也買過這東西？妳要嗎？」

這就是帶警徽在身的問題，依然無法保證能夠讓他們住嘴。

「既然你們都注意到我了，搞不好可以回答我的一些問題。」

「洛杉磯警局現在都不要求身高了嗎？」

「其實，還真的沒有，」艾希說道，「就算我身高不到一百公分，要是我逮捕你的話，你還是得進警局。」

「放輕鬆，放輕鬆，」其中一個男人舉高雙手，「警官，我是無辜的。」

艾希吸氣。就她看來，奧菲莉亞的白人跟蹤者完全就是創傷後壓力症候群。在遇襲之後佔據心頭的餘波恐慌，自以為可以掌控、但恰恰相反的某種情緒。不過，艾希承諾會去看一下，而且她都來了，那就繼續下去吧。

她問那兩個男人：「你們常常待在這裡？」

「天天啊。」

「沒錯。」

「你們聽奧菲莉亞抱怨跟蹤者的事有多久了？」

「聽了一輩子是算多久？」

艾希問道：「從來沒有看過嗎？」

「看過很多人哪。」

「這條街很大。」

「人來人往。」

「南北貫串整個洛杉磯。」

艾希回他們：「我知道……」

「所以有很多人，多得不得了。」

「我要問的是，」艾希說道，「你們可曾看過某個特定人士出沒，也就是某名中年白人女子。」

「我面前就有一個啊。」

「我親眼看到。」

艾希知道如果是由史培拉問話又會是什麼景況。

「我想你們很清楚我的意思。有沒有看過任何人死盯著這棟房子？」

「沒注意。」

「不關我的事。」

「大家愛做什麼那是他們的自由。」

她已經浪費太多時間，天色發紫，即將褪為濃黑，準備要開始巡邏了。

艾希解開單車鎖扣。那兩個坐在露營椅裡的男人對她的各種奚落，其實她之前都聽過，一千次有吧。

對，她真覺得自己是警察，甚至還是警探呢。不是啦，她不是玩扮裝的小孩，沒有，她沒有偷她媽咪的警徽。

她繞圈巡行——到了六十六街之後，走聖安德魯斯街，然後北行到六十四街，接西方大道。然後，同樣再繞一圈，不過是通向東方，到達鄧肯街之後，又再次經過奧菲莉亞的家。

那兩個男人已經進到屋內，帶走了他們的椅子。也許他們覺得自己講太多了，或者覺得剛才玩得真是過癮，準備繼續找樂子。

車流開始壅塞，行人熙攘。

艾希看了一下手機，她給自己三十分鐘，之後就回頭，搞清楚要怎麼具體呈現自己建立的連結。

她停在西方大道與六十四街的紅綠燈口，跨坐在自己的單車上頭，單腳放在柏油路面。不難想像那種景況，留下某個受害者的活口，放棄遊戲，讓對方害怕，留下她永遠記得的恐慌，就在那裡，清晰可辨。

她後頭傳來急煞聲，橡膠摩擦路面的燒焦氣味，金屬吱嘎聲響。艾希本來已經有被撞的心理準備，並沒有，她往後瞄，看到某台公車被斜背式小汽車擦撞側邊，地點就在奧菲莉亞家的前面。她上了人行道，繞回去，經過公車旁邊查看損傷。

司機下了車。是他的錯，艾希期盼他不要跟人吵架，這樣公車才能夠繼續前進。

她把單車停放在某個路標牌下面，走向馬路，她瞄了一下那台斜背式小汽車，然後，從車頂望向那個正對奧菲莉亞屋宅的停車棚。

然後，艾希看到她了。一個白人女子，站在那裡觀看，並不是瞠目結舌盯著這場意外，反而死盯著奧菲莉亞的窗戶。艾希拿出警徽，她必須要過馬路，但是車流太洶湧，那女人就在一瞬間消失無蹤。

9

艾希跳上自己的單車，闖紅燈，來往車輛猛按喇叭，但是她完全沒有減速。

她好氣自己。

她對奧菲莉亞所做出的行為，就像是黛比與其他人在那起事件發生之後、對她所做出的舉動一模一樣——因為奧菲莉亞曾經出過事而不相信她的說詞，彷彿她脖子大量失血就喪失了理智。

奧菲莉亞曾經說過，有個白種女人在跟蹤她。

沒有人相信她。

但大家都搞錯了，艾希見到了那女子，某個緊盯著奧菲莉亞的白種女人。很可能是在她遇襲之後、一直盯著她的人，可能與過去以及現在的殺戮有關的人，也許可以讓黛比與其他搶案／兇案成員得以回家休息的人。

她到家了，望向客廳窗戶。書房的那些螢幕依然大亮，馬克還醒著。當日交易時段已經結束，但他還沒有休息，也許正在潛心研究哪個瘋狂的投資部落格。黃金、虛擬貨幣。接下來，他們交易的物品會是空氣。

艾希已經把鑰匙插入鎖孔，但卻陷入遲疑，她拿出了手機。

回到社群媒體。回到摩根．提列特最親近的五個朋友的檔案資料——不是最要好的朋友，而是與她最相似的人；按讚的貼文、打卡地點、請願重疊數最多的人。有兩個是加州人，最近有打卡紀錄，他們並沒有在一起，但兩個都在布魯克林區打卡。然後，她發現了另外一個，是聖地牙哥人，目前待在皇后區。

他們正在集結。

準備會合。

抗議，行動。

看，妳找到答案了。

為什麼倡議分子要隱瞞自己在紐約的事實？因為她在策劃某起行動，甚至還講出了暗示。她是怎麼說的？就我看來，這座城市馬上就要爆炸了。不是洛杉磯，布魯克林，將會有一場大戲。

艾希收好手機。現在，她已經不把摩根．提列特放在心上。

大家總是把事情搞得很複雜，艾希也是。簡單解答就是，奧菲莉亞並沒有說謊，但是艾希卻一直置之不理。

奧菲莉亞提出投訴有多少年了？十五年吧？而從來沒有人仔細聆聽，一個都沒有，甚至連艾希也一樣，她與西南警局的其他人一樣，一想到這個就讓她的胃趕到一陣噁心。

因為，她很清楚沒有人聆聽、被當成歇斯底里而嗤之以鼻的感覺，今天才剛剛發生而已。是連續殺人魔，跟之前犯案的是同一人。

然後，她被當成了空氣。

當初在事發現場的時候，沒有人相信她。沒有人相信開車的不是她，當黛比抵達的時候，她掌控一切，握住艾希的手，我會為妳妥當處理一切，我會幫妳搞定。

然而，根本沒有任何問題需要搞定。

開車的並不是艾希，是馬克開車時睡著了。

不過，黛比想要展現的是她的警察性格有多麼純正，她是標準的警察，已然具備專業。她俐落處理根本不存在的問題，果然夠快；她躋身那群凌駕甚至超越法律、只關心自身利益的警官俱樂部，果然夠快。

都是因為黛比的關係，讓所有的菜鳥乃至高層都認定開車的是艾希，不是馬克，當她跳下車，奔向被拋在第六街與普利茅茲的那兩個女孩的時候，馬克滑到駕駛座，為了保護她的徽章而替她頂罪。然後，黛比處理一切，所以洛杉磯警局並沒有因此蒙羞。黛比，黛比，多虧了黛比。

馬克通過了酒精測試。

而黛比一直勸那些警察不要對艾希做酒精測試。她還叫他們把頭別過去，雖然當下根本什麼事也沒有。黛比還對他們下指導棋，當艾希說出是馬克開車的時候，要佯裝相信艾希。這樣一來就免得他們頭痛傷神，而且還可以讓他們誤以為在辦案過程當中挽救了她。

這些男人，挽救了她。

但馬克很堅持，雖然他們從大熊湖旅行回來之後，他疲憊萬分，而開車的人一直是他。音樂放得很大聲，開了車窗，有空氣進來。

他一直在開車，而且後來睡著了。

由於黛比的關係，當艾希對他們說出真相的時候，沒有人相信她。現在所有人的記憶，全都是那些隱匿她明明並沒有做的舉動的那些警察——為了要讓她可以保住自己警徽、把一切喬好的那些警察。

現在，輪到她了，她成了那個不願聆聽、不肯相信的人，不相信奧菲莉亞講的是事實。

還有誰的心聲沒有被聽見？

還有多少其他女子拚命想要講出自己的故事？提供線索、情報，以及解答？

數字一定高得嚇人。湧入西南警局的電話，在那些瘋子、搞怪者、刷存在感的人之間，混雜了多少的真相？有多少人放棄？不再打電話？以其他方式解決自己的問題？或者是根本不解決，只能共存下去？

明天，或是後天，警局會被來電所淹沒，來自於每一個對連續殺人魔自有想法的人。不信任鄰居、對某人懷恨在心、有什麼理論或是感應的每一個人，都會打電話。

而在那樣的雜音之中，可能只有一個人講出真相，獨一無二的真相，知道內情的某人。

一直不曾被好好傾聽的人，類似奧菲莉亞的人。

艾希打開自己的後背包，取出檔案，打開手機後方的手電筒功能。

她翻閱檔案，將燈光投射在那些寫在邊緣空白處的潦草字跡，緊盯不放，搜尋線索。

她就在哪裡，艾希十分確定。在那些線報之中，在那些打電話提供線索的民眾之中。某個聲音，得不到聆聽或信任的某人，能夠將陳年謀殺案與現今案子扣合在一起的某人。

菲莉亞，二〇一四年

我剛來嗎？這真是我聽過最好笑的問題了。哎呀靠——我剛剛被問了一堆莫名其妙的問題。

我剛來嗎？不要害我飲料噴出來好嗎？

親愛的，我在這裡的街頭走動，保證超過你能夠計算的次數。然後，你再把那個數字往上乘，我在這裡打混的次數絕對不僅止於此。

但根本沒進過這間酒吧。

這地方叫什麼來著？露皮洛之家。

露皮洛之家。你們也賣塔可餅，不錯的外快。

我當初應該要來這裡，多年前我還在這裡工作的時候。對啦，就是你想的那麼一回事。

你知道嗎，我會回來的，把這裡當成我的地盤，雖然我並不能算是百分百的當地人。你不會看到我在第十街以南的地方喝酒，幾百年都沒幹過這種事了。

不過，讓我告訴你一件鳥事。看到這個了嗎？看到這道傷疤沒有？

現在別轉頭，它又不會咬人，媽的都過十五年了。

我工作的時候受了傷。哎，也不能算是真正的工作。沒有真正工作，並不表示我沒有努力掙錢。我上了這男人的車，本來以為就跟平常一樣。

平常個屁啦。王八蛋劃開了我的喉嚨，我也不知道是怎麼滾出了那台車，努力撐了下來，沒有流血身亡，醒來的時候人已經躺在醫院裡。

不要用那種表情看我，我的故事又不會傳染。

那是一次他媽的警鐘，靠，真的讓我大徹大悟。我因此遠離街頭，走正路，不再花枝招展，不再輕鬆賺錢。

我現在有工作。我有前科，工作超難找，身上有重罪比有刺青還糟糕。

我把我的勵志真言告訴你，過去的就過去了。我知道這完全沒有新意，但這是事實，過去的就過去了，不過，它還沒有過去。

你以為我在想那天晚上的事。

靠，沒有。

我才沒有。

忘了它，生活就會輕鬆多了。

不過，你聽聽這個鳥事。今天有個女警探跑到我家告訴我一件事，在可怕世界中最可怕的一件事。

讓我問你幾個問題好嗎？你覺得警察有好好追查那個割我喉嚨的人嗎？你覺得他們找到他了嗎？你覺得他們難道還會花力氣繼續追案來找我嗎？給你猜一下。

好，所以這個女警探出現在我家，我以為她是因為其他的事過來，但不是，她帶了這顆炸彈，準備要在我的生活中引爆。

有沒有看到這道傷疤？不行，這次給我看個仔細。在我告訴你發生了什麼事之前，不准把頭轉到別的地方。

這個——就在這裡的傷疤，我要你盯著看。

就是這個，靠他媽的疤。你知道是誰幹的嗎？

準備好，接招，是連續殺人魔下的手。

我沒跟你唬爛。我才不會搭公車特地來這裡跟你鬼扯，唬弄你，靠，真的是連續殺人魔。

當他割我喉嚨的時候、已經殺死十三名女子的連續殺人魔，你知道這也讓我成了倖存者。

等一下，等等。不只如此，媽的不只是這樣，先再給我一杯。

你以為他們那時候抓到他了嗎？靠，沒有。

不過你想聽最糟糕的段落嗎？最糟糕的部分？對，還有最糟糕的一段。

他們知道，洛杉磯警局知道，那時候的他們早就知道了。他們看到我待在醫院裡面，他們明明知道，他們有告訴我嗎？他們有提到這檔子事嗎？

沒有，靠，什麼都沒有。

這十五年來，有人知道是連續殺人魔對我下這種毒手，靠，他們一直抓不到的連續殺人魔。

這十五年來，每一個人都懶得告訴我這消息，彷彿我不知道他們浪費時間，彷彿我不重要，彷彿我不配知道。

我的喉嚨被割爛，我不配知道真相。

我記得的不多，但多少記得一點。好，比方說，他的車，比方說他不是黑人，至少這是一個重點吧。還有，他有留鬍子。但不用問我了，我只是僥倖逃過一劫。要拷問我的腦袋，逼我提供我出事的線索，那就免了吧。

好，我是倖存者，我活了下來。我真不知道究竟是怎麼回事，但我活到了現在，這事件真的是令人髮指。

成為某個傢伙手下的受害者，已經夠慘了，不需要洛杉磯警局落井下石，讓我也成為他們底下的受害者。

我不容許那種事。

絕對不容許。

第四部

瑪瑞拉

二〇一四年

1

瑪瑞拉．寇爾文，一號死屍：電腦控制之雙頻道錄像裝置藝術，三台二十五英寸的螢幕堆疊在金屬架，七分鐘的展演內容。長度：八分三十二秒。錄像、螢幕、彩色有聲畫面。聖地牙哥州立大學鐘樓基金會委託之「藝術家獎學金資助基金會」計畫之一。藝術家提供之藏品。

一號死屍是解構的故事，生命如何轉化為另一個極端。最上方的螢幕是針對生命力之探究，顯現女子們在聖薩爾瓦多的拉利伯塔德水域游泳。而中間的螢幕是同一個海灘碼頭旁垃圾積累的縮時影片。寇爾文是宿命論者，不僅把水變成了某種生命力，而且也把它變成了一個腐敗之地。海洋通常是再生與流動的地方，但這裡卻成了陷阱，耗竭生命，而不是賦予生命。最底下的螢幕是某種毀敗之重生，某個女子的裸體全身都是藍色油漆，侵蝕了她的皮膚與表象，摧毀了她的美麗，以及她身處這世界的那一方空間。

瑪瑞拉．寇爾文，二號死屍：錄像，螢幕，彩色有聲畫面。長度：十七分三十六秒。藝術家提供之藏品。

第二號死屍呈現的是某種落單的危機。某名女子在暗巷狂奔，腳步踉蹌，還是繼續往前跑。當她在狂奔之際，被帶回到原初狀態。她是野獸，處於發狂狀態，拚命想要逃脫。還有多久她就會崩潰？還有多久她的身體就會棄守？她四分五裂，肉身回歸塵土，旅程再次開始。

瑪瑞拉・寇爾文，三號死屍：三頻道錄像裝置藝術，三部投影機。投影機循環長度：五分鐘，錄像，螢幕，彩色，撿拾之物件。藝術家提供之藏品。

三號死屍是女性特質與脆弱個性的某種循環，也是針對權力以及屈從的某種解讀。三個螢幕以循環方式投射出被撿到的諸多照片，影像中的女子處於我們永遠無法觸達的那種危險之邊緣。在這些自己的世界之中，她們散發出某種自信氛圍。而外在世界的平衡卻困難重重，她們企圖建立權利的地方，卻偷走了她們的權利。而這樣的循環持續不斷，支配者與脆弱者一直在交換位置。

這是一場小型展覽。在華盛頓大道的某間藝廊，展出了三件作品。不過，張力強烈，已經有《洛杉磯時報》、某些免費週刊，以及常見的部落格網站參加了預展。反正，這是她的第一次個展，對於一個剛從藝術學院畢業兩年的新人來說，成績不俗。

不過，還可以更猛烈一點。永遠可以再補強，對，需要更飽滿的致命衝擊。瑪瑞拉希望大家離開的時候感到恐懼，盼望他們回去的時候，可以感受到某種無法逃脫的恐懼。

她希望他們可以體驗那種感覺——遭人在街上跟蹤、被監視的那種不安。但還有更可怕的，不只是被跟蹤，被盯上。遇到藝術直接掉頭離開，太容易了。

瑪瑞拉檢查連線與電路，盯著第三件作品的那些螢幕，裡面那些閃爍的面孔也回視著她。這個作品匆匆組拼完成，在四十八小時之內編輯整理，幾乎沒有闔眼。而且，還有一個問題，那些並不是瑪瑞拉拍攝的照片，是在她家外頭街道發現的某支手機，那手機沒有密碼，就躺在那裡，是一本敞開的書。

等到她看完那些照片之後，她知道該怎麼做。下載，讓它們成為她的藝術品。這些比她自己拍攝的所有照片更大膽赤裸，骯髒又誠實，它所展現的那種感染力與威脅感，她只能靠自己的藝術作品與裝置藝術努力模擬而已。這些照片，是超越瑪瑞拉創造力的某種真相。至於她的作品——嗯，她只會講故事，而且甚至不是自己的故事。而這些女子，展現出氣場強大的混亂狀態，慢慢消退至空無的信心，漸漸消融成為絕望的力量。她們向觀者所下的戰書，衝突與誘惑，力量與絕望，而那就是藝術。

瑪瑞拉也知道她找到的是誰的相機，是誰拍下了那些照片。茱莉安娜。她知道茱莉安娜死了，慘遭謀殺。

這是昨天晚上的新聞，每個電視台都播出了這則報導。洛杉磯南區出現連續殺人魔，而茱莉安娜是其中一名受害者。

瑪瑞拉看了那場記者會，在過去八個月當中，洛杉磯南區出現了四具女屍。對於他們所說的話，她幾乎都沒有聽進去，她需要保持距離，不然的話，她沒有辦法完成自己想做的事。

她認得電視上的其中兩張面孔：茱莉安娜．瓦爾加斯與凱瑟琳．席姆斯。

但是，不論到底是不是連續殺人魔，她需要茱莉安娜手機裡的那些照片。它們帶給了她所期盼的那種銳利。在她自己的裝置藝術中、無法表現的某種東西，因為這些照片而有生命力。日常之暴力——從她的窗戶滲透而入的街頭暴力，隨機而生的恐懼、憤怒，還有凌駕這一切的那股力量，雖然，稍縱即逝。

於是，雖然安靜畫廊裡只聽得到便宜螢幕嗡嗡作響、以及巨大投影機的輕巧喀嚓聲音，但那股力量依然在她的內心之中激烈沸騰。她的腦袋突然一片黑，十指緊握成拳。她差點就伸手捶牆，最後一刻忍住，反而猛敲自己的大腿——直入肌肉下方的脊骨。一股暢快的震動感透過神經發散，奔向腳踝。

瑪瑞拉吐氣，那股黑暗已然消散。

她很慶幸自己沒有毀了這些牆，明天就要開展了。

現在是夜晚時分，她依然可以聞到上週大火的煙塵。不過，現在空氣中有另外一股臭味，發霉，腐爛，即將落雨的沉悶感。

這場雨將會害這座城市無法在既行軌道繼續運行。車輛會打滑而停滯不前，與純粹直行相比，會引發更多事故，大家會變得驚慌。新聞的重點將會成為從天而降之物——某種誇張的世界末日。「內陸帝國」[8]即將揚塵，沖積扇出現洪汛，土石流崩落。

瑪瑞拉看了一下後背包的拉鍊，確保自己的電腦安全無虞。她摸弄了一下，調整保護套的魔鬼氈。她的手摸碰到了某個平滑物體，不是她的手機，而是茱莉安娜的手機。

她的手立刻縮回來，彷彿被凌虐致死會傳染一樣。她得要丟掉這支手機，她已經從中取得自

---

[8] 意指加州之河濱、聖貝納迪諾，以及安大略都會區。

己需要的東西。

還沒有開始下雨，很好，因為瑪瑞拉正在走路。藝廊距離她自小居住、而且也是現在她只要能夠忍受就會過夜的那個地方，並不是很遠。

大部分的時候，她都在洛杉磯四處借宿。其他藝術家的閣樓，聖地牙哥大學同學們的家，偶爾甚至窩在藝廊。

她媽媽生氣的時候，會罵她只是個過客。瑪瑞拉喜歡那個字詞的音調，但不喜歡它蘊含的怒氣。

雖然此處距離家裡不到八百公尺，但要是她爸媽知道她在這裡四處活動，一定會嚇得半死。在瑪瑞拉小時候，她的父母在被戰爭蹂躪的國家之間不斷遷徙——海地、宏都拉斯、聖薩爾瓦多——但洛杉磯似乎是他們唯一懼怕的地方。他們想盡辦法讓她遠離這個社區，製造某種孤立感。她初中時代有兩年與阿姨住在奧海伊鎮，然後是聖塔芭芭拉郊外的寄宿學校，拿獎學金的好學生。夏天待在海邊的基督教女青年會營隊，從來不曾在自家街區玩耍，沒有騎過自己的單車，不認識鄰居，沒有後院的生日派對。只有到了她爸爸每週一次的玩骰子遊戲時段，才能讓外人進來，而且他們一直不准她靠近。他們沒有搬家，因為負擔不起。這棟房子是買的，而且很漂亮。

瑪瑞拉在傑佛遜區待了將近十七年，卻覺得自己像是個陌生人，居然會擔心自家後院，真是瘋了。

妳想要拋卻父母的瘋狂心態，以自己全新又充滿智慧的雙眼觀看世界，因為妳很清楚存在的全新方式，也知道後續之發展，但恐懼也悄悄滲透而入。她一直到了二十二歲才有性經驗，就連體會到輕微暴力也讓她震顫不已。

從藝廊回到家裡，有好幾條走法，每一條都得要經過連接洛杉磯南區與北部、橫跨十號公路的其中一座橋梁。可以走西方大道，路面寬敞，骯髒，因為公車與匝道旁紮營的流浪漢而相當喧鬧。還有阿靈頓，路面比較狹小，經常會塞車。也可以走葛拉瑪西街，最安靜的橫越道路，尾端是金尼高地的優雅街道。然後，還有，鮮少看到人蹤的行人天橋，護欄長滿了茂盛藤蔓，是各式各樣非法行為的完美藏身地點，當然不能走。

瑪瑞拉選擇葛拉瑪西街，因為路徑最短最直接，但那是比較偏僻的街道，也就是說，沒有那麼多雙眼睛盯著她，沒有那麼多的保護目光。

現在是晚上八點鐘。底下的高速公路車流緩慢，天橋一片漆黑。華盛頓大道北向燈光逐漸熄滅。瑪瑞拉在到家之前、不會再經過任何一間商店或是繁忙的十字路口。這裡是純粹的住宅區，大家只關心自家的事，也希望別人顧好自己。

她走到一半的時候，聽到後面傳來某人的急促腳步聲。

全身赤裸站在在充滿陌生人的空間，很簡單；以藍色油彩覆蓋自己全身、以清水澆洗，很簡單。沒有性或慾望的問題，沒有渴望或是需索，沒有給予。她剝除了那一部分，但還是讓自己清晰可辨。站在那裡，大家都看得到她，而她並不是他們的想望。性是他人對妳的需求，想要從妳身上得到的部分，是一種暴力交換。

她過馬路，等待某台汽車經過，然後走到了天橋的東端。

她後頭的那個人也一樣。

以下，都是肉身分解之道。

可以是淹死，或是被淹死，轉為從來不曾見過天光的那種深海生物之色澤。它可能卡在佈滿藤壺的骯髒岩石之間，不斷撞擊，大約過了一天或更久之後，才會有人把它撈起。不過，到了那個時候，它幾乎已經完全不像是身體，反而更像是某種噁心有機體，腫脹的外星人形貌。

還是有其他方法。橫切喉嚨，留下一道宛若新月的割痕，也可以撕裂肉身。它的頭部可以被塑膠袋綁死，它可以被丟入某條巷子，手腳落地的時候，出現生前不可能出現的彎曲角度。它可能被徘徊在洛杉磯南區的野生動物啃咬，貓、老鼠，甚至是更可怕的野獸。

它可能從西方大道的某台摩托車飛出去，被困在貨車下方，然後被拖行半個街區。它可能會被人從底盤下方拉出來，沿途留下一坨起初可能會被誤認為頭髮的黏稠血痕。

這些都是瑪瑞拉曾經近距離觀察到的各種方式。

當然，還有其他方法——撞車、觸電、墜樓。無法言說的暴力行為，瑪瑞拉聽過、讀過、曾經被人警告但從來不曾親眼看過的一切。

瑪瑞拉聽得見後頭的腳步聲節節進逼。

她看過的第一具屍體突然躍入心頭——某名女子在水中載浮載沉，不斷撞擊岩石，地點就在她們之前聖薩爾瓦多的拉利伯塔德的老家。

在水中的女子是破麻。她在碼頭的另一頭工作，遇到淡季的時候，那裡的妓女皮條客會搶劫遊客。經過了一夜之後，屍體被沖入狹小的岩區露頭海崖，瑪瑞拉從自己臥室窗戶看到了她。瑪瑞拉以為在水裡漂浮的東西是海豚，所以跑向海灘。

那時候，已經有一堆人聚在那裡圍觀，望著那個被困在露頭海崖、臉部朝下的魚肚白膚色女子，被海浪不斷來回拖拉。她穿的是螢光藍色迷你裙，還有霓虹色的露背背心。

當瑪瑞拉終於停止哭泣的那一刻，安妮可向她解釋，這就是世界回報的方式。

瑪瑞拉突然驚覺，都是因為車流聲，把她拉回到當時的那一刻，它的聲音宛若海洋。

那一年，還有另外兩名妓女喪生。不過瑪瑞拉並沒有看到。他們派一名警察駐守在海灘附近，她無意聽到兩個男人說起這樣會影響生意，不過，除了販賣芒果與椰子的小販之外，她並沒有看到海邊還有別的生意。

然後，瑪瑞拉和家人搬到了洛杉磯，她父親找到了另一個工作，在另外一所學校教英文，對象是以西班牙語為母語的學生。安妮可辭去了自己在非政府組織的工作，開始在馬里布的某間老人院上班。

當這個男人抓住她的時候，會是什麼感覺？他會不會把她拖到公立學校前面的那塊幽暗地帶，也就是角豆樹留下髒黑黏濁污漬的人行道區域？因為髒亂，根本沒有人會經過那裡，所以也不會有人看到她。接下來會怎樣？等到他抓到她之後，會不會把她丟到路邊？就地殺死她？或者是把她推下通往十號公路、佈滿垃圾的斜坡？

底下傳來一陣嚎哭。

瑪瑞拉轉身，與一名拉丁裔中年女子面對面。她尖叫，她的臉與那陌生人只相隔幾公分而已。那女子說道：「媽的妳是哪裡有問題啊？」她匆匆從瑪瑞拉身邊走過，留下她獨自盯著不斷按喇叭、一路軋軋東行的半掛式卡車。

2

當她到達二十九號寓所的時候，喘得上氣不接下氣。她經過自己家，窗簾幾乎完全緊閉，只留下邊緣的透光隙縫。她從後背包拿出手機，打開鄰居家的花園大門，鉸鏈發出尖嘯，害她嚇了一大跳。

她的拳頭猛捶防盜鐵門，就這麼敲個不停。

茱莉安娜的母親開了門。瑪瑞拉不知道她的名字。她可以看到後頭有一堆鮮花與花圈，許多烤鍋菜與一盤盤的餅乾，瑪瑞拉兩手空空，沒有帶任何的悼念禮品。

瑪瑞拉說道：「我是隔壁的鄰居。」

「我知道。」

瑪瑞拉拿出手機。

「這什麼？」

「手機，可能是妳女兒的，我意外撿到的。」

茱莉安娜的母親接下手機，雙手來回翻弄。「赫克特！」她轉身對屋內大喊，「赫克特！」

某個年輕人出現了，他身材壯碩，雙眼周圍泛紫。

「赫克特，這看起來像是你姊姊的手機嗎？」

赫克特盯著他母親，彷彿她講的是另一種語言。

「這支手機？是茱莉安娜的嗎？」

那女子反問瑪瑞拉：「妳為什麼覺得那是茱莉安娜的手機？」

赫克特並沒有從她母親手中拿走手機，「媽，按下按鈕就是了，應該會有她的照片出現在螢幕。」

他母親盯著掌心裡的手機，彷彿從來沒有見過這東西一樣。「哪個按鈕，怎麼按？」

「媽，這一個，就在那裡。」赫克特指向手機的頂端，他媽媽把它拿反了。不過，她只是盯著自己的手。「進來吧。」他把門往外推了一點，讓瑪瑞拉可以進來。

屋內散發了枯萎花朵加上腐敗食物的氣味。壁爐架上面有一排茱莉安娜的花框照片。

茱莉安娜的母親舉高手機問道：「這是什麼？」

赫克特說道：「茱莉安娜的手機。」

「怎麼會在我手上？」

赫克特說道：「住隔壁的女孩拿過來的。」

「她怎麼拿到的？」

這是赫克特第一次正眼盯著瑪瑞拉，「妳怎麼會有我姊姊的手機？」

「我撿到的，就在我們兩家之間的空地。」

「什麼時候的事？」

「幾天前。」

「幾天前？妳是幾天前就拿到了？」他的語氣彷彿像是瑪瑞拉偷藏了他的姊姊，而不是她的手機。

她腦中充滿了各式各樣的藉口和謊言，聽起來都很虛假。

「抱歉，」瑪瑞拉說道，「我看了照片才知道是她的手機。」就連提到這些照片，都讓他心中充滿了罪惡感。「我跟她不是很熟。」

「照片……」瑪瑞拉與赫克特同時轉頭，是他媽媽在講話。「茱莉安娜好愛她的那些照片。」她的雙眼從照片飄向桌面，「食物太多了，妳應該要吃一點，我們沒辦法全部吃光。」

瑪瑞拉說道：「我不需要。」

茱莉安娜的母親終於找到手機的主頁鍵，喚醒之後，茱莉安娜的臉龐突然出現在螢幕。「是她，是我的女兒。妳住在隔壁都多少年了，怎麼不認識她？」

瑪瑞拉喉頭一緊。但這位媽媽也沒等她回答。「應該有二十年吧。二十年過去了，妳錯失了認識我寶貝女兒的機會。她個性太狂野，不適合這個世界，這種地方讓她百無聊賴，她就像是野火一樣。我們來自聖薩爾瓦多，但茱莉安娜在這裡出生。能在美國出生是好事，當個美國人，我的美國人女兒。外國美眉，我在家鄉的妹妹就是這麼叫她的。」

瑪瑞拉專注聆聽，臉上的笑容也越來越緊繃。

「對於茱莉安娜來說，一切都太小了。這間房子，學校，她的朋友。她需要的不僅止於此。

那就像是我父母的鄰居在春天時燒他們的甘蔗田一樣，火焰飢渴，不肯留在原地，它需要我們的土地，要吞沒我們的田園。那就是茱莉安娜。她的需要超過了任何人所能給予的範圍。她努力接受事實，她就是這樣的人。美麗，充滿破壞力，她是炸彈。」

赫克特把手放在母親的臂膀，卻被她甩開。

「我擔心她好多狀況。男孩子，毒品，車子，幫派，警察。她把這一切帶到我面前，又把這一切拖出家門。我看到類似她那樣的女孩出現在街頭、公車、進出各式各樣的場所，有刺青，身穿緊身衣，濃妝豔抹，頭髮弄得美美的女孩。喝醉酒的女孩，抽菸的女孩，還有被年紀足以當她們父親的老男人護送回來的女孩。我心想，感謝上帝，那不是我的女兒，但就是，我的寶貝女兒全身刺青，我的寶貝女兒是大菸槍，我的寶貝女兒抽大麻，我的寶貝女兒散發情色氣息與更糟糕的臭味。」她聲音哽咽，「妳知道世界上最恐怖的氣味是什麼嗎？比甘蔗田裡燒屍更可怕的味道？陌生男人在寶貝女兒身上留下的氣味。而我聞得出來，而且我看到了她身上的痕跡——她自己弄的，還有別人對她下手的印記。我注意到她的紅眼與流血的雙唇，她在我面前無法隱藏，所以她也沒打算掩蓋。還有，有多少次我必須要聽她努力跟我說話，佯裝她一切很好。但她只是隨口亂講，彷彿只要一直講個不停，就可以排除她自己以前納入體內的一切，彷彿她繼續說話，它們就會消失一樣。

「然後，有一天，妳的寶貝女兒看起來再也不像妳的寶貝女兒了。她成了別人，頭上頂的是別人的髮型，她在自己身上寫字，散發出別人的味道。講話的時候彷彿是別人上身，她看起來像是電視上的某個女郎，被逮捕的那一種。或者，更糟糕的是，像是那些噁心雜誌或是電影裡的那種女孩。妳知道那時候妳想要怎麼辦嗎？妳知道嗎？」

瑪瑞拉不確定自己是否該回應。

「妳會想要放棄，說出那不是我的寶貝女兒，那是其他的墮落美眉偷走了我的寶貝女兒——佔據了她——而我不需要擔心她，因為我不認識她。而且，妳不想認出她，妳不會想認出她的，妳會盡量努力不認出她，不斷嘗試，但行不通。因為就算是她對自己做出了那一切，無論多麼糟糕，她也依然是妳的寶貝女兒。」

赫克特輕聲咳嗽，吸引了瑪瑞拉的注意力。他伸手指向門口，而茱莉安娜的母親沒有理會他，繼續講下去。

「是有壞女孩，到處都看得見，敗壞透頂的女孩。妳會懷疑她們的母親，懷疑她們是哪裡做錯了，怎麼會搞成這樣。也許她們沒有禱告，也許她們不理會上帝，也許她們接受了魔鬼，也許她們酗酒、抽菸或是吸毒。」

瑪瑞拉退後一步。「也許她們犯了罪，也許是小偷或殺人犯，也許墮過胎，可能和許多男人交往過。因為一定是她們的錯——這些敗壞透頂的女孩的母親們。但不是這樣。我禱告，我照顧我的先生，即便在我很想殺了他的時候也一樣。我照顧我的兒子，不管怎樣，我照顧茱莉安娜。我做該做的事，但大家看待我的眼光卻還是一樣，彷彿她個性宛若野火都是我的錯，她全身刺青，任由男人中擁有她的身體是我的錯，彷彿我的女兒死了是我的錯。妳知道為什麼會有這些食物嗎？因為大家對於我的寶貝女兒不知該如何啟齒，所以他們帶這些食物過來。他們不知道該說些什麼，因為他們覺得這是我的錯，他們認為……」

瑪瑞拉後面的鐵門砰一聲關上，她到了外頭的門廊，然後，下了三級階梯，站在街頭，回到了凹凸不平的人行道。她喘得上氣不接下氣，彷彿有人一直掐住她的喉嚨，剛剛才終於鬆手。

3

瑪瑞拉的家，晚餐時間，還沒有落雨，但馬上就要開始了。從這座城市似乎在屏息的姿態就可以看得出來——樹木進入瀕死狀，緊繃僵挺。

這間房子也一樣，似乎困在時光與濃霧之中。羅傑坐在沙發上，盯著從來不曾使用的壁爐。他緊盯的那種姿態會讓你以為那裡有火光在不停閃動。瑪瑞拉知道他陷入神遊狀態，讓安妮可的心情更加陰鬱的黑暗地帶。

安妮可在廚房煮牛肉咖哩。瑪瑞拉知道她母親的憤怒會找到出口，燉肉調味狂放不羈，充滿攻擊性。

她來到這裡已經兩天了，她在兩家之間的人行道發現茱莉安娜的手機，也已經兩天了。她撿到之後，就開始為了準備開幕的新作品兒忙成一團。

瑪瑞拉捏了一下她父親的肩膀，他轉身，直盯著她不放。他戴著耳機，另一頭插的是第一代的iPod。她可以聽到他某本有聲書的單調讀音，戰爭史，數千頁的內容，聆聽時間得花上數百小時。細節、數據、統計資料、死亡人數、經緯度。不斷聆聽，長達好幾天之久，最後，從自己的恐懼浮脫而出，彷彿自己一直不曾躲避。

瑪瑞拉回到廚房，把手放在她母親的臂膀，安妮可立刻縮了回去。

瑪瑞拉問道：「他這一次持續多久了？」她側頭，指向坐在沙發上的父親。「他聽了多久？」有的時候，他一聽就是三個禮拜，拿下耳機只是為了洗澡或是去教他的英語課。

「妳跑去哪了？」安妮可問道，「不要告訴我，我不想知道。」

瑪瑞拉的家是傑佛遜區少數的工藝風格二樓屋宅，她的房間在樓上，從臥室窗戶可以觀察隔壁鄰居。

她鄰居家的燈光全亮，所有的窗簾都已經拉上，茱莉安娜弟弟的房間除外。

赫克特坐在自己的床沿，雙手放在膝上，低頭。他身邊有個女孩，拍他的背，最後，他把她推開。她趕忙退到床上，給他一點空間，他的肩膀在不斷起伏。

客廳窗簾後面有某盞燈，讓那裡成了某種暗箱，瑪瑞拉可以看到茱莉安娜父母的剪影。她以前偶爾會偷聽他們拔高嗓門講話，誇張的怒氣。她會聽到東西破碎、甩門，傳入她家的噪音。英語與西班牙語交錯使用的咒罵與指控，他們不覺得自己的憤怒有什麼好丟臉的。它發出火光，爆炸，消退，他們會發洩，焚解。然後，他們一起看電視，或者是從事其他本來就打算要進行的活動。

你們知道更可怕的是什麼嗎？幽微的暴力，在她家的那股隱身怒火。

安妮可哄女兒睡覺的時候，總是會壓低聲音，咬牙切齒說出她真是壞女孩，逐一列舉她女兒當天的各種罪狀——各種意外、東西掉落、衣服內外穿反，或是遺忘的事。回述瑪瑞拉應答時間拖得太久、以及講話太小聲害她聽不到的次數，暗示瑪瑞拉刻意不聽話以及準備要去感化院或更糟糕地方的一長串證據。

要是瑪瑞拉遲遲不入睡，要是她為了讓自己更舒服而在被窩裡亂揮手亂踢腳，安妮可會立刻掐她一下或是狠拍她的大腿：壞女孩，討人厭的小孩，不聽話。她從來沒有提高自己的聲量，從來就不像是生氣。她只是把這些斥責成為故事書與歌曲之間的床邊時間例行公事。

羅傑是這麼告訴瑪瑞拉：她愛妳啊，因為這麼愛妳而受到刺激，她擔心妳日後該怎麼在這世界生存下去。

瑪瑞拉真希望她的母親可以像隔壁鄰居一樣大吼大叫。她希望可以讓整個世界親眼看到她的怒氣，這樣一來，瑪瑞拉就不會感受到它所帶來的羞辱感。

羅傑這麼告訴他的女兒：讓她憂心的是這個世界，不是妳。

隔壁鄰居客廳窗簾後方的那些人在上演默劇，茱莉安娜的母親高舉雙臂過頭，她的父親站在那裡動也不動，成了吸收妻子悲傷或憤怒的一堵牆。

當瑪瑞拉年紀漸長，安妮可已經不能掐她或是打她的時候。她會把瑪瑞拉拉入到其中一間臥室，站在可以俯瞰茱莉安娜家的窗戶前面。妳想要這種事發生在妳身上嗎？妳想要變得跟她一樣嗎？

安妮可喜歡把這種訓斥安排在這種時刻——只比瑪瑞拉大一歲的茱莉安娜，被人看見爬入老男人駕駛的跑車調整她的露肚上衣，拚命把迷你裙往下拉。

這世界就是以那樣的方式摧毀女孩。

當安妮可把食物送上桌的時候，碗盤從來不會在桌面發出碰響，一切都客氣有禮，從來不會提到羅傑坐在餐桌前的時候依然戴著耳機。

突出部之役。一九四四年十二月。安特衛普。突襲。巴斯通。四十一萬人。一千四百台坦克。一千六百個什麼。一千個什麼什麼。

細碎資訊傳入瑪瑞拉的耳中。他父親的目光動也不動，他望著牆壁的方向，但並沒有盯著它。瑪瑞拉拍了拍她父親的手臂，把他的注意力拉回到食物。羅傑眨眼，目光低垂，開始吃東西。

瑪瑞拉覺得實際狀況應該更糟糕。羅傑的惡劣心情與酗酒、嗑藥，或是長期沒工作無關，並不是什麼暴力或是侵略行為，他就只是沉迷在自己的戰爭史世界之中，想必他現在都能夠默記在心了吧。瑪瑞拉很懷疑，他到底有沒有把她們的話聽進去。

羅傑的低迷心情讓安妮可的火氣越來越大。所以瑪瑞拉再次碰觸她父親的手臂，暗示他要再吃一口咖哩，維持家人共餐的假象。

她看得出她母親下巴緊繃。

「別管他了，不要碰他。」

瑪瑞拉把手收回來。

「要是他不吃東西，也不會餓死。」安妮可又深吸一口氣，「芭芭拉和葛蘭達都在報紙看到了妳的展覽報導，她們覺得妳很厲害。」

安妮可大部分的新聞來源，都是馬里布老人院女院民那裡得知的第二手或第三手訊息，她在那裡擔任助護，那些老人都是透過報紙、當地新聞台，以及桌遊打發時間度日。

「她們說與肉體有關。」安妮可講話的時候，嘴唇線條看得出一絲尷尬。

瑪瑞拉回道：「其實跟女性有關……」

安妮可說道：「希望很正面……」

「妳的意思是要有品味。」

「世界上醜陋的事物已經太多了。」

瑪瑞拉說道：「聽到了。」

「老人院的那些女人在畫花，我們有新的靜物寫生課。」

「媽，我不畫花。」

「聽到了。」安妮卡對她露出淡淡一笑。

瑪瑞拉早就知道不要在朋友面前提到她母親的事。

妳媽好賤。

妳媽是控制狂吧。

妳媽嚇死人了。

不過，他們不懂，幫助瑪瑞拉進入好學校的是安妮可；如果瑪瑞拉想要念別州的學校，想辦法籌出費用的人也會是安妮可；當初找到暑期課程、放棄自己的週末、帶瑪瑞拉離開洛杉磯去冒險的人是安妮可；瑪瑞拉宣布要去念藝術、要繼續拿藝術創作碩士的時候，眼睛連眨也不眨一下的人是安妮可。

「妳連在小時候都從來沒畫過花，」安妮可說道，「都是怪獸和迷宮。」

瑪瑞拉吃了一小口咖哩，辣椒害舌頭一陣灼燙，她含在嘴裡，強化了那股氣味與痛感。

安妮可說道：「太辣了吧……」

瑪瑞拉的口腔在著火，講不出話來。

茱莉安娜家的大門發出砰響，然後是生鏽鐵門打開又重重關上的巨大噪音，劃破了這股寂靜。

瑪瑞拉說道：「我那天有看到她。」

「看到誰？」

「茱莉安娜。」

安妮可的叉子停在嘴邊。

「妳有沒有送東西給他們？」

安妮可問道：「誰？」

「茱莉安娜的父母。」

「給他們什麼？」

「烤鍋菜，送些餅乾也可以吧？」

「為什麼？」

「媽，這是一種致意，妳應該要這麼做才是。」

「餅乾對他們不會有任何幫助。」

瑪瑞拉記得小時候腦袋逐漸空白、然後陷入一片漆黑的那種經驗。她不知道是怎麼引爆的——到底是什麼碰到了開關。突然之間一切都不對勁，而最可怕的部分是根本不知道為什麼。想像一下，如果你是隻狗，有人堅持要以逆紋梳理你的毛髮，或者是所有的衣服都穿反了，鞋子穿錯腳，不然就是某個聽不出是什麼的高頻聲音，不對勁，非常不對勁。所以她反擊了，甩東西，砸東西——她的玩具、填充玩偶，就連她的父母也陷入瘋狂，拚命想要讓世界恢復秩序。

這種事不會在大庭廣眾下發生，只會在家裡上演。

而採取行動的人是她父親，不是安妮可。唯一穿透瑪瑞拉神遊狀態的是羅傑恐慌雙眼的亮白目光，還有他頻頻叫她冷靜的話語，他在乞求。

但是她沒辦法，不可能的了。這個洞太深，她不斷下陷。她父親的身影進逼，站在她搆不到的地方。他在求她做出她辦不到的事，停手。

然後，他把她帶入她的臥室，接受懲罰。他會坐在門邊，望著她亂丟自己的絨毛玩具，不准她逃出去。他從來不曾施暴，但是那眼眸裡的神情，逼她冷靜的那種極端需求，不但讓她害怕，也造成她無法停手。

她聽到母親在走廊哭，哀求讓她進去安慰瑪瑞拉，她堅持一切她可以導正一切，阻止女兒發飆。

羅傑從來沒有讓她進來。而瑪瑞拉總是怒氣沖沖，一直死盯著她父親，想要搞清楚他到底要她怎麼樣，原因又是什麼。她就是靠這個方法、把他拉回到現實之中，粉碎那愚蠢平靜的表象，讓他進入當下。

就像是她小時候一樣，就像是那天傍晚在藝廊的時候一樣，她感受到內心的轉變，燈光漸暗，雙眼慢慢失去了焦點，接下來的時刻就完全失控。

她把手伸向桌子的另一頭，扯掉羅傑的耳機，把它扔了，又把老人用的iPod丟向另一頭。出現反應動作的不是羅傑，而是安妮可，她站起來，把自己的湯碗摔到地上。

「不要理他，不要理他，不要……」

瑪瑞拉到了外頭的時候，神智已經恢復清醒，她的衣服沾了咖哩。她盯著屋內，母親正在清洗碗盤，而她的父親，又再次開始聆聽他的戰爭故事。

4

「用力一點，」瑪瑞拉彎身，氣喘吁吁，額頭的汗水滴落而下。「再用力一點。」

「夠了，寇爾文，出來。」

這是一間位於傑佛遜區的武術館，專精項目無一不缺，從柔術到拳擊都有。其實這種地方在全洛杉磯都找得到，但是在洛杉磯南區特別普遍。簡單的門面，地上鋪了毯子，還備有武術器材。白天是小孩練跆拳道、空手道、柔術，以及自治。到了晚上，學員就換成了大人。還有某些會館，就像是害瑪瑞拉氣喘吁吁的這一間，會在打烊後舉辦非法的自由搏擊賽，今天是「淑女之夜」。

一回合一分鐘。

輪替登場。

贏者留在裡面。

付錢就可以上場。

瑪瑞拉付了三十美元，好，她輸了。

她又說了一次，「再用力一點……」

她的對手是麗茲．阿賽薇多，來自長島的退休職業拳擊選手。此人身材瘦長，充滿流線感。

宛若長滿肌肉的四季豆。她是鵝蛋臉，一頭黑色長髮後梳，綁成光潔馬尾。她的目光冰冷，宛若河中之石。她宛若像是黑曜石雕刻而成的人體一樣滑溜，而且手套似乎完全碰不到她，就算是不知怎麼碰到了，也只會引來自己受傷。

她超強，她一直是贏家。

阿賽薇多說道：「寇爾文，妳出去吧。」這是阿賽薇多的主場秀，她負責「淑女之夜」，一切由她主導。

距離鈴響還有十秒鐘，但阿賽薇多好心提前結束比賽。瑪瑞拉是新手，她根本不該進來攪和。她學拳擊才一年，而且對手幾乎都是沙包。但她繳了錢，而且都已經上場了。

瑪瑞拉正打算要抗議，鈴聲響了。

「淑女之夜」一共有五名女子參賽。大家在比賽進行的時候不太講話，只是專注凝視臨時拳擊場裡的狀況，為自己的下一輪加油打氣。

瑪瑞拉只上場了一次，直接對戰阿賽薇多，她只靠了幾次輕盈的刺拳、就立刻把瑪瑞拉釘在圍繩上面，沒有感到任何疼痛，就提前結束比賽。瑪瑞拉可以感受到對手手套撞擊她腹部的那些區塊，但不過癮，衝擊不夠猛烈。阿賽薇多保留實力，出手小心翼翼，這種舉動只是讓瑪瑞拉想起自己的脆弱——依然不堪一擊，她怒了。

她渴望的是攻擊的暴烈感，因為當它到來的時候，那將會成為某種釋然，等待就會結束。而在拳擊擂台裡面，她可以控制——決定什麼時候要讓它發生，痛苦之決定權在她身上。

不過，阿賽薇多卻不肯讓她擁有這種權力。現在，瑪瑞拉的體內緊繃不已，充滿了不安能量，只有腹部受到重擊才能夠讓她解脫。

她繼續跳個不停，她身穿萊卡短褲與胸罩上衣。她是最遜的一個，她是菜鳥，是弱雞，是其他人使出花拳繡腿與翻白眼的對象。她可以讓大家喘口氣，休息，是她們穩穩入袋的取勝對手。

今晚健身房都在討論殺人魔的事，也讓大家出拳出得更快更猛烈。

我要在那王八蛋對我伸手之前就取他性命。

光是割喉還不夠，還要悶死她們。

我認識她們當中的其中一個——叫凱西的那個，凱西什麼席姆斯——在我玩拳擊之前，曾經和她一起跑步。

瑪瑞拉在保持暖身的時候，雙眼一直盯著拳擊台。阿賽薇多現在對戰的那名女子，她只知道名叫嘉斯柏。嘉斯柏是黑人，那身材似乎曾是專業運動員——健壯肌肉，力道緊實。她出拳猛烈準確，不過她的壯碩體格卻阻礙了她的動作流暢度，無法閃躲阿賽薇多對她的頭部展開速襲，在鈴響的那一刻，對戰早已結束。

整個空間散發出戰鬥的氣味——汗水、淡味除臭劑，還有某種金屬氣味，瑪瑞拉覺得應該是鮮血，但其實並沒有任何人流血。音樂震天價響——強烈搖滾樂，與小小健身房的腎上腺素很相配的怒擊鼓聲。

今晚的阿賽薇多，兩三下就解決了其他女人，她設定了目標，很明顯。通常大家在等待的時候不講話，但是今晚不一樣。

媽的這臭女人怎麼回事？

有人靠就是不爽，賀爾蒙失調。

阿賽薇多被甩了嗎？

她月經來了啊？

她們在健身房裡各說各話，口中提到的其實是在真實世界裡所對抗的一切，想到了她們每天想要徹底擊倒的對象，表達出自己的心聲。

我要打倒那賤人。

我要把她轟下台。

媽的她不配擁有這個拳擊擂台。

不過，阿賽薇多的確當之無愧，完全沒有任何問題。這是由她主宰的場子，其他的女人只是玩具而已。一直回來自討苦吃、身體搖搖晃晃的遜咖。

她們上氣不接下氣，想要趁回合之間的休息空檔，想要為下一回合集氣，而其中有兩個已經丟毛巾投降。

然後，又輪到了瑪瑞拉。

換妳了，肉腳。

輪到花拳繡腿女孩了。

妳會打贏她嗎？看好了，其實花拳繡腿女孩會打敗她。

瑪瑞拉鑽進拳擊台，扣好手套的魔鬼氈，反手把瀏海往後撥。她舉起雙手蓋住臉，在襯墊後方凝視阿賽薇多。阿賽薇多看起來百無聊賴，似乎在說我們就趕快結束吧還有給我一點挑戰好嗎。

叮，鈴聲出現。

突然之間，瑪瑞拉可以聽到音樂大響——擠壓的吉他聲響，砰砰鼓聲，死亡金屬音樂的淒厲樂音。她看到了今天稍早在電視上出現的茱莉安娜與凱西的面孔，

她們正盯著她。

花拳繡腿的美眉，妳在等什麼？

她以單手護臉，這是她上過的那幾堂跆拳課所學到的技巧，然後，以另外一隻手使出軟綿綿的勾拳。這一擊沒有打中阿賽薇多，根本還差得遠，她來回跳躍，採取拖延戰術，彷彿她懶得費事出拳對付瑪瑞拉。

瑪瑞拉進入阿賽薇多的攻擊地帶，她努力出了一記快速組合拳——刺拳，十字拳，都沒中。對方打了她的肚子，下手很輕，算是給她的回擊。

菜鳥，就只有那一招嗎？

阿嬤的力道都比妳猛。

通常，在邊線觀看的女子們都安靜不語，不過，阿賽薇多的殘暴卻勾起了她們的火氣，既然

她們無法打敗她，於是就開始口頭羞辱瑪瑞拉。

瑪瑞拉努力揮出另一次組合拳。勾拳，勾拳，十字拳。這次的十字拳碰到了阿賽薇多的前臂。她抬頭，滿臉驚訝，還有一點惱怒。她挑眉，冷硬眼神中看得出一抹斜光閃動。她後退，準備發動十字拳，瑪瑞拉完全躲不了，只能護身準備被揍，她側頭，閃避這一記攻擊的力道。這一拳輕輕落在瑪瑞拉的下巴，簡直船過水無痕，彷彿像是好玩拍了一下她的下巴，簡直像是在耍弄她一樣。

「幹，」瑪瑞拉說道，「媽的妳沒膽。」

阿賽薇多聳肩。

瑪瑞拉整理好手套，走向她的對手。她發動一連串愚蠢莽攻，完全落空。全都被阿賽薇多擋掉，而且，她對瑪瑞拉肩膀輕輕一擊，立刻害她失去平衡。

瑪瑞拉說道：「賤貨，再用力一點。」

花拳繡腿美眉要玩真的。

花拳繡腿美眉不爽了。

花拳繡腿美眉需要被痛扁。

阿賽薇多每一次的軟綿攻擊，都只會讓瑪瑞拉更渴望貨真價實的拳腳。每一次都是嘲弄、奚落，每一次都是折磨。

瑪瑞拉吐口水，「賤女人，我說再用力一點。」

阿賽薇多回她：「我聽到了……」她幾乎是在用氣音說話，看不出有什麼動作，一臉跩樣，不動如山。

瑪瑞拉又進行了一次有勇無謀的攻擊。阿賽薇多舉起手套，推開碼瑞拉，害她踉蹌摔地。

她跳彈了一次，然後就躺在那裡不動，鈴聲響起。

「不要害我浪費力氣……」阿賽薇多脫掉了手套與頭帶，綁好她的馬尾。

空氣中有某種氣氛——四處飄旋的鬆脫電線，某種恐怖的電流，對於盤據不去的暴力、盤據她們街頭的暴力的某種反制。這些女子變得狂野，阿賽薇多更加狂野，而瑪瑞拉的腦袋一直在旋轉，陷入黑暗世界。

她跳起來，動作一氣呵成，先往後，然後直接重擊阿賽薇多的太陽穴。這突如其來的一拳害她重心不穩。出拳到肉的感覺很爽快，透過手套感受到了肉與骨，還有阿賽薇多頭蓋骨的堅實感，感受到她的頭微微發抖，甚至還有點搖晃。不過，這還是沒有給予瑪瑞拉渴望的解放感。

出現了完全靜止的短暫片刻，阿賽薇多完全凝住不動，以那雙死黑雙眼盯著瑪瑞拉，站在邊線的女子們都瞠目結舌，她們的最後一句話掛在嘴邊說不出口。

然後，一切炸裂，絢燦煙火在她臉頰爆開，一記赤手空拳讓她皮肉綻裂。

瑪瑞拉踉蹌後退，她可以感覺胸臆中的一切都飛了出去——所有的壓力與擔憂，還有焦慮不安。因為終於發生了，痛襲，攻擊，而她還在這裡。她仍然是瑪瑞拉，向後倒下，舔到了那股從受傷臉頰流入嘴裡的鮮血的氣味。她在大笑，大笑不止。

5

瑪瑞拉到了外頭，帶著被毆的醉感，搖搖晃晃在傑佛遜大道前行。她臉頰在流血，不斷搏動，有它自己的心跳。她的嘴裡有溫熱的金屬味，她舔了舔嘴唇。

她伸手撫摸臉頰，摸到凸起的腫塊和傷口，不是很大，可能是兩三公分吧。她覺得好驚奇，居然能夠透過如此微小的部分，釋放出這麼多的怒火、緊張，以及焦慮。

瑪瑞拉抬頭望向暗糊天色，雨還沒有下，但她已經有感覺了。又是一次停頓，彷彿洛杉磯正屏住呼吸，提前做好準備。然後暴雨到來——水瀑從天而降。

她側頭，任由雨水沖刷鮮血，流到了眼內、口腔，浸透了她的全身。

傑佛遜大道與西方大道的車輛全都減緩速度，宛若是一場安排好的編舞。它們的燈光在瀝青路面的水塘中溜滑前進。

暴雨大片傾落。

在雨幕之後的洛杉磯，成了搖曳的模糊亮光。瑪瑞拉覺得自己彷彿在瞇眼，但其實她雙眼睜得好大。

排水溝滿了，下水道變得湍急，從來沒有被丟棄的垃圾在打旋，漂流，這是一條與人行道平行、充滿了汽水杯與保麗龍餐盒與包裝紙的河流。

瑪瑞拉全身濕透，雨水與汗水讓她冷得要命，濕答答的衣服宛若黏膠。她沒辦法回家。當她踏進去的那一刻，釋放感立刻消失無蹤，瘀傷流血的臉頰將會成為一大問題，而不是解方。

她走的是西方大道北向與十號公路的交接段，下方的車流動也不動，彷彿被雨水黏在路面一樣。東向的尾燈是一片紅光，而西向則是白燈。她經過了某間二十四小時營業的塔可餅店，獨立建物，有封閉的座位區與大型停車場。窗戶有熱粉紅與綠色的塔可餅與墨西哥捲餅的卡通式插畫。充滿刮痕的窗戶、塗鴉、破爛的塑膠餐桌，等於告訴瑪瑞拉這間店已經矗立了數十年之久，但她以前從來沒看過。

她經過的時候，放慢腳步。那裡有一台夾娃娃機，要是運氣夠好，可以靠吊臂撈到填充玩具，還有一台影像模糊的電視。有一名女子獨自在吃東西，雨滴在她的濃密黑髮懸晃，當她拿叉子、把墨西哥玉米餅放入口中的時候，大型金色耳環也跟著搖動。

瑪瑞拉家裡一直不准她到這種地方。她不餓，但還是走了進去，透過充滿雨痕的窗戶、眺望西方大道的車流。

現在，她覺得她以前看過這地方，她非常確定，她找位置坐下來。

有個女人從點餐處窗口探身出來，「不用餐不能入座。」

瑪瑞拉揚手，彷彿在告訴對方，給我一分鐘，馬上離開。

「這位小姐，妳不能不用餐白白坐在這裡。要是西部大道上的每個女孩都進來躲雨怎麼辦？」

瑪瑞拉瞄了一下那個單獨前來的客人，這才發現她為什麼會知道這地方，都是因為茱莉安娜的照片。有兩張，搞不好還有更多，都是在這裡拍攝。那兩張都是同一個女人，現在她因為新聞照片而知道那女子是凱瑟琳．席姆斯，染過的金色短髮，哈哈大笑，彷彿聽到了什麼讓她笑破肚皮的事。

櫃檯後的女子已經準備要站出來了，「這位小姐，別逼我特地走出去。」

不過，瑪瑞拉已經起身，步出門外。

她左轉，走華盛頓大道，朝藝廊的方向前進。後面的浴室附有一個小淋浴間，她可以洗澡，而且那裡還有個睡袋，其實她經常使用，只是不願意承認罷了。

雨勢滂沱，完全沒有任何好處，只是不斷沖刷的滾滾洪流，製造災難，而不是為乾涸焦土帶來滋潤。

瑪瑞拉甩髮，跳了好幾下之後，打開藝廊的門鎖。她在門口脫光衣服，留下鞋子，然後，沒開燈就直接衝到後頭，小淋浴間的水為她暖身。她以小毛巾擦乾身體，然後從放在辦公室的洗衣袋裡面、拿出一套乾淨的衣服。

她攤開睡袋，但並不打算睡在後面，反而把它帶到前頭。她找到了控制三號死屍的投影機遙控器，打開電源。過了一會兒之後，影像出現，經過她的精心設計，每一個螢幕都不會同步，營造出某種失序感，但也足以讓觀者的目光可以從容轉移到另外一個螢幕。

喀嚓。

左邊——瘀傷的眉毛特寫，眼下妝容糊成了斑紋狀，瞳孔放大。

正中央——五名女子在鏡子前面爭奪空間，她們背對相機，身穿丁字褲、超短迷你裙或是短褲，除此之外什麼都沒有。在鏡中的她們面容倨傲，彼此挑釁爭美，以眼影與唇蜜武裝自我。

右邊——有個女子在吧檯邊吃三明治，後面有一根脫衣舞鋼管，這是忙裡偷閒的時刻。

喀嚓。

中間——有著狂野黃色捲髮的女人，正好在鏡頭前轉頭，她髮絲飛揚，胸前可以看到貓爪刺青，她表情輕鬆，既沒有扮鬼臉，也沒有搔首弄姿。

右邊——從背後拍攝的三名女子，身穿超短迷你裙、短上衣、恨天高高跟鞋，手挽著手走在西方大道，宛若把它當成了她們的黃磚路[9]。

左邊——更衣室，化妝品宛若一堆萬聖節糖果全倒在地板上，有個女人睡著了，握著一管粉紅色的睫毛膏，她神情柔和，睫毛結成黑塊，深色唇筆勾勒出她的唇線。

喀嚓。

右邊——拍攝角度是兩名女子的後方，她們坐在一起盯著手機，另一個女人則貼近鏡頭，她的胸部被擠壓成M狀，雙唇噘為圓形。

---

❾出於《綠野仙蹤》之典故。

左邊——凱瑟琳·席姆斯站在某個街角，短版羽絨外套，比較像是破布而不是牛仔褲的牛仔褲，仰頭，閉眼，熱咖啡的蒸騰熱氣蓋住了她一半的臉，另一手拿著甜甜圈，完全沒有理會停在她旁邊的車子。

正中央——咖啡桌，某個托盤，上面放了兩個CD盒，有一排排的白色粉末，菸灰缸裡的菸屁股沾有口紅印，有隻手在忙著撢菸，有隻手在換酒，還有隻手正忙著移開某本平裝書：《暮光之城：破曉》。

喀嚓。

正中央——又是凱瑟琳·席姆斯，在某間墨西哥速食餐廳的餐桌前，仰頭，嘴巴大開，宛若爆炸的笑容。後面有個男人盯著她，彷彿把她當成了糖果一樣。

左邊——兩女坐在沙發上，半裸或是近乎全裸，背對彼此，各自盯著自己的手機。

右邊——某間高檔咖啡店的櫥窗出現茱莉安娜的映影，頭髮濃密蓬鬆，緊身牛仔褲，肚兜露背背心更緊。店內櫃檯有個身穿法蘭絨襯衫、挽起袖子、留著八字鬍、戴著平頂帽的男子，正忙著在煮咖啡。

喀嚓。

左邊——胸前有爪紋刺青的女子躺在床上，一手拿著《暮光之城：破曉》，另一手拿著香菸，床邊桌鬧鐘顯示的時間是半夜四點三十四分。

正中央——海灘，沙地鋪有大型海灘巾，上頭躺了好幾個人，前一張照片出現的那些女子身穿比基尼，也不知道為什麼，看起來都天真無辜又端莊。

右邊——茱莉安娜蹲在西方大道，面向鏡頭，指向上方某個標誌，她的頭頂上方是洛杉磯郡立美術館的拉瑞·蘇爾坦特展的橫幅廣告，她的表情儼然像是自己擁有這條馬路以及這座城市，彷彿她擁有了拉瑞·蘇爾坦。

6

藝廊裡擠滿了人。有觀眾，而且都是合適的觀眾。瑪瑞拉跟大家同時展開閒聊——她東拉西扯，話題一個接著一個。地上佈滿雨濕腳印，門口附近堆放了雨傘，還出現了小水窪。大家都在講這場大雨——世紀末之洪水。

有來自大機構的藝廊工作者、《洛杉磯時報》以及某個大型新聞網站的藝評家，這裡準備了常見的起司盤與生菜沙拉，還有張桌子擺放了尚能入口的紅酒。

她身穿黑色牛仔褲，無肩帶緊身背心，外搭黑色和服外套。

瑪瑞拉聽到自己在拚命解釋作品。因為，這些作品無法獨立成軍——那是一大問題。需要有人發生為它帶來反響，但即便如此，聽起來還是很平淡。

她擔心這場展演會被新聞壓過去。首先，是潛伏在洛杉磯街頭的連續殺人魔，而且，還有那場在布魯克林大橋的行動。

好，那是藝術，真正的行動藝術，瑪瑞拉不能否認這一點。

在洛杉磯倡議人士「抗議就有力」的摩根・提列特的帶領之下，一群抗議者跟著她在昨晚爬上了布魯克林大橋的某座高塔。她的團隊紮營，拉開了橫幅抗議布條，舉辦這場活動是為了要抗議傑曼・霍洛威遇害，而傑曼的母親伊迪拉，也跟他們在一起。她拿著大聲公發表演說，字字句句在夜色中拋噴，在大橋發出回聲，沿著河水進入城市。他們準備了喇叭與擴音器，還有閃燈與煙霧機，他們背對紐約天際線、在狂風咆哮的橋頂辦了一場完整的嘻哈音樂會。他們以自己的憤怒之歌轟炸整座城市——以及這個世界，

然後，伊迪拉唸出了一封來自加州某名女子的信，對方告訴她，永遠不要停止戰鬥。橋上的團體以一首名為〈暴力無所不在〉的歌曲結束表演。當他們在高唱的時候，副歌響徹整座城市：*暴力無所不在*。它在街頭迴盪，從辦公大樓，還有他們事先安排在渡輪、觀光船，以及地鐵的暗樁人士傳唱而出。他們還付錢給三輪車司機在包厘街、中央公園以及時代廣場來來回回，讓副歌在街頭傳唱。

他們佔領了這座城市，控制它長達三十分鐘之久。

暴力無所不在

手機影片不斷在網路瘋傳，新聞報導讓它看起來充滿了正當性。

完全無法迴避。

它令人無法逃避，它在你的心中，在你的上方，它無所不在。

這場表演持續下去，登場人物是摩根・提列特與伊迪拉・霍洛威——她們是搖滾巨星、偶像，會被大家永遠記得的女子。

瑪瑞拉拿了一杯酒。這一杯——是她的第二杯——賜予她勇氣。也許作品並不像她所想的那麼糟糕，也許它可以帶來下一個階段，下一次機會，也許它會讓她一炮而紅。

瑪瑞拉的大學同學們來了，還有藝術領域的朋友們，新銳與成名藝術家都有。結果這個小地方擠滿了人，尤其現在大雨狂襲窗戶的這種天候。

出身貧民窟的那位著名年輕壁畫家也來了——畫出伊迪拉．霍洛威從過世兒子頭顱重生而出的作者。還有一位在洛杉磯當地藝術館庭院展出裝置藝術的點頭之交也來了——從各方面看來，都可稱之為「成功」的某位女性。瑪瑞拉盯著她凝望三號死屍，當茱莉安娜的生活映現在她的巨大眼鏡鏡片的時候，她的雙眼看不出任何表情。這些照片從她身上彈飛，宛若她是某座力場。她轉頭，聽到某個不對稱髮型男子講的笑話而哈哈大笑。

她怎麼能夠笑得出來？瑪瑞拉喝光了自己的紅酒。

某位女性主義部落格的作家把她拉到一旁，問了十多個有關女體以及物化的問題。

她的作品是在讚頌女性之客體身分嗎？

它達到了解放效果嗎？

它只是單純點出了殘酷現實？

她是否試圖顛覆美麗的傳統規範？

她已經準備好要迎接那個困難的問題——三號死屍的照片從何而來？但沒有人提問。

她又喝了一杯紅酒。

又出現了一位藝評家，她不認識這一位。個頭矮小，參差不齊的金色瀏海，身著宛若銀行經理的套裝。那女子說出自己所代表單位的時候，瑪瑞拉可能沒聽到，不然就是對方根本沒說。但是，她拿出了筆記本，與畫廊裡其他隨便看看的人截然不同，這位女子似乎是真心喜歡，她按了一下筆頭。

她伸手指向投影機與螢幕，「關於這些作品，有一些問題想要就教，方便嗎？」

瑪瑞拉回道：「沒問題……」

「我對妳的素材很好奇。」

「幾乎都是投影機、電腦，以及螢幕。我盡量運用可以反映某一特定時期、或是在媒材與訊息之間產生某種言說的素材，創造出某種粗糙、更有粗粒感質地的素材。」

「那是什麼時期？」

瑪瑞拉算了一下，「九〇年代中期。」

「為什麼要挑那段時期？」

瑪瑞拉等待那女子抬頭，然後與對方四目相接。「它們在成長過程——我自己的發展階段——發揮了形塑力，我意識到自己身為女性的這個身分。」

「嗯。」那女子又開始迅速抄寫，她對於瑪瑞拉的回答似乎完全沒有興趣。「所以這些螢幕啊什麼的，就是所謂的撿拾之物件。」

「抱歉？」

那女子抬頭，瞄了一下三號死屍。「妳提到最後一件作品包括了撿拾之物件。」

果然來了，瑪瑞拉害怕的問題。

「哦，」瑪瑞拉說道，「沒錯，其中一個螢幕是我在街上找到的。」也不能算是全然的謊言，她是在某個朋友面向小巷工作室的後方儲藏空間、把它挖了出來。「我想利用廢棄的科技產品，我覺得，它不只可以召喚出與過往的某種連結，還可以召喚過往之本體。」

那女子並沒有寫下這一點。反而靜靜等待，原子筆定懸在筆記本上方，她又按了一下筆頭。

「還有部分照片——也是我意外找到的。」

那女子噘嘴，表示知悉的某種細微動作。

「不然就是從網路取材。」

「取材？」

瑪瑞拉往後張望了一下，希望這場訪談可以結束。「這稱之為拼貼，」她說道，「借用他人素材，彙整之後說出自己的故事。」

現在，那女子伸手指向三號死屍。「這是妳自己的故事嗎？」

「這是大家的故事，」瑪瑞拉回她，「難道妳不這麼覺得嗎？」

「我不知道，」那女子說道，「還有一個問題。妳作品背後的靈感來源是什麼？」

瑪瑞拉深呼吸，面對這個問題，她早就準備好了，開始滔滔不絕：「我一直對於解構女體很有興趣。或者，也許應該說是對於這世界摧毀它的方式吧。我覺得，應該可以這麼說，它比全世界的任何事物都更容易成為暴力的目標，不論是生理、心理、情感層次都是如此。」

那女子側頭，「但為什麼呢？」

瑪瑞拉挑眉，希望可以顯露「我一定得告訴妳嗎」的那種表情。其實，是因為她並不是很清楚原因，而且她的作品也沒辦法讓她得到進一步的體悟。「為什麼男人和其他女人想要聯手處罰女人？」她深呼吸，努力構思答案。「好，首先，是身體力量動能，嗯——是尺寸的難題。」

那女子停筆，但是並沒有抬頭。她揚手，阻止瑪瑞拉。「我的意思是，妳為什麼會對這產生興趣？」

「哦。」

「妳為什麼會對這種極端暴力有興趣？」

極端暴力。瑪瑞拉真想要偷笑。因為那就是關鍵，終於有人看到了。這不是表演藝術或是某種情感再現，就是暴力之本身。

「在我們所居住的這個世間，無可避免，妳說是不是？」

「是嗎？」

那女子在挑釁她，讓她渾身不自在，對方幾乎沒有理會她的目光。

「我的意思是，妳隨便看一下啊，電視與新聞的那些影像。」

「所以妳對這些有興趣，是因為妳在新聞看到的某些內容。」她按了一下自己的筆頭，迅速寫下字句。

瑪瑞拉猛揮手，差點動手抽走對方的筆。瑪瑞拉回道：「不是……」這是她的作品，是她的人生。不是抄襲什麼煽情的新聞雜誌，也不是看了太多《法網遊龍：特案組》而得到了啟發。她的作品並非源於聽說或是二手資訊，那不是她編造的情節，而是千真萬確的事實。

那女子抬頭，被瑪瑞拉手勢的力道嚇了一大跳。

「不只是如此，」瑪瑞拉說道，「那是真的發生過的事。」

那女子深呼吸，彷彿瑪瑞拉終於說出了什麼值得深究的話。瑪瑞拉還來不及詳細解釋，就算她立刻說出來、她也不確定自己會講什麼，她發現她與那女子站在人群中間，有人鼓掌要求安靜。那女子往後退，讓瑪瑞拉面向自己的群眾。

瑪瑞拉站在藝廊中間，眾人簇擁著她。她喝了一大口握在手中的酒，大家在等待她開口。她早已準備好一段有關身體與客體、生命與腐朽之交錯性的談話，有關主體與屈從之間的界線。不過，剛剛與這名唐突女子的對話，卻讓她放下了那一段內容。

「我八歲的時候，在聖薩爾瓦多自家後方的海岸、看到了一具漂浮女屍，全身浮腫，皮膚泛藍，看起來像是某種海洋生物，她慘遭謀殺，然後被丟入水中。兇手起了頭，最後是由海洋接手結束。這個世界在摧毀我們的身體，而我們唯一擁有的保護工具卻只是我們自己的身體。」

她在人群中找尋剛剛和她對話的那名女子。她看到對方在前排，依然在筆記本上面振筆疾書。

「深夜時分，思及這一切，就很難入眠，我們遇襲遇害何其容易，我們能夠毫髮無傷度過每一天，真是不可思議。我們的生命量度是毫米，剛剛就有台車差點撞到妳。還有，時段和時機呢？在空無一人的街道遇到某個陌生人？他分心了？他沒有看到妳、或是沒有在妳身上看到他想望的部分？要是他還沒那個心情而放過了妳？萬一他反而抓住的是下一個路過的女子呢？妳遇過這種情境有多少次？數百次？還是數千次？」

前排的賓客在來回挪動腳步。她看得出來，他們想要別開目光，查看手機，聊天，但也只能拚命忍住。她可以感受到他們的需要，她最好是趕緊住嘴。她害他們渾身不自在，她比她自己的畫作更令人不安。因為，他們怎麼能夠看著她的創生品、同時吃吃喝喝又大笑聊天？那一切等於告訴了她，她的作品效果還不夠強烈，那並不是達倫·阿爾蒙德的通往奧斯威辛的車站，也不是蒙哥馬利的美國和平與正義紀念館外頭、被上銬的半裸家庭塑像。那不是跪下趴地的教宗，不是小學生時代的希特勒，不會讓大家看了之後驚駭無語，喚起了他們從來不曾經歷過的恐懼，讓他們體會到從所未有的感受。

瑪瑞拉感受到那股朝她襲來的黑色浪潮，要是她不注意的話，她一定會捏碎手中塑膠杯，把自己的酒潑灑出去。她面色抽搐，拚命對抗那股黑潮，她臉頰的傷口在犯疼，她可以感受到瘀青區塊的快速搏動，這讓她找到了重心，變得安穩。

「然後，這附近被殺的那些女子，你們都看到新聞了，對嗎？」

她靜靜等待。

「或者，各位認為它與你們沒有任何關聯。也許你們賦予了自己那種奢侈待遇，想必一定很棒。對我來說卻截然不同。首先，是在隔壁家當保姆的女孩遇害，然後我的鄰居也遭殃。」

她講得太久了，但她忍不住。

「你們以為熟悉的地方其實並非如此，你們的家並不是家，我的藝術不是藝術。因為暴力太殘忍了，想要準確呈現出來一定會造成傷害，會傷害各位，我希望它會讓你們感到痛。」

然後，她稍微舉高玻璃杯，宛若要乾杯一樣，周遭的人怯生生拍手。

瑪瑞拉開口：「反正……」但她不需要多說什麼了，她周邊的這場派對已經結束。

有人把她帶到藝廊後頭，讓她坐下來。有人給了她一瓶水，洗去了她口中的酒酸味。她雙手支頭，透過小辦公室的門凝望這場派對。大多數的觀眾都聚集在茱莉安娜那些照片周邊，有些人拿出手機，拍照或是拍攝影片，還有一些人甚至在做筆記。

有幾個來自傑佛遜區的觀眾——中年的黑人，關心社區的那種人。他們看起來顯得突兀，但是他們卻給予了作品正確的關照。他們目光堅定不移，直接吞飲而下，彷彿心領神會。

7

還有一些喝醉的人以及一些晚到的人。不過，藝廊裡幾乎全空了。地板、以及窗台，甚至一號死屍附近，到處散落紙杯，瑪瑞拉知道自己明天一定會有宿醉來犯。

每當藝廊的門打開的時候，她都會立刻張望，想知道父母是否決定要為她打氣，但卻只有看到大家陸續離開而已。

有些人放慢腳步，對她道別。有名當地婦女問了瑪瑞拉一堆問題，到底是怎麼成為藝術家，還有她女兒想要成為漫畫家但需要一點指導，不知能否請瑪瑞拉跟她女兒談一談，瑪瑞拉給了她電郵，純粹是要打發對方離開而已。

明天會有兩名可能的贊助者來訪，是從事電視編劇工作的藏家，就這樣了。這場展覽還會持續一個月，不過瑪瑞拉的部分已經大功告成。

門開了，是那個有參差瀏海的矮小女子。瑪瑞拉還沒來得及站起來，那女子已經走到藝廊的另一頭，進入狹小辦公室。

瑪瑞拉問道：「妳還想知道什麼嗎？」

那女子拿出一張名片，艾斯美雷爾達．佩芮，洛杉磯警局警探。

「警探？」

佩芮問道：「可以讓我坐下來嗎？」她伸手拉出辦公桌對面的那張椅子。

瑪瑞拉說道：「請坐。」

佩芮警探大嚼口香糖，彷彿想要把它咬爛一樣。

「警探，妳對藝術有興趣？」

佩芮警探打開她的筆記本，口香糖啪啪作響。「妳在洛杉磯長大？」

瑪瑞拉把她的展覽媒體資料遞過去，「我的簡介資料都有寫……」

「上面說妳在洛杉磯長大，但卻是在奧海伊鎮念中學。」

瑪瑞拉挑眉，「我的資料裡並沒有寫這個。」

「所以到底是在奧海伊鎮還是洛杉磯？」

「我在我阿姨家住了好幾年，那裡的學區比較好。」

佩芮警探抬頭，「妳的臉頰是怎麼一回事？」

瑪瑞拉伸手撫摸瘀青，「拳擊。」

「奧海伊鎮之後，妳去念了寄宿學校。」

「我待在洛斯奧利沃斯，然後在聖地牙哥念大學與研究所。」

「妳是什麼時候回到洛杉磯？」

「抱歉，警探，這是怎麼回事？」

「妳打拳擊的頻率？」

瑪瑞拉搖頭，對方直接轉換話題，讓她嚇了一跳。「一個禮拜一次，也可能是兩次。」

「妳很厲害嗎？」

「我很遜。」

「為什麼要打拳擊？為了防身？」

為了控制暴力，為了要自我體驗，這就是真正的答案，但瑪瑞拉只說了一聲：「多少是吧。」

佩芮警探把筆記本放在桌上，「所以我現在要做的是建立時間軸。在一九九八年到二〇一三年之間，妳離開洛杉磯？」

瑪瑞拉回道：「差不多是這樣……」

喀喀，啪啪，喀喀，啪啪。佩芮警探忙著嚼口香糖，按筆頭，根本就是樂團編制裡的節奏組。

「好，瑪瑞拉，我對藝術不是很懂，但我對於有關撿拾之物件這個部分相當好奇。」

「這是源於法國對於撿拾之物件的實踐——將通常不屬於藝術的物品轉化為藝術。基本上，這就是重新脈絡化的藝術。」

佩芮警探拿出手機，開始點螢幕。「所以妳打拳擊多久了？」

「抱歉？」

「拳擊。」

噠，噠，噠。

「大約一年半。」

「所以就是在妳搬回洛杉磯的時候？」

「應該是吧，這到底……？」但佩芮警探搶先一步，問她下一個問題。

「瑪瑞拉，妳住在哪裡？」

「幾乎都住家裡。」

「所以妳還住在其他地方？」

頭痛開始發作，顱骨彷彿在收縮一樣，壓迫她的腦袋。「妳二十五歲的時候還會住家裡嗎？我四處為家。」

佩芮警探揚起目光，不再盯著手機。「妳知道妳在自己的展覽中展示的是死亡女性的照片——遇害的那些女性。」

瑪瑞拉張大嘴巴。

「這就是妳所認定的撿拾之物件？」

「所以我是應該要註明拍攝者名字什麼的嗎？」

警探又盯著手機，像是青少年在看IG一樣點個不停。「妳二十五歲，對網路與社群媒體很熟悉，我想妳一定很清楚要如何利用圖像反向搜尋。」她又開始點手機，她的指尖碰觸螢幕玻璃的那種聲響，頻頻挑動瑪瑞拉的神經。「大家都以為相片是二度空間，但是在社群媒體卻並非如此，現在已經不是這樣了，大家都有相機，可以立刻記錄一切。我們可以這樣思考——要是看到了以某個方向拍攝的照片，那麼很可能會有某人在同一時刻、望著反方向的照片，我們只是需要找出來而已。」佩芮警探反轉自己的手機，交給了瑪瑞拉。

那是一張臉書的照片。瑪瑞拉立刻就認出了裡面的背景，茱莉安娜拍下的多張照片中的同一間公寓。她也認得那個場景——在她的循環影像之中出現的那張桌子，桌面有著相同的深夜凌亂物件——毒品、香菸、烈酒、平裝版的《暮光之城：破曉》。只不過，這張照片是相反角度，本來的前景成了背景，而桌子後方是茱莉安娜拿著手機，拍下了她面前的混亂場面。

瑪瑞拉往下滑照片，看到這個帳號是屬於一個名叫可可的女子，她出現在茱莉安娜的許多照片之中。這些照片都拍得混亂、隨便，完全沒有茱莉安娜的那種清透感。

佩芮警探問道：「妳怎麼會有這支手機？」

瑪瑞拉覺得兇手終於落網的時候，應該就是這種感覺吧，釋然，鬆了一口氣。「我意外發現的。」

「哪裡？」

「街上。」

「到底是哪裡的街上？」

「她住在我家隔壁。」

「她之前住在妳家隔壁。」

「所以就是在我們兩家中間的地方。」

「難道妳沒想到自己持有的可能是刑案證據？」

「我看到這支手機的時候並不知道她死了。」

「所以妳是在她死亡那晚撿到了它？」

「應該吧。」

「妳知道證據的觀念是什麼嗎？有名女子被謀殺，妳在路上撿到了她的手機，而她的父母夠警覺，立刻打電話給我，」佩芮警探闔上筆記本，收好手機。「我想，妳現在一定以為茱莉安娜在妳的作品中得到永生。」

瑪瑞拉回答得很誠實，「其實我並沒有那麼想……」

警探把口香糖吐入垃圾桶，又拆了一片。「妳知道嗎，這些都是真的。那些照片中的女子真的死了，的確被人謀殺，而殺死她們的兇手還沒有落網。」她起身，步向門口，走到藝廊中間的時候，她轉身。「妳為什麼對這種照片有興趣？」

瑪瑞拉說道：「我想我已經都回答過了……」

「妳努力想要回答，但是並沒有講出答案，別擔心，」警探說道，「總有一天妳會知道。」她繼續往前走，開門的時候，又停下腳步，大門微啟，雨絲被吹了進來。「瑪瑞拉，妳可知道是誰殺了茱莉安娜？」

這問題從藝廊的另一頭飛過來，宛若被特效減緩速度的子彈，所以瑪瑞拉在它攻入自己胸膛、讓她斷氣之前，還有時間可以細細觀察。「我……我……」她為什麼會知道？她怎麼可能會曉得是誰殺了她的鄰居？

「或是其他人，」佩芮警探問道，「也許你知道是誰殺了凱瑟琳．席姆斯或是潔絲敏．福里蒙特。」

瑪瑞拉開口：「為什麼我……？」

「我只是想到就隨口問一下。」警探又掏出筆記本，快步走回辦公桌前。「還有一件事，」她手裡拿著一張紙，上面潦草寫下某個電話號碼。「妳認得這個號碼嗎？」

「那是我小時候爸媽家的室內電話號碼。」

「我想也是。」佩芮警探沒等她回答，直接走向落雨街道。

8

雨滴重擊窗戶，宛若企圖闖入一樣。藝廊一片漆黑，唯一的燈源是螢幕的亮光，還有在華盛頓大道疾駛車輛的流曳色光。明天瑪瑞拉會把茱莉安娜的名字標註在三號死屍作品，「與茱莉安娜．瓦爾加斯協力創作」。

她關燈，不希望被別人看到她一個人待在藝廊裡。

街頭一片漆黑——窗面佈有雨痕，她幾乎看不到外面。

她找到一瓶紅酒，把它倒入某個被人丟棄的杯子裡。她不知道自己是否想要回家，最好還是讓她父母缺席這件事默默過去吧。

佩芮警探的問題在藝廊裡徘徊不去。

妳可知道是誰殺了茱莉安娜？

這個問題打開了一扇門，召喚出某種恐懼，正是瑪瑞拉期盼自己藝術作品可以達到的那種效果。她明明待在自己的地方，卻因此而覺得惴惴不安。

她環顧整間畫廊，查看角落，目光恣意飄向了街道。不過，除了窗戶之外，什麼都看不到。

地板上有東西在晃動，瑪瑞拉心頭一驚。但那只是某台怠速車輛的車頭燈，重組了藝廊裡的陰影地帶。

她想要關掉自己的裝置藝術作品，但這樣一來，就會讓她陷入一片黑暗之中。恐懼，變幻無常。昨天晚上，瑪瑞拉與自己的作品共處的時候，心中只有勇氣與驕傲，這些影像充滿力量，讓她覺得自己也擁有權力，可以掌控一切。但現在她看到的是死亡女性，看到的是她們的絕望，看到的是她們的厄運。

還有更糟糕的部分，她曾經自己轉化為受害者，在街上被追逐，被圍堵的那段影帶裡的人就是她自己。她原本以為，將自己的恐懼轉化為自己擅長的藝術，她就可以先發制人。

但她並沒有掌控權。現在沒有，當她在製作與創造的時候也沒有。這是幻覺，是虛相，就像在打拳擊的時候一樣。在健身房的那一小時當中，她可以佯裝自己面對即將到來、由自己所設定之暴力的時候，取得上風，她擁有控制權。不過，一等到她必須走到街頭，那種快感就消失無蹤。

她的目光停留在二號死屍——以追殺者角度拍攝的那一段循環影片，她在街頭被追殺，她脫去衣服，全身瘀青流血，自我一點一滴消逝，最後癱倒在地。然後，她又盯著三號死屍，左邊的影像是拉瑞・蘇爾坦廣告橫幅下方的茱莉安娜臉龐。

那是手機裡的最後一批照片，也是少數能夠展現茱莉安娜真貌的照片之一。

當初吸引瑪瑞拉注意力的也是這一張——就是這一張照片，讓她知道茱莉安娜的影像是刻意拍攝，不是隨機取景，她是攝影師，是藝術家，是說故事的人，是傳記作者。

也就是這張照片鼓舞了瑪瑞拉的創作。

不過，警探的問題現在害她不知所措，她在照片裡看到了不一樣的東西。邁步走向死亡的女子，生命的倒數計時。

拍攝了這張照片之後，茱莉安娜活了多久？瑪瑞拉可以查看她電腦檔案，但是她並不想要知道。

她望著茱莉安娜目空一切的目光，發現了她的錯誤，她不曾擁有街道，而是恰恰相反。

喀嚓。照片消失，取而代之的是另外一張。床上的白床單，某名女子趴睡，右邊有一盒吃了一半的溫切爾甜甜圈。左邊是傾翻的咖啡，淡褐色的汁液沾染了床被。

那女子雙腿赤裸，只穿著短睡袍，可以看得到底下的一抹藍綠色蕾絲丁字褲。

那一小段蕾絲——這樣的暗示——讓觀者進入了偷窺狀態，令他覺得自己看到了什麼不該看的東西。它誘惑她抬高眼眸，產生更多渴望，直接面對那股肉慾。

瑪瑞拉緊盯不放，她就是忍不住。她的雙眼從那名熟睡女子的雙腿凹處往上飄移，到了她睡袍的下襬處，在一片幽暗之中，蕾絲一片光亮。她的目光留戀不已，窺探，面對照片的極限範圍覺得懊惱。

然後，就在她凝望這女子身體、想要看到更多她不該看到的部分的時候，有一張男人的面孔出現了，就落在螢幕上面，剛好落於照片正中央。他的雙眸隱藏在那一片咖啡污漬之中，但他就在那裡。他在照片外凝望——直視瑪瑞拉的某種幽靈。

她尖叫，目光離開了螢幕，心跳飛快。

現在，透過黑夜暴雨，她才發現自己犯了錯。那男人並非在螢幕外凝視，而是站在街道盯著藝廊，而他的臉正好映照在瑪瑞拉面前的發光螢幕。

她並不想這麼做，但她還是以手遮擋雙眸上方，瞇眼望向外頭的幽暗街道。那裡沒有人。她回頭面向螢幕，現在是一名女子對著破碎的鏡面卸妝，現在，她看到的只有照片而已。

她再次檢查門窗，但沒有看到人。

藝廊大門嘎嘎作響，有人在敲門，猛拉把手。

「瑪瑞拉！」

聽到她自己的名字，她嚇了一大跳。

「瑪瑞拉！」

就在那一刻，她以為是自己幻聽。

她深呼吸，遮擋雙眼上方，這樣才能看到玻璃的另一方。

羅傑，她的爸爸。他站在雨中，一頭濃密的灰髮緊貼頭皮，鬍子在滴水。

「瑪瑞拉，妳到底要不要開門？」

在那麼一瞬間，她被自己爸爸的幽魂嚇傻了，根本動不了。一天前，他還在自己的神遊狀態，無法吃飯，把瑪瑞拉與她母親當空氣。現在，他返回世間，大喊她的名字。

瑪瑞拉摸弄了一會兒，打開門栓。

一陣狂風暴雨跟著羅傑一起進來。

「我沒趕上，」他說道，「我忘了時間。」

「沒關係，你現在來了啊。」

瑪瑞拉請他等一下，然後，從後頭拿了一條毛巾，望著她的父親甩掉髮絲與肩頭的雨水，然後又撥弄鬍子上的雨滴。她打開大燈，整個空間恢復生氣，螢幕的色澤變得模糊。

羅傑從毛巾裡揚目，雙眼神采奕奕。

「好，」羅傑說道，「這就是了，這是妳的作品。」

瑪瑞拉最後一次與父親獨處是什麼時候的事？她不記得了？因為安妮可老是在旁邊。

羅傑把毛巾還給她，瞄了一下這些裝置藝術。

「媽媽不想來嗎？」

他凝視房間的另一頭，「所以就是那個嗎？」

瑪瑞拉又問了一次，「媽媽在哪裡？」

「給我仔細解釋一下，這是妳做的嗎？」

「媽媽不想來嗎？」

「我不知道，」羅傑回他，「我剛剛出門而已。」

「你最好站到前面觀看，」瑪瑞拉說道，「要是站在這裡，就只是一堆顯示器與螢幕而已。」

她父親沒回答，簡直像是根本沒聽到她說話一樣。他離開門口，走向那些裝置藝術，一開始看的是一號死屍，他站在那三個疊在一起的螢幕前面，瑪瑞拉不知道他是否認出那就是他們在聖薩爾瓦多老家後頭的海灘。

她利用自己在聖地牙哥大學贊助中南美藝術作品所拿到的獎助金、支付了旅費，她從來沒有告訴她父母自己回去過拉利伯塔德。

她本來以為他只會在她的每一個作品前面客套待個幾分鐘，然後就繼續往下看。但是羅傑卻緊盯不放，仔細觀看，光是在一號死屍那裡，他就站在那裡不動、足足五分鐘之久，他輪流吸納每一個螢幕所播放的畫面，給予應有的重視。他很有耐心，具有藏家與藝評家的眼光。

「你喜歡嗎？」瑪瑞拉不想問出這麼可憐兮兮的問題。她知道牽涉到藝術的時候，不該問這種問題，永遠不行。這並不是妳烹煮的某道菜，也不是妳編織的圍巾，它的目的不是為了要討好他人。

羅傑沒有回應，只是一直盯著螢幕。

「爸？」

瑪瑞拉真想要伸手搖晃他。

「爸？」

「那是誰？」

瑪瑞拉沿循他的目光，望向最下面的螢幕。

「影片裡的那個人是誰？」

「最下面那個嗎？」她真不敢相信自己得回答這問題，因為超明顯，更何況發問的人還是她爸爸。「是我。」

「是妳？」

「螢幕裡的那個人，就是我。」

他的目光依然沒有移開螢幕，「是妳。」

「你記得聖薩爾瓦多海裡的那具死屍嗎？」

羅傑不再盯著螢幕，「但那並不是妳，完全不是妳，她只是一個太靠近的婊子而已。」

婊子。瑪瑞拉從來沒聽過她父親講過那種話，性工作者，妓女。不過，從來沒有講過婊子。

「太靠近什麼？」

羅傑沒有回答，「現在全世界都看到了妳裸體的畫面，」他說道，「我不喜歡那樣。」

又不是全世界，但瑪瑞拉並沒有糾正他。要是她覺得讓別人看見自己的裸體有問題，那麼她就不會生出這件作品，不論觀者是她的父母、朋友，任何人都一樣。她的藝術讓她去性化，帶走了讓她顯得脆弱不堪的一切。在螢幕上的幾乎不算是她的身體，也不是什麼女體，就只是被藍色顏料潑濕的腐肉——那是她在廢棄豪宅募款活動的那場表演的逆行版，這不是慶祝或邀請或是嘲弄，恰恰相反，這是劫後。

腐化與侵犯所暗示的反應理當是痛斥、厭惡，以及反感，但她父親的看待方式卻不是如此，他的雙眼飢渴——每一瓢澆灌在瑪瑞拉身上的藍色染料都令他掃興。

羅傑說道：「妳的身體又不屬於別人……」

「你的語氣就跟媽媽一樣。」

瑪瑞拉站到螢幕後方，想要更仔細觀察羅傑的面容。

他盯著那段影片的方式，就像她自己剛才在看那個俯趴床上的女子一樣，那一抹青綠色的蕾絲吸引的是想窺視更多私密的目光，青綠色的丁字褲挖掘出某種齷齪慾望。

他觀看那段循環影片的時候，並不是看待藝術的正常目光——評價、批判、思索——而是當你獨處、任由自己產生色慾和下流的骯髒思想之際，看待事物的那種方式。

「爸？爸爸？」

有車子輪胎打滑，尖嘯，發出潑濺聲響，一陣刺耳急煞。

「爸！」

羅傑抬頭，過了一會兒之後，他的雙眼才適應了螢幕外的世界，定神凝望瑪瑞拉。

他說道：「很有意思……」

他的聲音，宛若什麼回音一樣。狂風暴雨敲打窗戶，藝廊外頭的世界似乎好遙遠。只有藝廊、裝置藝術、瑪瑞拉，還有她的父親。

他看她的眼神很奇怪。瑪瑞拉後退，貼近螢幕之後的那堵牆，希望羅傑可以轉到下一部作品。她緊張不安，知道自己馬上要被衝撞的某種惡兆。

他的目光在她的身體留連不去，她不確定他是不是要把螢幕中的女子和面前的女兒融為一體，或者還是有其他念頭。

「爸？」

瑪瑞拉雙手交疊胸前，聳起肩頭，整個人內縮。

她想要把身體窩成一團，羅傑臉色一沉。

「爸，你在看什麼？」

「妳，」他回道，「我在看妳。」

瑪瑞拉父親的凝視，逼得她貼住牆面，不斷蠕動。「不要，」她說道，「不要，不要那樣，這作品與性慾無關，」她又補了一句：「它在挑釁，這才是重點。」

他依然緊盯不放。

「爸！」瑪瑞拉大叫，離開牆邊，雙手扠腰，像是個任性青少女。「夠了！」

羅傑眨眼，吸氣。「抱歉，」他說道，「我想妳的作品轉化力很強。」

「好，」瑪瑞拉說道，「很好。」

終於，羅傑走向了二號死屍。

她盯著他觀看那段影片。

「爸，這也是我，」瑪瑞拉說道，「這不是真的，你也知道吧，是設計過的畫面，但跟電影不一樣。它應該代表了某種意義，嗯，就是它的本體，而不是呈現或是再現。」她喋喋不休，以嘰嘰喳喳的話語填補畫廊的寂靜。她講個不停，透過羅傑雙眼中的那種躁動，那種目光讓她知道他想要從螢幕影像中得到更多，她已經喚醒了他內心的某種悸動。

羅傑問道：「妳在躲什麼？」

「嗯，就像是抽象概念，但也是真實的一面。我們周邊充滿了暴力，性暴力，肢體暴力。我把它具體化，重現與女性相關的日常恐懼——缺乏安全感，我們是獵物。」

「獵物？」羅傑說道，「我從來沒有想過是那樣。」

「我在這裡想要表現的是掌握恐懼，我想要控制它。」

羅傑說道：「但妳後來成了獵物……」

「我想是吧。」

「所以妳無法掌控，永遠沒辦法，妳自己看看。」他指向螢幕，「妳輸了，不管是誰在追捕妳，他贏了，他永遠是贏家。」他那種語氣簡直像是耀武揚威。

瑪瑞拉回道：「嗯，跟那個人無關……」

他回道：「我喜歡。」

瑪瑞拉很想要告訴他，他的反應不該是喜歡，應該是深感不安。

「很好，」她說道，「謝謝。」

她臉上的笑容很勉強。

他在看第三號作品——三號死屍。

風勢擊打得更兇猛，燈光閃爍，螢幕也是，然後，一切又恢復了正常。

羅傑往後退了一步，這樣一來，他就可以一次看到所有的螢幕。

他好整以暇，盯著某張照片，等待下一次循環，看了好幾次之後，目光才移動到另一張。瑪瑞拉在注意時間，車子一台接著一台呼嘯而過，她還聽到天花板頂燈的滋滋聲響。

「爸？爸？」

一陣暴雨狂襲窗戶。

「爸？」

他問道：「妳怎麼會認識這些女人？」

「茱莉安娜住在隔壁，所以……」

「茱莉安娜……」他說道，「但妳不認識她。」

「我們見過面。」

「但是妳不認識她，我知道妳不認識。妳不認識她們，妳不認識凱瑟琳。」

瑪瑞拉問他：「你怎麼知道她的名字？」

「這不是妳的世界。這是一個黑暗，非常幽黑的地方，極為邪惡之地。」

「那不是重點，」瑪瑞拉說道，「我們可以在各種地方找到美感，或者，至少是力量，或者，也許可以找到其中之一帶來的啟發。」

羅傑沒在聽她說話，只是緊盯著那些螢幕，彷彿整個世界當中沒有他物。她真想要給他一巴掌，讓他從自己的幻夢世界中醒來。她進入辦公室，找到一瓶水，給了他，盯著他打開蓋子喝水，宛若處於恍神狀態。

「這些女人，」他說道，「妳看看這些女人。」

瑪瑞拉聽到自己口袋裡的手機發出聲響，嚇了一大跳。

她深呼吸，又一次，想要在接聽電話之前找到某種平靜語調。她看了螢幕，是她母親。

她把手機湊到耳邊，「一家團圓了……」

她母親的語氣很緊張，「瑪瑞拉？」

「至少我父母當中有一人記得我的展覽。」

「妳爸爸？他在那裡？」

安妮可語氣中有一種瑪瑞拉不喜歡的火氣，「媽？」

「我去接他。」

「媽，他沒事。」

「瑪瑞拉，我去接他。」

「你就讓他一個人好好觀賞我的作品吧。」

但是安妮可已經掛了電話。

瑪瑞拉收起手機。不知道羅傑是否知曉這段對話，就算有，也依然不動聲色。

「這些女人，」羅傑第三次說道，「她們不屬於這裡。」

「這是一場藝術展演。」

「但她們不屬於這裡，不該出現在這裡，在這種地方，不該和妳在一起。」

「什麼意思？」

「妳是怎麼弄到這些照片？」

「某種協力合作。」

「但妳是怎麼弄到的？」

瑪瑞拉嘆氣，「我意外發現了茱莉安娜的手機。」

這是羅傑的目光第一次移開了螢幕。突然之間，他變得很嚴肅，語氣精準到位。「跟我說妳到底在哪裡撿到的。」

「就在我們家外面人行道的那棵樹旁邊。」

「妳還留著嗎？」

瑪瑞拉腹部翻攪，手指刺痛。「我還回去了。」

「瑪瑞拉，妳到底做了什麼？」

羅傑低頭看著那一排螢幕，他蹲下來，望著那一張張照片不斷替換。他伸手撫摸中間的螢幕，把手指壓在玻璃上面，緊貼不放。瑪瑞拉望著那些影像不斷循環，映光在他的臉龐。「這些女人不屬於這裡，她們不屬於任何地方。」

瑪瑞拉這才發現自己一直屏住呼吸，而且發現她屏息的不只是現在，多年來都是如此，等待，等待，不斷等待。

而暴力，不在他處，不是在自家樓上與母親共處或是外面的街頭，就在這裡。

而她還沒有準備好如何面對。

菲莉亞，二〇一四年

對，是我，我回來了。怎樣，我有事才過來這裡。我要找個警探談一談，這可不是我瞎編的事，這很重要，我有證據。媽的我得要找人寫筆錄。

沒有人？你要告訴我沒有人？

他媽的你給我看看這個——這道他媽的傷疤，你很清楚這是什麼，你們沒有好好調查。

你是要叫我現在罵人？是要逼我大吵大鬧？我被割喉丟包等死，靠，洛杉磯警局根本什麼都沒做。

不過，聽我說，我現在不是要來翻舊帳，我是要來扭轉戰局，準備要來幫你們一個忙，我要出手相助。沒錯，你聽到了，我要出手相助。

是什麼？你覺得我完全幫不上忙。好，抱歉，櫃檯警員大人，媽的真是抱歉。

我覺得，應該有人會想要聽我提起那個想殺死我的男人。因為我想起了某件事，回復了記憶。

你要先知道才能打電話？媽的你真是會把關。

好，讓我告訴你。

砍我的那個人，喝的是這種酒，他說來自南非。這種鬼話讓我大笑，因為南非哪有葡萄酒，除非他們找長頸鹿釀酒。但後來他告訴我不要笑，他說他妻子來自南非。

你怎麼這樣盯著我看？

我記得的就是這個，只記得這個。

所以你得要打電話給某人，記下我的筆錄。

聽我說，你們現在有連續殺人魔逍遙法外。所以你哪位啊？可以決定什麼線索值得往上報？

你這樣良心過得去嗎？

謝謝你。

謝謝你盡忠職守。

謝謝你拿起電話。

現在，等一下，你打給誰？

兇案組？

靠他媽的兇案組。

我知道這是殺人未遂，但我要找的警探是掃黃緝毒小組。佩芮警探，給我找佩芮警探。

怎麼會這樣？

上次我來這裡的時候，你把我丟到她的辦公桌前面不是很爽嗎？現在一樣。怎麼會這樣？

我告訴你怎麼會這樣。這是唯一會聆聽我說話的小姐，真的，所以我只會把線索交給她。

打電話給她。

我等你。

第五部

安妮可

二〇一四年

1

這塊地很軟濕，大雨造成泥巴鼓脹蓋住草尖。這裡並不是羅斯戴爾墓園的合適區塊，太靠近華盛頓大道與卡大黎那大道——有骯髒房屋、那些從來不搬遷不繳停車費的露營車住民的排泄物的某條噁心小街。安妮可覺得大家為子女挑選墓地的時候，並沒有把一切納入考量，她可以看出別人可能是怎麼疏忽了特定細節。不過，話說回來，瓦爾加斯這一家人應該要更加謹慎才是。這個不小心，那個也不小心，壞事發生一定有其理由。

多莉安挑的就比較好，在某個有景觀的山丘，夏日有樹蔭，到了晚冬與春天就會出現綠意。而這裡就是不一樣的狀況了，濕土與垃圾混雜在一起的下坡泥濘髒地。

至少，茱莉安娜的父母選擇了羅斯戴爾，至少，他們沒有儉省到選擇更南方的墓園。羅斯戴爾已經不像二十年前那麼乾淨或體面。上個禮拜社區理事會會議發了通知，某名婦女在墓園裡亂撒女兒骨灰，然後還把最氣派的墓地佔為己有，甚至還拿噴漆破壞了原本的鐫刻姓名。

安妮可上一次參加喪禮，是十五年前雷希雅．威廉斯的那一場。悲傷的小型活動——只有死者的母親、一對年邁的黑人夫婦，還有幾個雷希雅的同學。只有兩束花，完全不像茱莉安娜墓地有花俏花圈、以及放在支撐架上面的鮮花十字架。

今天的活動沒有品味又虛浮——是悲傷與宗教的俗麗展現。

看看茱莉安娜的那些朋友，身穿迷你裙、緊身衣、過膝長靴、露背肚兜，還有那些接髮與假珠寶。她們露出了過多的乳溝，而且臉上有一條條哭糊的黑色眼妝。她們的悲痛粗俗，充滿了鄙俗之詞與誇張悲戚。

安妮可一直與群眾保持距離，墓園的這個區塊有幾棵樹，她站在某處樹蔭下方。低掛的冬陽是圓潤的黃色球體，既沒有危險的炎熱，也沒有令人痛苦的燦亮。昨晚雨停了，天空清朗。

大家都覺得雨水是一種清潔劑，可以滌淨塵土與穢垢，他們以為這是洗禮。安妮可比他們清楚多了，尤其在那些她曾經生活的國家——在聖薩爾瓦多、中美洲、印度、泰國這些區域，泥漿是一種疾病。光是看看墓園周邊吧，被暴風雨吹襲沖刷的塵泥與垃圾——赤裸裸呈現出城市底層。雨水並沒有帶走任何東西，它沒有清洗或是潔淨的效果，它的作為就是顯露出事物之本質，表面之下的污穢，以及被掩蓋的暴力。

神父交替使用西班牙文與英文。茱莉安娜的母親阿爾娃被丈夫與兒子攙扶。安尼可不覺得亞曼多是會哭的人，那男人，奸詐卑劣。多年來，她在二樓窗戶看到他擲骰子的時候都在耍花招。他使用控制式擲骰法，預控結果——先讓某顆骰子停下來，然後擋住另一顆骰子。某種低劣但有效的騙術，她從來沒有向羅傑或其他人打小報告。要是他們笨到看不出來，那就讓他們繼續輸錢吧。

她也聽過他們夫妻吵架——亞曼多對阿爾娃那種狂吼法，他的那種粗野怒火就像是粗俗電視節目中的角色一樣。他應該要表現出更多的尊重，不僅僅是對他的妻子，對鄰居亦然。這種行為是自私，失禮。那就是牆壁的功能，把一切關在裡面。拉上窗簾，保持安靜，維持秩序。

安妮可很同情他們，他們居然就這麼失去了女兒。她的意思並非這全是他們的錯，不過，的確是有些可以預先採行的步驟，她曾經努力代行其位的步驟，她稱其為吃力不討好任務。

那就是大家不懂的部分了。她為了清除傑佛遜區妓女所做出的努力——她曾在社區理事會披露的各種計畫，包括公開照片羞辱、上網公布資料，還有守望相助巡邏——不只是為了讓社區增添上流氣息。她的努力並不是為了要增加自己的房屋價值，她這麼做是為了拯救女性，讓她們發現自己不受歡迎，好好過生活。因為，看看周邊環境——這裡完全沒有阻街女郎的空間。

安妮可雙臂交疊胸前，噘嘴，感受到右眼在抽搐。她緊閉雙唇，想要止住那股顫動，她抿嘴抿得超緊，已經到了咬牙切齒的程度。

多莉安身穿已經褪為藍色的老舊黑裙，站在那一家人的右側。大家可能會以為她承受一次就夠了，但她現在又站在這裡，彷彿要自引痛苦上身一樣。

她的女兒——現在看來真是遺憾，她跟其他的不一樣，就連安妮可也知道這一點。但本來過著什麼生活並不重要，重點是怎麼死的。

但願多莉安搞清楚自己在幹什麼，一直餵食給那些女人，讓她們在這裡落地生根，過得舒坦。

安妮可努力要給她提示，但是沒有人注意她，根本沒有人聽她在說什麼。

在全世界各地的非政府組織工作了十五年，讓她學到了這一點。這十五年來，她向那些一臉茫然回望著她的母親們解釋衛生與風險，而那種表情彷彿要說的是一個拘謹的白人女子不可能了解她們身體的運作之道、或是她們對自己身體的處理方式。

羅傑在那些貧困社區當老師，那工作比較好，但安妮可對學童沒有耐心。到了現在，她對任何人都沒有耐心。這就是為什麼當初他們落腳在洛杉磯——與他們待過的那些第三世界社區相比，通常狀況也好不到哪裡去——她選擇轉換跑道，進入老年護理領域的原因。至少，在馬里布崖區的那棟經過徹底消毒的養老院之中、她不需要教導她的院民任何事情。她們已經不需要再學些什麼了，現在需要的只是寧靜度日——玩撲克牌、完成手工藝品、看完無聊的午間新聞精華。

不需要在意是否有人聽她講話，是否有人會遵從她的指示，真是一大解脫。通常只能靠著一滴水、一灘泥、一管鮮血向大家解釋疾病，而且通常大家都不把妳的警告當一回事，最後妳變得憤怒，心中滿懷因為不被尊重而產生的刻薄怨毒。

馬里布的那些女子看到安妮可總是很開心。她們已經知道這世界不會提供什麼大驚奇，而且她們也並非不屈不撓獲釋百毒不侵。她們已經走到盡頭，正邁向那無可避免之終點。

她把手壓住眼睛，想要阻止抽搐。她覺得皮膚在發燙，似乎也在發火。

現在他們開始唱聖歌，一開始是西班牙文，然後是英文——會眾聚集在一起——親屬、家人，甚至連多莉安也加入了。他們十指交疊，對著上帝吟唱要好好保護茱莉安娜。沒有上帝。安妮可大可以告訴他們這一點。她父親是牧師，她母親是國際紅十字會的護士。

兩人在約翰尼斯堡郊外認識，不久之後，這一家人在不同的國家之間不斷流動，其中一個傳道，另外一個努力治癒病人，而在這些貧民窟、饑饉區、被戰爭蹂躪的城市或是難民營當中，她從來沒有一次發現上帝的絲毫偉大或是慈悲，她看到的只有混亂與絕望。

這就是妳為什麼要打理自己的屋宅、保持整潔、制定規則、灌輸習慣、竭盡一切努力排除混亂與邪惡的原因。

不過，她父親看待事情的角度不一樣，他將自己的信賴託付給上帝，朗聲宣布祂的祝願，要求牧區子民要深信不疑，彷彿一切當是如此。

願上帝在祂的光中保護你。

願上帝保護在你心中的家人。

願上帝之美映照在你的眼底。

願上帝的恩慈體現在你的言語之中，

願上帝的知識從你的心中氾流而出，

讓周圍的人都看見祂的偉大，

而且，眼見為真。

每一天都是這些字句，有時候是一小時一次，還有的時候更加頻繁，而安妮可從來不曾見過上帝的偉大，這些話語從來沒有提振或是改善的效果，沒有辦法修補，而且就她看來，也無法保證任何人的安全。

嬰兒死亡。
母親死亡。
我們遇害。
我們殺人。
不過，還是一樣：
願上帝的恩慈體現在你的言語之中，
願上帝的知識從你的心中氾流而出，
讓周圍的人都看見祂的偉大，
而且，眼見為真。
保持信仰。面對絕望、蹂躪，以及百種死亡方式的時候，要保持信仰。飽受疾病所苦的時候，要保持信仰。當你的家園被摧毀、炸彈不斷落下、周遭世界已成廢墟的時候，要保持信仰。

不過，她的父親一直在禱告，他的教區子民重複他的話語。數十年之後，他的禱告依然在安妮可的心頭盤據不去。它會出現在她的夢境之中，汽車行經崎嶇路面哐啷作響，泥河轟隆，這番話也會自我現示。她在高速公路走走停停的車流與馬里布碎浪之中，聽到了這句話——要實現不可能的話語，要保持信仰。

羅斯戴爾墓園的神父開始講出自己的祝願，這是羅馬天主教的傳統。亞曼多與赫克特帶引阿爾娃到了神父的站立處，安妮可望著她甩開他們的手，逕自往前走，站在那裡，沒有人攙扶。她從神父手中接下一個小鏟，彎腰，將墳墓某側的土堆取土，填入墳中。她摘下墨鏡，讓大家可以看到她的眼睛，她的嘴巴又開又閉了好幾次。

她還能說什麼？還有什麼話需要講出口嗎？

赫克特拍了拍阿爾娃的背，她深呼吸，然後，她瞄到了安妮可，目光鎖定那個一直站在遠端觀禮的人，彷彿靠著這個方法就可以賜予她力量。

她開口說道：「我們永遠不會知道為什麼……」她站得比較挺直，嘗試著再次開口，目光一直不曾離開安妮可。「我們永遠不會知道為什麼……」她又說了一次，清了清喉嚨。「我們永遠不會知道為什麼上帝要從我們身邊奪走茱莉安娜。」

這兩名女子之間的距離越來越近。沒有尚未填封的墳墓，沒有哀悼的會眾，沒有俗氣花圈或是泥巴，只剩下阿爾娃與安妮可。

「我們永遠不會知道為什麼上帝要從我們身邊奪走茱莉安娜，」阿爾娃重複了一次，彷彿安妮可能夠提供答案。「我們永遠不會知道……」

安妮可搖頭，「如果妳相信那種事，」她的聲音清朗，語氣驕傲。「上帝跟這件事沒有關係，完全沒有。」

會眾轉頭，有好幾個茱莉安娜的朋友根本懶得掩飾笑聲。其中一個大罵安妮可是賤女人，朝她的方向衝過去，伸出十指，有兩個朋友及時拉住了她。

安妮可的眼睛不再抽搐，她嘴唇肌肉放鬆，前往離開墓園的人行鋪道。

她覺得心情平靜。她講出了自己的話，也讓別人聽見了。她的步伐精準又堅決，她聽到有人出現在她後面，而她並沒有轉身。

到了大門的時候，有人伸手抓住她的臂膀。安妮可放緩腳步，被多莉安拉住了，她低頭望著自己袖身的手指。

「妳不需要這樣。」

「是嗎？妳不會相信那種上帝啊什麼的鬼話吧？」

多莉安回道：「我是不信……」

安妮可說道：「我們總算有一件事取得了共識。」

「今天的重點不是妳我相信什麼？」

安妮可掙脫多莉安，「不是嗎？」

「是茱莉安娜家人與他們的悲傷，妳應該要尊重。」

「我不需要妳教訓我，」安妮可說道，「我一心只有尊重，我比他們更尊重他們的女兒。」

多莉安睜大雙眼，「妳在譴責他們。」

「我只是要說，事情本來應該不會這樣。」

2

安妮可的家裡有規矩，那是讓世界定軸的關鍵。用餐一定要坐下來，早餐只有果汁、咖啡、麵包、奶油，也許會有起司和一片水果，或者可能有水煮蛋。午餐通常是冷食，三明治搭配沙拉，偶爾會出現湯。晚餐是某種單純儀式，桌子總是一切就緒，有水杯、酒杯、亞麻餐巾。用餐時有紅酒，餐後喝的是雪利酒或白蘭地。

晚餐開始之前，一定會稍作停頓——讓安妮可能夠確定一切就緒的短暫片刻，這是她透過控制而得到的某種世俗恩典。

安妮可有她自己的祝願：

維護自己的家。

維護家人。

維護界線。

維護秩序，秩序也會在自身之中得到體現。

維護隱私。

維護外觀以及為自己所保留的一切。

樓上的房間床鋪已經整理好了，洗乾淨的衣服也全部摺疊完畢，絕對不能留在洗衣籃裡面變皺。

窗戶依然緊閉，沒有理由要讓外頭的人看到裡面的動靜，反之亦然。

這些是小事，但還有其他的事項——不能討論的東西。要保持嚴格，設下界線。這樣的要求並不算多，但都需要遵守。如果讓某件小事失控，然後呢？好，安妮可很清楚後果。她已經親眼見識過沒有規矩、架構，或是自重的生活會是什麼下場。住在帳篷、街頭、貧民窟，還是有一種得以維持尊嚴的方法。

她一直很訝異，在洛杉磯這種大都會、大城市，大家總是無法自我提升，對於他們周邊環境，完全不會進行改變或改善。

維護外表。

維護秩序。

那麼這樣就足夠了。

羅傑在家。明天他會一大早出門，前往他任教的特許學校上英文課——那是一間位於高速公路匝道下方的粗獷主義風格建築，夾雜在不同文化之間的孩子們的混亂騷亂場景。這很適合他，嚴格的課程，實用性。有目標——講話更得體、清晰又充滿智慧，而不是文學或是歷史之類更為抽象的課程。教導語言，沒有詮釋，沒有天馬行空。同樣的年級，每天都是如此，還有一模一樣的作業簿，一樣的考試。

至少，前一天當他關掉它的沉悶戰爭史、摘掉耳機、冒雨前往瑪瑞拉藝術展覽現場的時候，陰鬱的心情已經好轉。當他出門的時候，安妮可憂心忡忡。

安妮可現在又在擔心。那是她的罩門，是混亂得已滲入的縫隙，她憂愁心靈的失序狀態。

不過，羅傑在他應該出現的時候冒了出來。

安妮可現在聽得見他在後院修剪樹籬的聲響。金屬利刃的割剪聲讓她心中的緊繃感不斷放大。

她煮水泡茶。水煮沸的時候，她刻意讓它浸泡得久一點，是正常時間的兩倍。

她猜隔壁鄰居應該會舉行守靈。一開始的時候肅穆莊重，然後就會爆裂為那種全街區都必須大吼講話、蓋過吵雜音樂的派對，彷彿死亡是值得被歡慶的事件一樣。

後院園藝剪的噪音好刺耳——某種刷刷聲響，她發現有人打開了廚房窗戶。

明天他會回學校教書。兩人一起待在家一整天，令人無法喘息。這房子似乎越縮越小，安妮可發現自己常常編理由外出辦雜事，進行她的守望相助巡邏，盯著西方大道的阻街女郎。

她透過廚房的薄紗窗簾觀察她的先生——無趣的灰髮，雙手穩穩握住園藝剪手把，持續動個不停，藤蔓也宛若雨滴落在他的腳上。這裡和墓園一樣，花園內也是泥濘草地和濕答答的植物。不過，羅傑十分小心，絕對不會把任何一滴水帶入家中。

羅傑是她的第一個男友。在此之前，她母親早已認定她交不到男友了。當時安妮可二十六歲，是菲律賓某間搖搖欲墜的非政府組織的婦女健康專員，羅傑在位於利帕的某間小型國際學校教英文。他個性無趣，沒有冒險精神，這是他魅力之所在，不是那種會追求危險或是如她父親一樣的福音傳播者，他也跟她遇到的多數男人很不一樣。他沒打算拯救蒼生或改變世界。

安妮可走入客廳，雙手托茶。

就連羅傑修剪花木的聲音，也讓她覺得好難受。

她閉上雙眼，彷彿幽黑可以緩解那股緊繃感。三次深呼吸，趕走痛苦，這是她當初懷孕時、偏頭痛增劇的時候，聖薩爾瓦多的全人醫學治療師教她的方法。從來沒有任何效果，但安妮可還是繼續嘗試，彷彿痛苦是她或其他人可以控制的事項。

瑪瑞拉昨晚又沒有回家。安妮可在狂風暴雨之中開車前往西方大道的那間藝廊、把羅傑載回家。她本來在等待女兒，但瑪瑞拉眼神暴怒，看得出恐懼、知情，也有蔑視。

我不會跟你們回去，我永遠不會跟你們回去。

這都是因為安妮可沒有參加開幕會？這麼憤怒居然就是因為這件事。

瑪瑞拉沒有接電話，也沒有現身，但一定會的，安妮可十分確定。安妮可透過所有的嚴厲的愛、痛苦教訓，堅持瑪瑞拉必須要堅持追求更高標準，為她女兒在二十九號寓所的住屋裡、打造出一個安全空間，讓她可以歸返、也終將歸返的巢。

安妮可當時說道：好，那就回家見。

有人敲門。安妮可的茶潑灑出來，她趕緊擦乾淨。她走到門口，透過厚重的彩繪玻璃往外看，一開始的時候，似乎沒有人在那裡。惡作劇吧或者是快遞吧，她低頭查看是否有包裹。

有個小孩或是年輕人站在門口，她的高度幾乎還不到門口的小窗。

「哪位？」

「寇爾文太太嗎？可否請您開門？」

那不是小孩的聲音。

「有什麼事嗎？」

安妮可望著那名訪客後退，那不是小孩，也不是青少年。而是成年女子。她從套裝的口袋拿出東西，舉高貼住小窗。「洛杉磯警局，」她說道，「我是佩芮警官，可否讓我進去？」

安妮可開了門。

佩芮警官的高度只有到她的下巴而已。她四處張望，端詳那些深木色、有好品味的特殊年代家具以及居家裝飾風格。

「好，」佩芮警官拆開口香糖包裝，把它丟入嘴裡，嘖嘖聲響甚是刺耳。然後，她盯著安妮可，彷彿第一次見到這個人一樣，

「妳是安妮可．寇爾文？」

「對。」

這警探的態度真是令人反感。彷彿完全不知道自己所為何來，來訪並沒有真正目的。「我們坐下來說話好嗎？」

安妮可回她：「我剛剛問過妳是有什麼事。」

警探進入她家還不到一分鐘，已經犯下安妮可痛恨警察的最嚴重大忌——她對安妮可置之不

理，根本沒有回答安妮可的問題。

這是另一條家規：要是想知道什麼，開口問就是了，如果不敢知道答案，那就不要問。

「如果可以的話，我想坐下來說話。」她拿出手機，開始狂點，噠噠聲響與羅傑園藝剪的喀嚓聲此起彼落。

「所以妳呢？」佩芮警探大手一揮，指向沙發，似乎是在邀請安妮可在自己的家中入座。

安妮可站在原地，並沒有走入客廳。這種需要坐下的挑釁需求，很可能是因為身高的問題，可以讓戰場有相同的水平線，安妮可覺得不需要因為某人的不安全感而屈從自己。

「我想不會花太多時間吧，」安妮可說道，「妳是為了那些鳥過來的，對嗎？」

維持居家整潔。

維持世界秩序，妳的世界也會變得井然有序。

佩芮警官又開始看手機，手指點個不停，嘴裡的口香糖啪啪作響。「抱歉？」

「妳來這裡不就是為了那些無聊的蜂鳥嗎？」

偶爾，安妮可膽子夠大的時候會回頭查看自己的成果，見到那些小東西躺在多莉安餐廳後面的泥地，一陣爽快。但是多莉安並沒有看懂這樣的暗示，她還是給那些女人食物，那些女人依然一直過來。

保持周遭環境安全。

保持周遭環境整潔。

採取維護秩序的措施。

維護秩序，所以秩序可能會透過妳而體現。

警探不再看著手機，「蜂鳥……」那語氣像是她從來沒聽過這個字詞一樣，「不是。」她繼續按筆頭。

佩芮警探指甲碰觸手機玻璃的聲響，令人惱火。安妮可伸手撫摸眼睛，以免它開始顫抖。

警探繼續敲手機，「多莉安把它們全都保留下來，妳也知道，她放在鞋盒裡。為了要保全屍體，我想她曾經以低溫放入火爐烘烤。妳覺得她為什麼會做出類似這樣的事？」

「我不知道。」

「我想妳知道。」佩芮警探把手機放入口袋，「現在我們可以坐下來了嗎？」她沒有等待安妮可回答，直接坐在面對沙發的扶手椅裡面。

「是我毒死的。」

為了要排除混亂，就是得做出某些舉動。小小的犧牲，冒險。

「我不在乎那些鳥的事。」警探不再嚼口香糖，也不再滑手機，現在唯一的聲響是羅傑剪花的聲音。

安妮可壓住太陽穴。

佩芮警探問道：「妳還好嗎？」

「我丈夫在剪花，那噪音真叫人受不了。」

「我什麼都沒聽到，」警探說完之後，又望向花園。「他在家嗎？」

「我剛剛告訴妳了，他在剪花。」

「沒錯，」佩芮警探回道，「妳剛剛有跟我說。」她拿出筆記本，攤開。

安妮可說道：「我別無選擇。」

「關於什麼？」

「多莉安不能再餵那些女人了。那些鳥是犧牲品，宛若以撒。」

院子裡的噪音越來越大聲，園藝剪發出尖嘯，安妮可差點站起來要再次檢查是否有窗戶沒關，但其實全都關上了。

突然之間，警探的目光宛若銳利刀鋒，她不再按筆頭或嚼口香糖還是滑手機，她交疊雙腿，傾身向前。「我來這裡不是為了那些鳥，而是為了別的事來找妳。一九九八年七月十六日，妳打了一通電話。」

安妮可哈哈大笑，「電話？」

警探從她的筆記本裡抽出一張紙，打開。「我翻閱了數百頁的資料，才終於找到這個。」她把它遞過去。

安妮可接下那張紙，看到自己的名字被潦草寫在空白邊緣，旁邊還有自己的電話。

為世界注入秩序，秩序將會完全聽令於你。

「他們沒有回電，是吧？」

安妮可再次哈哈大笑，「妳在追蹤一通十五年前的電話？」

「在一九九九年年初，妳又試了一次對嗎？」

「我就姑且相信妳了，我想妳有好好辦案。」

「那一次妳沒有留名字，但就是妳，對嗎？」

警探把一張打字稿備忘錄影本送到她面前，「女性來電者，她說她以前打過電話，但是沒有人回她電話，有關舉報她先生的線索，要是先前電話有回覆的話，她就會交代自己的姓名。」

「我說過了，我等你們好好辦案，而你們一直沒有回電。我覺得我的線索並不重要，我想是我搞錯了。」

這正是她告訴她家人的話，要是不想知道答案，就不要問問題，以免讓自己失望。她回答了一個沒有人問過的問題，從另一方面看來，也算是沒有人注意過的問題，這等於是艾希所需要的確認。

佩芮警探按了兩次筆頭，「好，那妳本來打算要說什麼？」

安妮可側頭望向花園，「妳真的沒聽過？」

「沒有。」

「我當初要說的事在當初看起來並不重要，所以現在也一樣。」

「妳是因為西方大道的那些謀殺案而打電話。」

安妮可回道：「對。」

她想要站起來對著羅傑尖叫。他明明最清楚，發出這麼嘈雜的噪音是對他們家庭聖堂的干擾。

關好自己的家門。

把家人留在身邊。

把自己的問題留在心中。

讓自己的世界井然有序。

「跟妳丈夫有關。」

安妮可眨眼兩次。

佩芮警探說道：「跟妳丈夫羅傑有關。」

安妮可張望四周，一切這麼井然有序，令人吃驚不已。壁爐架上面的路克伍德牌陶瓷花瓶的排列精準度，佈道風格的相框之間的空隙。她檢視莫利斯牌壁紙之間的接縫，完全看不到任何破綻。

「寇爾文太太？妳是否曾因為妳丈夫的事打電話到警局？」

安妮可閉上雙眼。

有時候，等待某件事太久，到了最後就根本忘了。然後它就成了你的一部分，接下來你就不會注意到它。它成為日常之一部分，融合在一起，然後就被忽略了，幾乎忘了自己已經期盼許久的那件事。

然後，就這麼發生了。

然後，讓人如釋重負。

空洞的感覺消失無蹤。園藝剪的聲音停止，安妮可幾乎覺得自己在沙發上方漂浮，似乎可能在半空中仰躺飛翔。「對。」

「雷希雅．威廉斯是隔壁的保姆，而茱莉安娜．瓦爾加斯住在隔壁。」

安妮可依然緊閉雙眼，在一片漆黑之中感覺好平和，她希望警探不要再講話了。

「寇爾文太太？寇爾文太太？他知道妳有打電話嗎？」

安妮可睜開眼睛，「我告訴他了，他問我，我就照實說了。」

「他是因為妳打了電話而收手？」

安妮可環視客廳，找尋可以整理這種亂局的地方。

「或者是因為奧菲莉亞．傑佛瑞斯才收手？」

「我不知道她是誰。」

「我想妳知道，她是唯一的倖存者。」

那都是羅傑的錯，這可能會引發失序。

佩芮警探說道：「所以妳才會打電話……」

「我一直把我的世界維持得井然有序，而秩序也會透過我而得到體現。」

佩芮警探迅速按壓筆頭，雙眼掃視整個空間。「這就是他生氣的原因嗎？混亂？」

「警探，妳還沒有看過這個世界，妳沒有看過混亂與絕望，妳還沒有看過骯髒與剝削，人們——女性——為了生存下去而做的種種。這的確令人作嘔，但還是會讓人想要盡力協助。」

「那就是羅傑在做的事？幫助別人，淨化這個世界？」

安妮可哈哈大笑，「妳在找尋的是理性的解釋，高貴的情操。羅傑喜歡那種混亂，那種墮落，而這一點讓他痛恨自己，所以他不得不如此。」

「他之所以殺害那些女子，是因為他忍不住喜歡上她們？」

「羅傑很懦弱，他有弱點，但是他有自知之明。他知道這個世界有哪些部分值得保存，哪些部分只會走向墮落。他知道要怎麼維持秩序，他很清楚必須要為我們的女兒維持秩序。」

「你們的女兒，」警探說道，「瑪瑞拉。」

那語氣彷彿像是安妮可還需要別人提醒一樣。

為什麼這女人一直講出她早就知道的一切？

現在，警探盯著安妮可的雙眼，那種全神貫注的力量令人不安。「我一直在問自己，但問錯了問題，」她說道，「其實，我遺漏了問題的某個部分。我一直想要知道的是為什麼有人停止殺人，卻沒想到為什麼又開始下手。」

「我怎麼會知道。」

「妳明明知道，」佩芮警官說道，「瑪瑞拉。當他女兒在身邊的時候，他更加痛恨自己對那些女人的渴望。」

安妮可眼皮在跳，腦袋搏動不止。「我說我不知道，我不是精神科醫生。」

「妳曾經想要阻止他，妳打電話到警局，把這件事告訴了他們。」

「沒有人聽我在說什麼。」

佩芮警官抽出手機，點了好幾下，找尋資料。「妳知道他們逮捕了摩根．提列特嗎？」

「誰？」

「在布魯克林橋拱頂進行抗議的女子，他們以非法入侵罪抓了她。」警探一直點手機，「她也打了電話，以某種未言明的方式向我們透露了消息，沒有人聽她說了什麼。」

「我不知道誰是摩根．提列特。」

佩芮警官把口香糖吐入錫箔紙，拆開一片新的口香糖。「我的搭檔在外頭。我們拿到了進入這地方的搜索票，妳應該要去告訴妳丈夫。」

3

餐桌邊緣有一枚指紋，某張襯墊餐椅後面有線頭鬆脫，水槽裡的海綿還沒有擰乾。

安妮可把自己的茶杯放在電爐旁邊的流理台，她打開後門，進入院子。那裡有一大片水泥地平面，有花崗石步道圍繞，兩側種有植栽，其中一面牆是葡萄藤，另一邊是玫瑰灌木叢。遠端右側是久未使用的噴泉，還有一張破舊長椅，只有在玩擲骰遊戲的時候，才會有人坐在那裡。只有遇到擲骰子遊戲的時候——安妮可才准許外人進來。她就是靠男人的聚會、證明自己行為態度的正當性，這是安全之地，不過，還有其他部分。

要是妳的家井然有序，大家會過來。

大家會尊敬你。

只有黑暗才會讓他們敬而遠之。

要是他們過來，就沒有黑暗。

要是他們過來，妳的家就是井然有序。

他們會看出在妳身上所體現的秩序，也會反映在他們自己身上。

要是他們過來，妳就維護了世界之正道。

與其說這是祝願，倒不如說是某種邏輯明證，這是她每個星期六從窗戶俯瞰那個在花園裡的男人的時候、她唯一不斷對自己重複的話。

羅傑正在修剪他們與茱莉安娜家之間的粉紅色百葉玫瑰。他使用的是同一把園藝剪，但現在發出的噪音感覺就沒那麼大聲，安妮可盯著他換了一把比較小的園藝剪。

「羅傑……」

喀嚓喀嚓。他的動作不慌不忙，小心翼翼。他剪花的時候並沒有戴手套，但避開了花刺。

「羅傑……」

安妮可吞嚥口水，壓下自己的怒氣。

「羅……」

他轉身，她盯著他，看到他目光逐漸定焦，終於看到了她。

「我正在剪玫瑰。」

她該說什麼？有什麼好說的？

「需要什麼嗎？」他痛恨有人害他分心，安妮可之前曾經受過慘痛教訓。付出代價，換來他的一絲不苟，降低了衝動。

「你吃午餐了嗎？」

羅傑盯著手中的花剪，另一手拿的是玫瑰莖柄。

「我正在做三明治，」安妮可說道，「可以拿一份給你。」

「是不是有人過來？」羅傑問道，「妳剛剛是不是跟別人在講話？」

「我等一下再解釋。」

有舒心效果。安妮可拿了一條五穀吐司、切片起司、一些小黃瓜與火腿。

她聽到了腳步聲，某個男人的沉重步伐，還有比較輕盈的女子移動聲響。

她做了兩份三明治，以對角線切開。找到了兩個午餐餐盤，各墊了餐巾紙，將三明治放到上面，把它們拿到外頭。

羅傑接下其中一盤。

安妮可望著他已經剪下、放在籃子裡的那些玫瑰花。「這些是去年的嗎？」

「對，」羅傑回她，「花季很長，」

「你還記得在聖薩爾瓦多種玫瑰有多辛苦嗎？」

「皺葉玫瑰就不會，很容易，它們喜歡海洋型氣候。」

安妮可說道：「那裡太髒了，不適合培養美麗之物……」

「皺葉玫瑰長得很茂盛。」

安妮可盯著羅傑吃三明治，她自己沒胃口。

他們在樓上找什麼？發現了什麼東西？樓上的所有物品她都一清二楚。

安妮可問道：「記得在水裡的那個女人嗎？」

羅傑吃完三明治，拿起餐巾紙，擦刷沾到鬍鬚的麵包屑。「不記得。」

「那個在我們聖薩爾瓦多住家後面落海的女人，」安妮可說道，「她淹死了。」

「嗯對哦，她啊。」

「瑪瑞拉本來以為她是鯨魚或是海豚什麼的，從屋外衝出去看。」

羅傑說道：「我倒是忘了……」

「我發現她在岩石邊尖叫，一直叫個不停，最後喉嚨都啞了。」

「那件事我也忘了。」

安妮可回他：「她並沒有忘。」

「誰知道呢，」羅傑回道，「誰知道小孩子會記得什麼。」

安妮可伸手拿羅傑的盤子，她抓住其中一頭，而他握著另一端。

「當初是你讓她跑去海邊。」

安妮可顯露出堅定至極的目光，死盯著他不放，她的眼中完全看不出任何的激動之情。「我說，你根本不該讓她看到那種東西，她是個孩子，」兩人繼續共抓著那個盤子，「相信我，她沒有忘。」

羅傑開口，「我並沒有……」然後，他放開了盤子。

「你有，」安妮可說道，「你明明有。」

羅傑拿了那把小花剪，爬上梯子，繼續剪斷最後那幾株百葉薔薇。

「你很厲害，我知道不需要告訴你這一點，」安妮可說道，「不過，拜託你配合。警察在這裡，他們在搜索樓上的區域。當你離開的時候，我希望你靜悄悄，不要引人注目。」

羅傑喀嚓喀嚓的動作出現了片刻暫停，須臾的默認時刻，他說道：「他們什麼都找不到。」

安妮可回他：「我知道。」

「是不是妳打電話報警？」

「沒有。」

羅傑沒有轉身，「至少這一次沒有。」

「沒錯，這一次沒有。」

他剪斷最後一枝玫瑰，安妮可把盤子拿進去。她瞄向玄關，看到佩芮警官與另一名警官站在梯底。

「你們有找到什麼嗎？」

佩芮警官問道：「寇爾文太太，妳會去做禮拜嗎？」

「我父親是傳教士。」

「那答案就是肯定的了。」

「沒有，」安妮可回道，「我不去教會。」

佩芮警官拿出了一張紙，安妮可不需湊前細看，也知道那是英格爾伍德教會的某張時程表。

「這是奧菲莉亞．傑佛瑞斯工作的教會。」

「菲莉亞？」

「奧菲莉亞．傑佛瑞斯，」佩芮警官說道，「如果妳想要浪費我的時間，跟我說妳不認識她，那麼我就讓妳跟妳丈夫一起去警局，然後以跟騷重罪辦妳。這一條再加上毒害多莉安的鳥，就可以讓妳因為協助與教唆坐牢。」

安妮可深呼吸，伸手按住眼睛，想要先一步阻止它抽搐。她嚇了一跳，她的眼睛居然沒事。

「我知道奧菲莉亞這個人，但我不認識她。」

「但你一直在跟蹤她。」

「我一直在觀察她。」

「為什麼？」

「佩芮警探，我一直把自己的世界維持得井然有序。」

「你想要知道她是否記得那個曾經企圖殺害她的兇手。」

「我一直把自己的世界維持得井然有序，我一直把自己的世界維持得井然有序，而且秩序完全聽令於我。」

佩芮警探挑眉，「是這樣嗎？」她把那份傳單放入證物袋，「妳的女兒已經把我們需要的一切交給了我們——某個有指紋的水瓶，它與茱莉安娜手機、十多年前某名受害女子的證據指紋完全相符。等到DNA比對回來之後，我相信也會與另外兩名受害者的採檢樣本相符，我現在就請史培拉警探去逮捕羅傑。」佩芮警探朝她的搭檔點點頭，他朝後院走去。

安妮可張望廚房，玄關，旋轉紅光映滿了前門小窗。她聽到後門開啟與關上的聲響，然後，又再次開啟，史培拉警探把羅傑帶了出來。

安妮可站在她丈夫旁邊，要不是因為他的雙手被銬在背後，不然也不會有人注意到異狀。

「別擔心，太太們總是宣稱自己不知情，」當他們往前走的時候，史培拉警探開口說道，「鄰居們的說法也一樣。」

前門開了，安妮可透過玄關、看到有六台警車交錯停在二十九號寓所。

她不打算躲藏，她會跟著羅傑出去，目送他離開，不需要否認他的犯行。

她走到了門廊。她的鄰居待在外頭——每一個都一樣，某些人站在花園大門後面，有些比較大膽，站上了人行道。有台新聞轉播車從聖安德魯斯街開進來，

史培拉警探把羅傑交給了某名比較年長的警探，對方打開了某台無塗裝警車的後門，扶住，壓低羅傑的身體，讓他進入車內。他關上車門，車窗是染色玻璃，所以當羅傑被載走的時候，安妮可沒辦法看到他。

她張望街道。

她在街區遠端看到騎著登山車的佩芮警探，跟在那台載了羅傑的無塗裝警車後面。就在警車轉入席瑪朗街的時候，警探直接迴轉，回頭前往安妮可的住處，停在屋前。

有兩名警員在屋前的人行道拉出封鎖線，還有另外兩名警察正忙著在戶外車道設置類似指揮所的工作站。

佩芮警探把車子斜倚在護欄，擠過同僚身邊。她衝向台階，將安妮可壓制在牆上。「妳從頭到尾都知道。」

安妮可聞到了她的果香口香糖氣味。

安妮可低頭望著佩芮警探，「知情是一回事，相信又是另一回事。」

佩芮警探回道：「然後妳就這麼信了。」

她緊盯著警探的雙眼，「沒錯，好，警探，現在妳告訴我這世界上最重要的是什麼。」

她把家裡維持得井然有序，這一點無人能夠否認。

4

佩芮警探已經不是這場秀的主角。現在她的位置已經被宛若餅乾切割器套裝組的一群警探所取代，他們的體格由大至小遞減，簡直像是俄羅斯娃娃。身材壯碩、滿臉紅通通的波爾克主導全局，他的高大身影站在門口，擋住了一方陽光。

警探們緊閉窗簾，打開了所有的燈。

這過程宛若在施暴，侵犯——警探們在屋內四處爬行，拿起各種物品，仔細翻找抽屜，從沙發、地毯、毛巾上面採集纖維，宛若她家中的各種布料成了罪犯一樣。他們邁步上下樓梯，沉重的腳步聲讓窗框為之震晃。

安妮可進入廚房，盯著小軟木塞板的養老院執勤班表，明天早上六點的班。

她以市內電話打到「西海」，她知道要是自己主動開口值大夜班，絕對不會有人抱怨。

她拿了保溫壺裝湯，她從來不吃那些給病患的食物。她檢查包包裡的一切，拿了自己的車子鑰匙。

波爾克依然站在前門門口。

「妳要去哪裡？」

安妮可回道：「我要去上班。」

波爾克看了一下手錶，「現在？」

安妮可問道：「難道我是應該要留在這裡監督你嗎？」

警探沒有移動，看起來似乎是想要編出什麼理由、阻止她離開。

「除非你是打算要逮捕我，不然我要去上班了。明天我會去警局回答你的訊問。我剛剛已經確定過了，我去上班並沒有違法。」

波爾克側身，騰出了大門通道。

鄰居們依然待在外頭，街上塞滿了警車與新聞轉播車，攝影小組四處徘徊。安妮可的車停在戶外車道，被沒有塗裝的某台警車擋住去路，他們花了好幾分鐘的時間才找到有鑰匙的那名警探。

安妮可站在她那台車齡五年的本田汽車旁邊。她並沒有躲避鄰居，他們本來就知道她長什麼樣子，她也沒有躲避警察。她取出手機，按下瑪瑞拉的名字，她還沒撥號，女兒已經站在車道底端。

她長得像羅傑，她有他的棕髮，深色皮膚，比較結實的體格。她的體內有他，永遠都是如此，瑪瑞拉必須要永遠扛負下去，她父親的罪行。

看來瑪瑞拉並沒有睡覺或洗澡。

「妳得要漱洗一下，」安妮可說道，「必須要注意外表。」

她女兒張嘴，但是又閉口，宛若無物可夾的胡桃鉗，還有，那眼袋好明顯。

安妮可說道：「他們逮捕了妳父親。」

「我知道。」瑪瑞拉聲音顫抖。

「我聽到妳給了他們水瓶。」

「媽，他昨天在藝廊的時候很害怕。」

「他一直很害怕，難道妳沒有注意到嗎？」

「妳到底有沒有？」

安妮可伸手壓眼，阻止它抽搐。

「媽，」瑪瑞拉的語氣慢慢穩定下來，近乎傲慢。「妳有嗎？」

「我把妳養這麼大，就是要讓妳碎碎唸嗎？」

「妳知道他有狀況對不對，妳明明知道，但是妳卻沒有任何作為。」

「我做什麼，沒有做什麼，不需要由妳來告訴我，我一直保護妳，不要讓這個世界傷害妳。」

瑪瑞拉雙手交疊胸前，「妳把我送走，這就是妳採取的舉動。」

「這是為妳好。」

瑪瑞拉雙眼睜得好大，「妳把我送走，是為了要讓我遠離他。」

「我做了我必須做的事。」

「妳覺得他會傷害我？」

「千萬不能冒險，絕對不能讓妳被意外波及，我一直讓妳刻意保持距離。」

瑪瑞拉流露出某種幽幽目光，讓她想起了羅傑的雙眼。

「他是妳父親，」安妮可說道，「總有一天，妳會了解他的。我今天晚上要工作，值大夜班。我相信等我明天回來的時候，警方一定已經完成了屋內的搜查工作，我們明天一起在家吃午餐。」

她開了車門。她一直在保護女兒的安全，她成功了，她完成了任務，她不需要別人來糾正她，而最沒有資格的人就是瑪瑞拉。

她進入駕駛座，關上車門，讓自己孤絕在一切之外——對講機、耳語、八卦，那些想要上新聞，成為新聞主角的大嘴巴。

瑪瑞拉站在戶外車道的尾端，安妮可發動引擎，打檔後退。

就在安妮可準備打直車身、進入二十九街的時候，她看到亞曼多・瓦爾加斯站在他家的門廊，有兩組新聞攝影團隊立刻衝向他，雙邊人馬都渴望搶到獨家。不過，亞曼多注意的不是記者，而是直接透過她的擋風玻璃、死盯著她。她急踩煞車，整個人往前晃搖。她深呼吸，稍微挺直身軀，確認車子依然在倒退檔。

她回瞪亞曼多，把車開入馬路。

路上沒什麼車，而當她上了太平洋海岸公路，要轉入馬里布的時候，發現車流完全不動。

「西海」老人院並非位於海濱，而是位於山上，院民可以從起居室大廳玻璃窗向下眺望，看到太平洋的一抹粼粼閃光——那是他們再也不會復返的世界所展現的小小挑逗。

緊急救援小組強迫車輛在雙線道高速公路掉頭。當安妮可到達堵塞車流前方的時候，她看到前方路面已經成了充滿岩石殘礫的泥河，裡面有好幾台被駕駛隨意丟棄的汽車。兩名洛杉磯郡消防隊員封鎖道路。安妮可並沒有立刻掉頭，其中一名吹哨，示意她必須要轉入對向車道，回頭。

她靜靜等待，聽到消防員的聲音傳入她的車窗。「這位女士，道路封閉，妳得要掉頭。」安妮可搖下車窗，空氣中依然瀰漫著火災的煙塵與雨水的潮濕霉味，還有房屋和屍體燃燒的臭氣。「我要去工作。」

「道路封閉，峽谷正在進行疏散。」

「我要去工作。」

「妳上班地點在哪裡？」

安妮可指向山坡。

「這位太太，全區疏散，妳掉頭吧。」

安妮可乖乖照做，不過，到了威爾羅傑斯州立海灘的時候，她切到對向，上山，又多花了四十分鐘才到達「西海」。她碰到了好幾處道路封鎖處必須繞道，有兩名清潔大隊員工在清理殘骸，而且還要閃避不斷朝另一個方向前進的車流。

她停好車子，前往護士休息室，換上了自己的漿挺制服。現在晚餐時間正要開始，準備換班的時刻到來。許多院民已經待在起居室大廳，等待照護人員把她們送入餐廳。安妮可望著落地玻璃窗前的那一排搖椅與輪椅，陽光躍入洋面，將海水浸染為淡粉紅與明亮的冷藍色。

「聽說有土石流……」當安妮可將某名院民推向餐廳的時候，對方開口說道，「只要是火災過後就會有土石流。」

大家在吃晚餐的時候都在聊天災。地震、野火，還有土石流。在「西海」，末日總是虎視眈眈，這些院民是先知，也是倖存者。她們能夠預知災厄，知道地震天氣，當療養院準備坍塌入海的時候，她們會有感應，就連在相隔一個郡之遠的地方出現火災，她們也聞得到。

對於傳染病與流行病，她們十分警覺。

她們認識各種悲劇的倖存者——失去全家人、墜機、同時罹患三種癌症、心臟病發、截肢、離婚。她們認識逃離政權與家庭迫害的人，她們認識那些遇到不可靠管家、小偷保姆卻依然能夠逃出魔掌的那些人。

她們比電視或廣播電台裡的任何人都厲害多了。

她們見識過一切，而且沒有任何畏懼。

還有，她們都退休了，背離世界，任由它的齷齪、混亂、失序、暴力在「西海」的牆壁與窗戶之外繼續存在。

安妮可要向她們喝采。

晚餐以盛放在餐盤的方式送上——排列整齊，容易切斷、咀嚼與消化。

當她推開自己餐盤的時候，有名女子拍了拍安妮可的手。「親愛的，妳氣色真好，像是瓷娃娃一樣美。」

對方的手的觸感像是面紙，青筋如蟲浮凸，彷彿已經準備要走上腐爛之路。

晚餐結束之後，安妮可把藥放在紙杯裡、逐一分送出去。她盯著那些藥丸，信任是人類最大的錯誤，掉包藥丸、交錯亂給，或是加重藥量，何其容易。她把藥杯交給了那些欣然接受、完全不在乎的手。

這些女子正陸續回到或者已經回到了起居室大廳，今日的晚間活動是動物賓果。它的目的是要讓這些女子保持頭腦靈活。安妮可猜想，她們應該覺得無聊死了，重複呼喊動物名稱，哄騙她們屈從：公雞、小雞、豬、母雞。

公雞、小雞、母牛，母牛、鴨子。

有人發出嘶啞聲音，賓果。

然後又繼續下去。

許多女子沒有能力玩遊戲，有些人是純粹不玩。她們可能會齊聚在窗戶前面、凝望那一片黑暗世界，不然就是圍在電視機前面，收看地方新聞台的晚間新聞精華以及粗俗益智節目。

另一名護士手握遙控器，定頻在KTLA頻道，而螢幕正中央出現了羅傑。

那是好幾年前的照片，安妮可與羅傑去聖地牙哥看瑪瑞拉時的留影，搞不好還可以看見背景的克羅納多飯店的虛假豪奢外貌。

觸怒安妮可的並不是因為看到羅傑的臉孔出現在新聞台，而是照片。是誰把它給了媒體？誰有那種權利？他們是不是從家裡拿了照片？從相框裡抽走的嗎？有沒有留給她收據？

他們還帶走了什麼？還有什麼東西不見了？被翻得亂七八糟？有多少的指紋？腳印？要過了多久之後，她的房子才能夠再次恢復成她家的感覺？是以前的家，而不是某種犯罪現場？

怎麼會發生這種事？

外在世界是怎麼侵入的？

她一直維持秩序。

她已經善盡自己的責任。

不過，日子還是會繼續過下去，勢必如此。她知道大家一定以為她過不下去，認為羅傑也終結了她的生活。

新聞台的照片換了，現在輪到了她家，門口圍了大批警車，還有一堆陌生人聚集在花園大門、窩在門廊。

然後，螢幕突然切換到一排排的照片——全部都是女人，幾乎都是拉丁裔與黑人。有四名女子特別以紅線標出，顯示她們是羅傑最近下手的受害者。

總共有十七名，十七名女子。在那些照片出現在螢幕的短暫瞬間，安妮可認出了雷希雅與茱莉安娜，還有一個應該是茱莉安娜多年前的某個朋友。應該是，但不能確定是否完全猜中。

她胃部一陣翻攪，在她衝向浴室的途中，某位坐在輪椅裡的女子抓住她的手。

「我早有預感會這樣。」

安妮可繼續以手掩口。

「惡有惡報，但它沒辦法撼動妳所在的地方，」那女子說道，「我們在這裡很安全。」

電視現在的畫面是距離西方大道好幾個街區的西南警局台階，身穿套裝與制服的警官們正在舉行記者會。安妮可聽到背景是拿著麥克風喊話的金髮女郎，聲音越來越大聲。攝影機開始在馬丁路德金大道搖攝，定在某個團體，抗議者手持燭光與海報標誌——有些拿著標語，還有的拿著受害女性的遺像。

那些母親在齊聲叫喊，那些母親在質問警察，那些母親呼喊要實現正義，那些母親拿著自己女兒的相片。

其中一名母親舉步向前，是多莉安。

有名記者把麥克風堵到她面前。

「重點不是要解決已經持續了數十年的罪行，重點是要導正不公不義。」

她的聲音宏亮、憤怒，而且充滿自信，讓安妮可感到深深不安。

「重點是要找出為什麼殺害我們女兒的兇手可以逍遙法外這麼多年，重點是警方為什麼對於我們女兒之死毫無任何作為，重點是他們為什麼不在意，重點是他們為什麼視若無睹，重點是警方為什麼覺得我們的女兒並不重要。」多莉安拿起一張貼有雷希雅照片的海報，「這就是為什麼，」她指著雷希雅的臉頰，「這就是為什麼，」她大吼，「因為她的膚色。」

她背後的其他母親也跟著大叫，我們女兒的命也是命！

安妮可發覺有人伸手緊扣她的腰。她低頭，看到輪椅裡的那個女人依然緊抓她不放。「她講起話來很像是另一個人。」

安妮可問道：「誰？」

「她的語氣像是在紐約的那女人，爬上布魯克林大橋頂端的那一個。」

「試想一下，六十歲的年紀做那種事，」另一個女人說道，「居然做出那樣的事。」

「霍洛威的母親，」另一名女子握住安妮可的手腕，「她讓我想到了霍洛威的母親，想必這個將來一定會引發巨大聲量。」

時點配合得天衣無縫，多莉安在此刻湊到了攝影機前面。「我們不會離開，我們不會沉默以對。」她指向她背後建物的牆面，「大家看到了嗎？那就是我們要舉行追悼的地方，我們所有人的女兒的壁畫就在這裡。警察每天都得要看到的東西，它每天都會提醒他們，他們辜負了我們的女兒，它每天都會提醒他們他們辜負了我們，我們絕對不能讓他們忘記。」

這些母親們開始同聲呼喊，「絕對不能讓他們忘記！」

新聞畫面切回到主播台。

安妮可掙脫那女子的手，衝入浴室。

她沒有開燈，雙手放入冰冷的陶瓷洗手台，開了水龍頭，朝雙眼潑水，讓那一排排的女子消失。要是等一下看到她們全部，看到她們的母親，讓她們消失就沒那麼容易了。

挑動羅傑產生某種激昂與暴力心緒的十七名女子，讓他感受到某種他已無法自我控制之極端激狂的十七名女子。

不過，其實還有更多，一定的，類似在聖薩爾瓦多的那一個，類似她的其他女子，絕對錯不了。

安妮可以指關節緊壓雙眼。

妳可以懷抱希望與佯裝。可以想像這世界充滿暴戾之氣，而這一切與妳毫無關聯——附近有女子死亡，只是某種抽象惡行的象徵，很遙遠。因為，要是不這麼面對的話，一定會讓人受不了，它將會把妳從裡到外毀滅殆盡，妳慘遭撕裂，嚴重程度就像是那些受害者一樣。其實，過著這樣的生活，令人費解，因為與那樣的暴力共存，得要在早餐桌與其直接面對，伸手關床頭燈的時候，還得越過上方——真的，真的令人無法想像。

不過，安妮可現在看到了那些女子的面容，覺得有什麼東西將自己四分五裂，她想要拍打她們，不要讓她們出現在電視裡，她想要砸爛螢幕。

不過，她卻繼續洗臉，潑了越來越多的冷水，最後雙眼刺痛。

她沒辦法繼續待在這裡，她不能繼續把這些女人獨自留在那裡，再過幾分鐘她就得出去了。要維持自家井然有序。負責照顧的對象亦然。

當她回到起居室大廳的時候，有一名消防隊員站在門口，與另一名值班護士在爭吵，她告訴安妮可：「他想要疏散我們。」

她盯著那些專心從事活動的女院民，全都坐在輪椅裡。

「我們可以把她們送入消防車與救護車。」

安妮可問道：「要帶她們去哪裡？」

消防員的對講機發出聲響。

「我們哪裡都不去。」

安妮可轉身，剛剛在她前往洗手間的時候、抓住她手的那名女子，已經推著自己的輪椅，到了她的後頭。

那女子重複了一次，「我們哪裡都不去……」

安妮可把手放在她肩上，「她說得沒錯，我們留在原地。」

那名消防隊員的對講機又爆出一陣吱嘎聲響。「妳知道你們可能會被困在這裡，甚至遇到更可怕的狀況。」

安妮可回他：「什麼是更可怕的狀況，就不用你費心告訴我了……」

5

「靠，妳還真難找。」

安妮可睜眼。她在起居室大廳的某張躺椅打盹。第一抹晨曦微光已經照亮了遭火炙的山頭，露出了焦黑的蕨類與泥土。對講機放在她旁邊的桌面，安靜了一整夜——沒有呼叫，沒有緊急狀況，所以她睡著了。

「我剛剛說，妳還真難找。媽的妳窩在這些燒得亂七八糟的山裡幹什麼？」

安妮可瞄了一下時鐘，清晨六點。她起身。「我在工作。」

「妳明明在睡覺啦。」

安妮可推開躺椅的靠腳凳，在椅內轉身，看到了奧菲莉亞・傑佛瑞斯站在起居室大廳門口。

「妳在這裡做什麼？」

奧菲莉亞仰頭大笑。就連安妮可站在起居室大廳的另一頭、燈光昏暗，依然可以看到那凹凸不平的傷疤。「我在這裡做什麼？媽的，我在這裡幹什麼，媽的好問題。這十五年來，媽的妳一直不知道會在哪裡突然冒出來，現在妳居然問我為什麼會出現在這裡。我會待在這裡，就是因為我想來。」

安妮可站起來，她想要拉近兩人之間的距離，讓奧菲莉亞講話小聲一點，壓低那種刺耳的咯咯聲響，以免吵醒整個養老院的人。

「還有，」奧菲莉亞說道，「我會來這裡，是因為想要見妳。」她張望四周，「妳這裡有咖啡嗎？」

「有。」

安妮可走向起居室大廳的桌子，把膠囊丟入機器裡面。「妳是怎麼找到我的？」

「在這場遊戲之中，妳不是唯一的偵探。我看新聞的時候發現了妳家。妳知道什麼事這麼荒唐嗎？兩個禮拜前，沒有人要跟我說話，全都是那個瘋狂黑女人和她的爛事。現在，每一個人嘴巴都鬆開了，她在馬里布山裡的某間養老院工作。聽到那條線索，不需要是什麼大天才也知道做什麼，打電話，就這樣。困難的部分是到達這裡。我的女兒奧洛拉，工作是在半夜開那種網路車，共享車，她必須半路把我放下來，妳也知道媽的那些路都封了。這就像是，叫什麼來著，上山的拓荒者，地球上的最後一群人。」她清了清喉嚨，「所以我也因此知道我有多麼渴望要跟妳講話，摸黑一路走上山。」

機器已經把所有的汁液噴入杯中。安妮可加了奶精之後，把它交給了奧菲莉亞。

「是那種垃圾粉嗎？」

安妮可問道：「所以妳為什麼千里迢迢跑來？」

「因為如果我是妳的話，我明天就會離開這座城市，永遠不要被別人看見，換作是我，我一定這麼做，所以我想要先找妳談一談。」奧菲莉亞望向安妮可後面的起居室大廳，「妳不打算邀我進去嗎？」

安妮可回她：「不要。」

奧菲莉亞側頭，「隨便妳。」她啜飲咖啡，面色扭曲。「難喝死了……」話雖這麼說，她還是喝了。「妳問我是怎麼找到妳的，真荒唐，明明真正癥結是妳當初是怎麼找到我的。」

安妮可開口：「我……」

「我看看，大約是十五年前，妳開始出現在我家外頭，只是偶爾冒出來。然後是酒品專賣店，雜貨店。靠，接下來跑到我工作的地方，所以讓我再清清楚楚問妳一次，妳是怎麼找到我的？」

「他有妳的錢包。」

「靠，不可能，我的錢包一直放在醫院。」

安妮可沒興趣向這女子多作解釋，「我把妳的錢包送到妳家，一定是有人把它拿給妳了。」

「那妳為什麼要一直回頭來找我？為什麼這麼多年來一直陰魂不散？」

安妮可深吸一口氣，伸手扶住眼睛，等一下就會開始顫動了，停不了。她下巴緊繃，噘嘴講話。「我以為他有外遇。」

「妳說什麼？」

「妳明明聽到我講的話。」

「妳以為妳先生搞外遇。」奧菲莉亞哈哈大笑，誇張到連咖啡都弄翻了。「所以當妳發現真相的時候，妳是怎樣——一直監視我，以免我可以指認妳的先生？有夠惡劣。」

「妳以為我知道真相。」

奧菲莉亞伸手撫摸傷疤，「或者比這更糟糕。搞不好妳覺得自己在補償我，妳自認是遲到的守護神在看顧我？妳要努力保護我？」

「保護妳？」安妮可發出刺耳笑聲，「我沒有興趣保護妳。」

奧菲莉亞撥開了臂膀上的咖啡珠滴，「所以是？」

安妮可的雙臂交疊胸前，以憎惡目光盯著另一個女人。「我很嫉妒。」

「什……？」奧菲莉亞挑眉，嘴巴成了一個大大的圓形。

「妳也聽到我說什麼了。」安妮可覺得彷彿有人壓得她喘不過氣來，這樣的自我招認，簡直造成她無法呼吸，羞愧與無力感害她已然崩潰。

「我這一生聽過不少鬼話，但這真的是了不起第一名。嫉妒？靠你媽的嫉妒。」

奧菲莉亞露出邪惡笑容，「讓我好好看看妳，給我看一下？妳是不是綠色[10]的啊？跟一袋菠菜一樣綠？跟草坪一樣綠？」

「抱歉？」

「我只是想要確定妳是不是綠到不行，要跟蹤我十五年之久？因為想必這是人類有史以來的極綠之最。」

奧菲莉亞・傑佛瑞斯，她不知道，什麼都不知道。安妮可對她的感覺不是憐憫或哀傷，甚至已經不再嫉妒——超越了嫉妒。

「妳不懂，」她說道，「不只是嫉妒，是憎惡。」

「靠他媽的我豎起耳朵要聽個清楚，妳就給我好好解釋，妳怎麼會對一個妳丈夫想要殺死的人嫉妒？」

「痛恨一個引發他無法自制強烈激情的女子，妳覺得很瘋狂嗎？那是妳永遠不會明白的背叛。」

「這位太太，殺死一堆人，遠比他對妳所做的事嚴重多了。」

安妮可哈哈大笑，她不在乎有多少人會聽到，有多少的老太太會被她吵醒。「哦，」她說道，「這是妳犯下的第一個錯誤，妳以為羅傑找上妳只是為了要殺妳？」奧菲莉亞的愚蠢讓她搖頭，「他喜歡上妳與其他類似妳的人的那種墮敗，他因而痛恨自己，我也恨妳。」

「所以妳就是縱容他——因為妳痛恨那些女人，就讓他行兇殺人。」

我維持家中整潔。

我把家人留在身邊。

我讓自己的世界井然有序。

我遠離混亂，讓那種秩序可以透過我身映現。

---

⑩ 意指嫉妒。

「西海」的某處傳來有人起身的聲響。安妮可必須要在那女院民從房間出來之前、或是在她必須處理早晨的第一起突發狀況之前，將奧菲莉亞趕出去。

「妳聽我說，」安妮可說道，「我已經盡力了。」

「那妳做了什麼？」

她慢慢逼近奧菲莉亞，「我打電話報警，舉報他。但是沒有人追蹤下去，這就是我需要的證據。」

「什麼證據？」

「我問妳一件事，妳可曾因為我的事去找過警察？」

「有啊，我當然有去報警。」

「然後他們做了什麼？」

「什麼屁都沒有。」

「妳是不是覺得自己瘋了？整起事件是自己的幻想？」

奧菲莉亞回道：「偶爾吧，但妳三不五時就回來跟蹤我。」

「如果不去想像那些無法想像的事，日子會過得輕鬆一點，這就是生存之道。現在，如果妳講完了，我得回去工作了。」

奧菲莉亞從唇間吐氣，大力搖頭。「我還沒講完，媽的我還沒講完，我永遠不會放過妳。媽的妳明明知道。妳可以對自己撒謊啊沒關係，妳大可以在媽的媒體面前撒謊。但是我知道真相。

只要妳活著的每一天，我都會來提醒妳，妳明明知道，是妳殺死了她們。」

通往臥室的走廊傳來聲響。

這兩名女子都轉身，看到了兩名院民現身，其中一個走過來，另外一個坐在電動輪椅裡面。站立的那一個盯著奧菲莉亞，開口問道：「妳從哪裡來的？」

坐輪椅的那個問道：「妳是飛上來的嗎？」

奧菲莉亞看了她們一眼，目光滿是不屑，對於她們的大嬸式好奇心，然後，她又看了安妮可一眼。「我來是要告訴妳，別想要反駁我：妳明明知情。這就是我媽的千里迢迢跑來要說的事，妳明明知情。」

安妮可還來不及開口，奧菲莉亞已經走了。

其中一名女院民說道：「千里迢迢穿越土石流只為了講髒話……」

另一個說道：「親愛的，妳到底知道什麼？」

6

她討厭她們，真的，她討厭她們。某種具體化成為仇恨的嫉妒。羅傑殺死了每一個女人，同時也殺死了安妮可的一小部分。

「親愛的，妳到底知道什麼？」坐在輪椅裡的女子拉住安妮可的袖子，「妳知道什麼？」

這些女人——只要給她們一根骨頭，她們就可以啃咬一整天。「西海」是微物執戀的世界：室友收到了多少信件，誰參加外甥女新生兒派對的時候被當成空氣人，誰的紙本書被偷了，還有誰家兒子探訪得最勤快。

今天的主題將會是前來拜訪安妮可的女人——她到底想要做什麼，還有安妮可又知道什麼。她們會竊竊私語，她們會八卦，她們會改編這個故事打發這一整天。

不過她們不會明白，她們永遠不會明白。而且當她們發現安妮可到底是誰之後，狀況會雪上加霜。她知情嗎？她之前知道了些什麼？

她需要找到奧菲莉亞，帶她回來，向她與大家解釋其實她並不知道，她怎麼可能會知道呢？因為她要是知情的話，不可能好好待到現在，而且，她當然不可能知情，如果真是如此，警察就會追蹤她的電話。

安妮可說道：「我馬上回來。」她根本沒有確認是否有哪個女院民需要她的協助，就逕自走向門口。

她穿過戶外車道，打開了花園大門。

「西海」位於某座山丘頂端附近的陡峭街道。安妮可看到奧菲莉亞正準備往下走，前往南方。

「等一等！」

她沒有帶車鑰匙，所以她只能走過去。路面因為近日連綿大雨造成地層鬆動，到處都是碎礫與岩石，空氣中依然瀰漫著濕漉漉的炭焦味。

安妮可再次呼喊，「等一等！」

奧菲莉亞滑向凹凸不平的地層，「妳追在我後頭？一直在跟蹤我？」

「我說等一等。」

奧菲莉亞大吼，「難道我就該乖乖聽令嗎？」話雖這麼說，她還是停留在原地不動。

「我想妳已經沒有什麼理由繼續跟蹤我了，現在新聞馬上就要曝光，妳還要跟蹤我。」

安妮可說道：「妳要聽我解釋……」

「我實在無法想像妳得要說什麼。我來這裡只是要講出那番話，而且我講完了。」

「聽我說……」

「我告訴妳，妳還是算了吧，」奧菲莉亞說道，「我才不聽鬼扯淡。」她又開始繼續往下走，「妳去向別人解釋，我只是想要跟妳面對面，我想要看到妳的臉，讓妳知道我很清楚，妳要對自己撒謊，那是妳家的事，但我知道一切。」

安妮可的眼皮跳得好快，害她看不見。她踉蹌前行，但依然緊追在後。她痛恨這女子，痛恨這一個與其他危害她女兒的女人，是她們挑動了她先生的某種心緒，造成他把危險帶回家中。

她開口：「妳等等……」

「我等個屁啦，媽的我終於自由了，脫離了妳，脫離了妳的丈夫，還有他對我做出的那種爛事。」奧菲莉亞說道，「這十五年，我一直活在那種陰影之中，將近二十年來，過著腦袋彷彿不屬於自己的瘋狂日子，妳知道是什麼感覺嗎？」

安妮可知道。超過了十五年的時間，充滿了不確定性，還有懷疑。恐懼與自己的距離如此接近，必須要揮手將它趕走。要是不夠小心的話，它足以讓天平傾覆，讓你失去平衡，歪歪斜斜進入瘋狂狀態。

但是安妮可一直很小心。

「但我現在自由了。接下來會進入審判程序，我不在證人席的時候，媽的我就一定會坐在前排。我會作證指控妳先生，但妳也知道，我怪罪的人是妳。」

奧菲莉亞繼續往下走，安妮可追過去。前方路面坍壞，所以她爬到了小小的路堤，在蕨類與殘礫之間找路前進。過沒多久之後，安妮可必須改變路徑，但她跟奧菲莉亞不一樣，她選擇繼續走路中央。

她回頭看了一下，已經離開太遠了，她必須在破曉之前回到「西海」。

「拜託妳停下來好嗎？」

奥菲莉亞大吼，「不要，媽的我才不會停下來！」她站在某個斜坡，俯瞰安妮可，兩人只差了幾步的距離。「我不會停下來，只會繼續往前走。妳知道嗎，我應該要謝謝妳，妳給了我一個全新的起點，靠他媽的全新的起點，」她舉起雙手，「我重生了！」

遠方傳來一陣聲響，安妮可不太確定是什麼——轟隆隆的聲響，彷彿像是湍急河水。

「我特地來到這裡，是為了解放我自己，還有妳……」奥菲莉亞又加了一句，「對妳的審判才正要開始。」

奥菲莉亞停下腳步，不再說話。她臉色凝凍，嘴巴張成了一個大大的圓形，雙眼睜得好大，眼白幾乎都沒了。

這是安妮可趕上她的大好機會，她加快腳步，匆匆走向依然是最堅實部分的柏油路面。

奥菲莉亞依然沒有任何動作，她在大笑。

不知道遠方的轟隆聲響是什麼，但越來越大聲了。

安妮可還來不及看見它，但已經有了感覺——抓住她腳踝的爛泥激流。她踉蹌前行，似乎是有那麼一時半刻，她有機會可以避開洪流，跳到類似奥菲莉亞站立的高處，但那時機已經消失無蹤。

爛泥淹到了她的小腿肚。

爛泥淹到了她的膝蓋。

爛泥不斷把她往下拖拉。

那股力道害她前摔，她嘴巴一張開，立刻被它的污土與垃圾塞滿，她的鼻腔裡全是濃臭的泥流。

安妮可在泥中翻滾，咳嗽，快要窒息。

她揉了揉雙眼。現在，她在奧菲莉亞的下坡處，而對方依然站在那小小的路堤、定睛觀看。泥水帶走了安妮可。有那麼一時半刻，她覺得自己在飛，然後是漂浮，她閉上雙眼，任由自己被帶走。

在聖薩爾瓦多載浮載沉的那名女子遇到的就是這種情景嗎？在岩石間碰撞，以失重狀態泡在水中？

她是什麼時候開始放空？

是在被丟入海中之前？

或者，是在那股幽黑遮蓋羅傑眼眸之際？黑色狂潮吞沒他虹膜的那一刻？

爛泥繼續下沖。

她上方的馬里布山丘開始後退，泥流暴行，侵入某些人的家中，遇到某些屋舍的時候卻繞道而過。

這就是以慢動作流逝的世界嗎？

安妮可在不斷旋轉，被洪流左右衝撞，近乎平和安詳的過程。

這些女子。這些女子，美麗又狂放，完全不受控。他深深愛戀的這些女子具有一種他完全無法壓制的狂野程度，那是一種他無法理解的熱情。深受折磨、也折磨著他的這些女子。會出言嘲笑，騙人，最後死去的這些女子，他深愛也痛恨最後毀滅的這些女子。

這些女子，所有在西方大道陰魂不散的這些女子。

安妮可曾經想要保護她們的安全，她努力過了，這世界還想要怎樣？

泥巴蓋住了她的臉龐，那就與羅傑眼眸的凝視一樣幽黑。她的感官開始逐一消失：視覺、嗅覺，現在是聽覺。她再也聽不見泥流轟隆聲響，它已經塞住了她的耳朵，她繼續安靜下沉。

願上帝在祂的光之中保護你。

願上帝在你的心中保護你的家庭。

願上帝之美映現在你的眼中。

願上帝之仁慈映現在你的話語之中，

還有，願上帝之知識從你的心中氾流而出，

願所有的人都能看見祂在你周邊所散發的光芒。

而見證，堅信。

這就是喪失一切的方式。

逐一消失。

有足夠的時間想起每件消失的事物，有足夠的時間留住它，置於心中某個永恆的廣袤之地——在它逸散之前來回翻轉，以各個角度觀看。

有足夠的時間悔恨自己所知道的一切。
然後，沒入黑暗之中。

菲莉亞，二〇一四年

奧洛拉，女兒，慢慢來，親愛的，千萬不要擔心。我知道妳在工作，我知道妳一直在努力賺錢，這一次，我不介意等妳。我一路從那討厭的山丘走下來，不過還是很酷啊，沒事。因為妳看看那個——那種洪水，媽的妳真的忘了，居然忘了城鎮的邊緣有汪洋大海。

就讓這成為一場教訓吧。

我看到了這一生最驚奇的場景，發現有名女子在泥河裡漂流。沒有，我沒有攔住她，那不關我的事。看來她就像是要在拉斯維加斯的那種悠閒小河裡漂游一樣，我誰啊幹嘛要打擾她？

不過，她就這麼走了。

我知道泥巴會殺人。

親愛的，我一直注意自己的安全。

有個嶄新的世界在等待我，我要敞開窗戶，迎接這一天，全新的開始，媽的超美妙的開始。

親愛的，不要用那種眼光盯我，我從後照鏡裡看得到妳的表情。不要那樣盯著我，彷彿我不會改變一樣，彷彿我永遠只會大聲嚷嚷又恐慌，在自己的地盤嚇到挫賽。

專心聽我講話，一下下就夠了。只因為我生活得辛苦，看過某些狗屁倒灶的爛事，並不表示我沒辦法教妳東西。親愛的，聽我說。

我的腦袋裡有這樣的一個地方，很可能妳的腦袋裡也有，專屬於自己的角落。我知道妳內心裡的一切，理應都是屬於妳的，但要是妳活得夠久，就不是如此。這世界會啃它，一點一滴帶走，就像是老鼠在人行道啃食麵包。啃，啃，一直在啃。

妳腦袋最後就會變成那樣，被別人咬空、然後把他們的毒留下來的地方。

親愛的，妳要去哪裡？是要走什麼峽谷路嗎？

這個穆荷蘭大道？

是有一些很屌的景色。我沒差，順著山路，就這麼彎彎曲曲走下去。我有一整天，我有一整個禮拜。靠，我還有我的下半輩子。其實，今天就回到了我的手中，所以妳慢慢來，靠，就走風景漂亮的路吧。

不過，等一下，我正在講妳腦中那塊地方，不要打斷我的思路。我自己的被啃得一乾二淨，妳就把它當成植物吧，有葉子啊甚至還有漿果。然後一隻鳥接著一隻鳥飛過來，然後是一大群，牠們偷走了漿果，撕碎葉子，然後妳只剩下野草。

我的腦袋就是這樣，野草。其中一根落在西方大道附近的小巷子裡，媽的越長越茂盛，比較像是污染，根本不是什麼植物。

過去這十五年來，這世界就只是來啃蝕這根植物的一群禿鷹，而我就放任牠們，任由牠們把我剝光光，最後一無所有。

現在，給我聽好。你得好好照料那棵植物，媽的要在周邊撒除草劑——要是有人說那不健康不安全，千萬不要信他們的鬼話。妳只需要做自己該做的事就對了。不要讓任何人說服妳反其道而行，萬一這樣的話，最後就會長出一堆野草，我們得拔起來丟掉。

我呢，現在把我的植物給種回來了，讓它完全恢復了往日光彩。它超級強韌——這是當然的。

但聽我說，一不小心就會讓那植物死掉，害妳自己的內心世界枯萎，甚至讓別人奪走了妳自己的思想。

妳記得這一切是怎麼開始的吧？妳來醫院看我，我氣得要死，因為妳過了好久以後才把我的菸帶過來。妳不常來探病，妳有自己的事要忙。

親愛的，我不怪妳，我們現在沒事了，沒有疙瘩。

這世界把我整得很慘，或者，應該說它曾經有過這樣的企圖。

我要徹底消滅那個王八蛋。

我等一下要打開窗戶了，探頭迎風。

妳看看那些房子，大得跟什麼一樣。我不知道住在大門後的那些人開不開心，是否覺得自己很安全。

還是聞得到煙塵的味道。是怎樣——到現在都一個禮拜了吧。煙塵啊還有火災水災什麼的。悶燒，好像是哪隻龍在吐臭氣一樣。

不過會恢復的，這座城市挺得住，媽的就是挺得住。

等等，掉頭。

我說掉頭，我要妳停車，回到那個妳說什麼來著的地方，瞭望台。

我要下車，妳跟我一起來。

看看它，親愛的，看看這景色，太陽升起照耀一切，真的是完美。

仔細看看我們的下面，媽的一整座城市就這麼連綿不斷。

經過了那裡，

繼續南行，到達我們的樹林。

妳忘了，忘記它有多麼遼闊。就在這些山丘底下，穿過那個隘口，進入那裡，西好萊塢、比佛利山莊。再過去之後，皮克大道，繼續南行，到達我們的樹林。

我要妳盯著那裡，仔細凝視。

媽的妳看看到底有多麼遼闊。

比寬闊更廣大，根本難以想像，難以在妳心中定框。懂我的意思嗎？

親愛的，這一點很重要。我要妳望著它，望著這座城市，我希望妳好好認識它，不是身處其中，被它把玩，我要妳自己去了解它，感受它。

我只要妳記得一件事。

我們是那地方的一分子。

我們是它的一部分。
我們擁有它。
親愛的，那是我們的。
千萬不要讓任何人告訴妳，妳和別人不一樣。

致謝

本書之所以能夠問世，都是因為有我的編輯札克・華格曼的專業指導以及重要支持，當它還只是我腦中的某個模糊想法的時候，他就開始大力支持。一如往常，我要感謝艾可出版社的諸位：丹・哈爾普恩、米利安・帕克、梅根・迪恩斯、多明尼克・里爾，以及凱特琳・穆爾隆尼・里斯基，還要感謝我的「墨泉」經紀與潔西卡・米里歐公司的偉大經紀人金・威瑟史普恩。

感謝以下諸位的支持與鼓舞，可能是出於無心也可能是有心，阿拉費爾・博克、梅根・阿柏特、路易莎・赫爾，以及李・克雷・強森。感謝珍妮佛・普利的諸多幫助，已經無法逐一列舉，我充滿謝意。

永遠感謝蘇珊・卡米爾，我相信她即便到了現在，依然在看顧我的文學之途。

能夠將本書（以及我所有的書）分享給我最初與最棒的讀者，一直是我的一大樂事，感謝伊莉莎白・波卓以及菲利普・波卓，他們一直是給我鼓勵與讚美的兩大來源。

當然，要感謝賈斯丁・諾維爾，還有我們瘋狂又可愛的女兒，洛麗塔・波卓——但願她永遠如此。

Storytella 194

女人死去的城市

These Women

女人死去的城市 /艾薇．波裘達作；吳宗璘譯. -- 初版. -- 臺北市：春天出版國際文化有限公司, 2024.05
面；公分. -- (Storytella；194)
譯自：These Women
ISBN 978-957-741-858-6（平裝）

873.57 113004494

ISBN 978-957-741-858-6
Printed in Taiwan

作　者　艾薇．波裘達
譯　者　吳宗璘
總編輯　莊宜勳
主　編　鍾靈

出版者　春天出版國際文化有限公司
地　址　台北市大安區忠孝東路四段303號4樓之1
電　話　02-7733-4070
傳　眞　02-7733-4069
E－mail　bookspring@bookspring.com.tw
網　址　http://www.bookspring.com.tw
部落格　http://blog.pixnet.net/bookspring
郵政帳號　19705538
戶　名　春天出版國際文化有限公司
法律顧問　蕭顯忠律師事務所
出版日期　二〇二四年五月初版

定　價　450元

總經銷　楨德圖書事業有限公司
地　址　新北市新店區中興路二段196號8樓
電　話　02-8919-3186
傳　眞　02-8914-5524
香港總代理　一代匯集
地　址　九龍旺角塘尾道64號 龍駒企業大廈10 B&D室
電　話　852-2783-8102
傳　眞　852-2396-0050